U0615264

中国上古神话《山海经》主题小说系列

杨然 / 著

山海经
中的成长密码
①
雀成凰缘

中国青年出版社

图书在版编目（CIP）数据

山海经中的成长密码.1，雀成凰缘 / 杨然著.
—北京：中国青年出版社，2018.5
　　ISBN 978-7-5153-5000-4

　　Ⅰ.①山…　Ⅱ.①杨…　Ⅲ.①长篇小说 – 中国 – 当代
Ⅳ.①I247.5

中国版本图书馆CIP数据核字〔2017〕第285856号

书　　名：山海经中的成长密码1：雀成凰缘
著　　者：杨　然
责任编辑：庄　庸　陈　静
特约编辑：于晓娟　张瑞霞
出版发行：中国青年出版社
社　　址：北京东四十二条21号
邮　　编：100708
网　　址：www.cyp.com.cn
门 市 部：（010）57350370
印　　刷：三河市君旺印务有限公司
经　　销：新华书店
开　　本：710mm×1000mm　1/16
印　　张：17
字　　数：250千字
版　　次：2018年5月北京第1版
印　　次：2018年5月河北第1次印刷
印　　数：0,001~5,000册
定　　价：29.80元

本图书如有印装质量问题，请凭购书发票与质检部联系调换。
联系电话：（010）57350337

目 录

引　子

盘古开天辟地，因而成为天地共主。在天地刚刚开辟的时候，神族、人族、妖族混居于天地之间。神住在天庭、神山，人住在陆地，妖散居于各处。但神、人、妖可以通过古来已有的天梯和自身修炼出的灵力互往。

几亿年后，随着世间繁荣昌盛起来，人界的天下逐渐形成三大势力，称之为登宝国、谷城国、扶桑国。此三国三足鼎立。

又过了几万年，盘古大帝仙逝。

天下纷争、战火频起。

第一章　仇敌寻安逸成空

小雀醒来的时候天光已经大亮，早上八九点的阳光从薄薄的那层窗户纸里透进来，把屋子照得分外亮堂。

"天哪！"小雀从床上坐起来，看着房间里亮堂的景象，不禁皱眉，"我居然又睡过头了……耽误了学习五行法术的时辰，我今天一定会很不好过的……"

嘴里这样嘟囔着，小雀打了个倦怠的哈欠，翻身下床，从床头拾起前一夜叠好、放在枕边的一件白色短衫，熟练地套了上去，又花了一点时间洗漱，打理了一下她那头及膝的棕色长发，便推开房门，出去见师傅。

九凤早已起来将近两个时辰了，一头黑发被精细地绾起来，插了一支朴素的木簪（zān）子，身着一袭青色的衣袍。她素来不化妆，却总是散发出一股莫名的妖魅气息。

"今天起晚啦。"九凤笑道，伸出纤纤玉指向小雀的方向勾了一勾，"也难怪，你昨日练功一直练到亥时，是该好好休息休息，晚一点起来也不碍事。"

小雀笑了笑："今天还要练功么？"

"不练了。"九凤笑道，"今天师傅带你去后山抓鱼去。"

"好啊！"小雀兴高采烈。她已经连续练了将近一个月的五行法术了，本以为今日依然如是，却不料九凤今日心情好，愿意带她去后山玩耍。

小雀和她的师傅九凤常年居住在天柜山上。据九凤说，小雀是她在天柜山上捡到的一只小麻雀。九凤收留了小雀，并将她养大。小雀自己对于这件事情倒是记不真切了，从记事起她就把九凤当做母亲，尽管这母亲有时候是过分严厉了一点。

天柜山后山有一条淙淙（cóng cóng）的小溪，是小雀喜爱的去处。

"你们来抓鱼？"到达后山的小溪边时，小雀注意到已经有人在了。

"又来抓鱼？"站在小溪边的男子笑了笑，"九凤，几日不见，你愈发清闲了。"

"彼此彼此。"小雀代替师傅回敬了一句，"你也很闲啊，二师父。"

小雀口中的二师父，是天柜山上的另一位能人强良。平日里小雀倒不常见到强良，毕竟他住在山顶，和九凤虽说相处得来，但并不常见到。

"出来走走罢了，刚刚出关没多久。"强良笑了笑。强良不喜与人交往，每隔一段时间就要找个理由"闭关"一段时间。闭关这件事人皆有之，九凤也曾有过，但绝没有强良那般频繁。

"恭喜啊。"九凤笑了笑，"强良，你又有了不少长进？"

"可能吧。"强良笑了笑，"说起来，那个游方道士半月之后又要来了。"

"道士哥哥又要来了？"小雀刚刚挽起袖子准备下水捉鱼，听见这句话高兴得一个雀跃——鱼，似乎也不准备捉了。

"嗯。"强良点头，"你们准备一下，再看看山上有什么药草，届时送他一些。"

半月后那游方道士果真来了。说起这游方道士，倒的确算是个有些奇谲的人物。他无凭无依，除了每隔两月会来天柜山待上两天以外，其他的时候都在凡界云游。每逢此人来天柜山，九凤都会允他住上一两天。作为回报，道士会教小雀一些草药知识——他似乎对此术颇为精通。

"不错嘛。"道士在山上转了一圈，指着一株小苗道，"喏，那是一株刚刚发芽的茇（bá），好好培育着，等它长成参天大树之后留下果实。它的果实可是有毒的，但是以后会很有用。"

"有毒？"

"毒性没那么大，但也够用了，它的树叶能够毒死鱼，果实的毒性还要大。不过总归杀不死人。"

"还有这个，"道士指了指另外一株泛着一点淡淡的朱红色的草，"荀草，世人只知它能够养颜美容，事实上，若是吞服，它还能够止住脏器出血。"

小雀点点头，俯下身子就要摘那株荀草，却被道士止住了："荀草需要用桃木剪摘下来才不会沾染浊气，否则若是吞服，对身体无利反有害。"

小雀点点头。九凤的洞里刚好有一把桃木剪，虽说她不喜欢，也不大趁手，但是现在用着倒不错。

"还有这个，这是你们专程种植的杨梅么？看着不错。杨梅是可以酿酒的，你们倘若酿了，到时可以给我留一些。"道士笑道。

"二师父或许会拿杨梅酿酒，你可以向他要。"小雀噘了噘嘴，"我和师傅一向是直接吃的。"

那时候小雀从来都不曾想到，这好日子居然还有到头的时候。

小雀在天柜山上待了三百多年，绝大多数时候都在修习五行法术，已经学得很是透彻。她一贯跟随两位妖仙——虽说两人从不在小雀面前提起自己是妖仙的事实，但小雀是知道的——修习五行法术，现在她在木系的那些法术上已经小有所成：轻轻伸手便能使地底下探出腰一般粗的藤蔓来。她很有天分，加上悟性也高，学得很快，都快要超过九凤了。神仙的年龄不能依着凡人的谱算，虽说已经三百余岁，人间看起来，她不过十岁多罢了。

"你有什么不堪回首的往事吗？"那还是小雀二百三十岁那年的事情，那日强良不知为何喝多了酒，微醺地走错了洞府，走进了九凤和小雀的洞府。九凤自己不喝酒，也不怎么酿酒，却偏偏有个收藏美酒的习惯。那日九凤几乎把她所有的好酒都搬了出来，全给了强良。

那日小雀问强良："发生了什么事情么？"

"没有。"强良摇了摇头，"只是单纯想喝酒了，自上次出关以来，就再也没有喝过酒，煞是想念。"

"那么，"小雀问，"你有什么不堪回首的往事吗？"

强良年少的时候脾气不像现在这般乖戾，但是那时的他脾气也不好，与他的性格一样，像个爆竹一点就炸。

"那时候年少轻狂，有事没事总会招惹些人，俗话说人不犯我我不犯人，我当年是人不犯我我也犯人。"强良平日里很少说这么多话，也不大喜欢讲起自己的过往，这一次全凭一壶接一壶的醇酒，"那时候我着实是给自己找了不少的仇家，有的到现在依旧记恨着我，指不定哪天就要来此地找我寻仇。"

"后来呢？后来为什么会变成现在的样子？"九凤对于强良的过去也知之甚少，不禁追问道，"又发生什么事情了么？"

"后来发生了一件事情。"强良摇摇头，"那还是很早以前的事情了，或许你们都不记得了，但是那次却是一件凄惨的大事啊。"

"什么事？"小雀好奇地追问道。

"罢了，旧日往事，最好还是不要重提的好。"强良摇摇头，最终什么也没有说。

当时的小雀没有想到，在几十年之后，她终于知道为什么了，但那年她二百三十岁，不是三百二十岁，自然什么也不知道。

正是在那一天，肥遗忽然出现在九凤和小雀平日里居住的山洞洞口。

九凤对于肥遗依稀有一点印象。她见过一次肥遗，那时候她也很年轻，肥遗一身戾气，险些将她杀了。九凤对于那一次相见印象深刻，那完全就是一次无端的争执和武断行事的遭逢，她凭借着一个独特的法术才勉强脱险。

"肥遗？你来此有何事？"九凤披了一件兜帽，走出洞口，小雀随在她身边。

肥遗一身黑色与绿色交杂的衣裤，眉目凶煞，戾气深重。看见旁边藏在九凤衣服阴影里的小雀，他很鄙夷地冷哼了一声，投来一个极其不屑的目光。小雀被吓得藏到了九凤的背后，彻彻底底，连一片衣角都不敢露出来。虽说肥遗原本只是露出了一个不屑的眼神，但在小雀眼里，却是凶恶至极，像是要把她吃掉一般。

这简单的一次眼神的交锋之后，肥遗又重新把目光转向九凤："强良在否？"

果然。九凤心想，该来的总归是要来的啊。半年之前强良就提过一次，说半年后天柜山会迎来一个冲着他的劫数，躲得过就躲，躲不过就迎。谁知强良已推算好时间，前几日便离开了天柜山，说是要去四处云游一阵子。

九凤摇了摇头："强良不在。他出去云游了。"

"懦夫。"肥遗冷哼了一声。

九凤本以为这一难算是度过了，不料肥遗突然发话，声色俱厉："那么，我们打一架吧！"

"与我何干！"九凤怒道，若是以前，她也就痛痛快快地上去打一场了，可是想到现在除了她以外，还有小雀，于是便打算退避三舍，还是把小雀保护好为上策。

"你和强良既然在同一座山头上，便是有义务代替他和我打一场的。"肥遗硬生生地找了个理由，虽说并不能讲得通，但依旧是个理由。

"好吧。"九凤摇了摇头，事已至此，再推辞也无用处，"小雀，藏到我们平日居住的洞穴里去，不要出来，千万不要出来。"

小雀依着九凤的话，藏到洞穴里，只探出小半个脑袋，向外看出去。

那真的是一场惊天动地的战斗，起码对于当时年纪尚小的小雀而言，着实是这样。

九凤祭出一条长鞭，抚摸着鞭上的一束束倒刺。小雀知道九凤很是喜欢柳条，这条鞭子就是依照柳条来做的，锐利却又柔美，上面还布满了倒刺。九凤教过小雀鞭术，用鞭是一个以柔克刚的技术。九凤鞭子上面的倒刺能够随风舞动，就像柳条上的柳叶一般。

小雀想起九凤也给自己打过一条鞭子，是用上好的火凝聚起来炼成的，都说火克木，但不知为何她却能把这条鞭子发挥出威力来。九凤曾经说过若是小雀下山，就把这条鞭子给她，让鞭子陪伴她走天涯。

小雀仔细瞪大眼睛，屏气凝神地看，才发现九凤今天虽说头发也是盘起来的，却并没有像平常那样插一个簪子，而是戴了一朵若木花。小雀很熟悉这种植物，后山便有一棵，从树干到叶片花朵，都红得宛若泣血一般。

小雀想起来这不是她第一次见九凤戴这朵若木花，准确而言应当是第二次了。第一次是十三年前，那日有两个凶神恶煞的地仙来滋事，九凤早起时梳妆打扮，就让她从柜子里拿了这朵若木花来戴在头上。那时小雀还以为一定是要发生什么了不得的事情的，不料九凤只是单单把那朵若木花戴在头上。那次两个地仙没有占着丝毫便宜，被九凤一路打出了天柜山十里开外。

九凤舞起鞭子来。小雀一向认为师父是天地之间舞鞭子舞得最漂亮的一位，她不是没有见过其他舞鞭子的，但从未见过有人能够把鞭子舞出那样清高的舞姿来。世间一贯有说妖神低贱，清高不得，但九凤舞起鞭子是真真的清高。

"这般漂亮又如何？"肥遗嗤笑道，"毫无用处。"肥遗一贯用的是一把大刀，制作的并不精巧，放在强良和九凤面前，强良或许会别过头去，就算是九凤，也只能道一句"勉强能用"。

"那便试试？"九凤淡淡地笑了，手腕忽然轻轻一抖，鞭子便向肥遗的方向径直延长过去。肥遗一惊，但很快便轻而易举地躲过去了。

"小菜一碟。"肥遗哼了一声，手中的大刀又一次砍向九凤。九凤依旧在笑，而且笑得愈发耀眼了起来。她做了一个几乎没有人察觉得到的手势，下一秒，柳条从鞭子中猛然暴长出来，将肥遗缠绕住。

"啊？"肥遗惊愕，待到要挣脱时，却发觉压根儿无法挣脱，只能被困在其中。

"活该！"小雀在一旁对着半空中大声地喊了一句，声音里满是对肥遗的讥笑和不屑。小雀知道，那条鞭子里生长出的柳条能够摄取他人的仙力来滋养自身。

下一秒，九凤又念了个诀儿，柳条重新收回到鞭子中，肥遗被松开。他的灵力只被吸去了一成，这还是因为九凤大发慈悲的缘故。

"你！"肥遗怒道，倒提了大刀向九凤直扑过来，九凤挥舞两下鞭子，肥遗脸上很应景地添上了两道伤。这两道伤正好激怒了肥遗。

"你还要继续纠缠？"九凤也有些怒气，冷冷地说道，"识趣一些。"

肥遗长啸一声，这一声满是怒气，有些令人发指。下一瞬他便扑上来，看起来很是可怕。小雀隐约看见他似乎是施展了一个阵容颇大的术法，但却不知道是什么术法。

下一秒小雀就开始恐慌了起来，两根石柱拔地而起，直愣愣地向九凤的方向袭了过来。九凤虽说很轻松地躲了过去，但很快，愈来愈多的石柱向她袭去，而且呈环抱之势。

九凤皱了皱眉头，一跺脚从上方冲了出来，鬓间的那朵若木花忽然绽放开来，化成了千万朵小一些的若木花，向肥遗袭去。肥遗脸色一变，下一秒却已经反应了过来，急忙向九凤送出了一个招数。九凤正将注意力全部放在攻击上面，没有注意到肥遗的这一次偷袭。

"师傅小心！"小雀喊了一声，声音略有些慌乱。九凤听见这句话，有些分心，被肥遗命中了胸口，吃力地弯下腰来。鬓间的千万朵若木花立刻暴长了数倍，向肥遗漫天地盖过去。肥遗下意识地想躲，却没能躲过去，惨叫一声，从云头跌了下去。

"哼。"九凤冷哼一声。小雀已经反应过来了：正是她的那一声喊叫才使得九凤为肥遗所伤，不禁有些心慌。

"师傅，您没事吧？!"小雀扑上去，紧紧抱住师傅。

"没事，伤得并不那么重。"九凤说。但是小雀已经看出来了，九凤的伤一点都不轻，九凤却只是装作不要紧的样子，宽慰着小雀，"没关系的，远没有看上去那么严重。"

"师傅……"小雀双眼泪汪汪地看向九凤。

"但是此番之后，你或许就得下山了。"九凤突然面色一冷，说道。

"为何？"小雀问道。

"他们此番既然已经来此地犯了事，那么我们要多加小心，你虽然已经活了三百二十载，并非没有能力，但是还是需要小心一些。你已经长大成人，我们的事情，拖累到你身上也不好……"

小雀欲言又止，一双泪汪汪的眼睛看着九凤，不知该说些什么好。

　　"你应当也知道，你并不是我亲生的孩子，而是我捡来的，所以，你也正可趁此去寻找你的生身父母了。你很有天赋，仙力不凡，你的母亲最不济也一定是个仙女之类。当初我见到你时，你的脖子上就挂着你的父母给你留下的信物，"九凤在袖子里摸了摸，取出一块成色不错的琉璃玉来。玉上用鲜血画了一个同心圆，上面又用一层仙力凝化成固体。小雀把玉握在手里，只觉得仙力充沛，几近不可估量。

　　"还有，带上你的鞭子，和我的兜帽。"九凤支撑着站起来，把身上的兜帽脱下来给小雀披上，"有了这个兜帽，你就不会被与木有关的仙力所伤。"

　　九凤又将自己的首饰包起来交给小雀。"走吧！"九凤笑道。小雀已经泪眼朦胧了，只知道自己欠着师傅一个天大的恩情，现在若是不应，就辜负了师傅的深情用意，想了想，跪下向师傅深深一拜，一咬牙，起身向山下走去。

　　"小雀……告辞！"

第二章　上昆仑美梦欲成

　　小雀下山之后，漫无目的，便化作一只平凡的小麻雀在人界飘荡。起初，还觉得颇新鲜——这也难怪，她从记事起就从未下过天柜山。天柜山上的景色虽然不算是一成不变，但是也不稀奇，小雀在上面住了三百余载，又只有九凤陪伴，连强良和那位游方道士都不常见到，当然深感寂寞。

　　这样看来，人界倒是格外有趣，小雀一直徘徊在几个颇为有趣的集市之间。每隔半月，集市便会如期开市，届时会有几千人来。小雀对于这样的盛会很是好奇，每每变化为人形加入。

　　这样的日子已经有足足一年了。一年来，小雀参加了二十多场大同小异的集市，终于开始有些不耐烦起来。她这个年龄的少女本就是活泼好动的，在天柜山上的生活再怎么乏味，也好歹有一个九凤，能够和她讲些不知道哪里听闻或者干脆就是九凤本人编造出来的故事。强良和游方道士也颇为有趣，但是现在，小雀却总觉得自己不属于人界，集市那么多的纷纷攘攘，与她有何干系？她没有一个知心朋友，甚至没有一个人能够和她聊得来。

　　"小姑娘，又来吃馄饨啊？"馄饨铺子的店主向小雀招呼道。自打不久前决定长久地化成人形之后，小雀每日下午时分都会来这里要上一碗馄饨。店主似乎不是人族，但以小雀的能力还看不出此人究竟是何方神圣。店主脸上有一道伤疤，性格似乎颇为木讷，除了和熟客招呼两句以外就只会嗯上几声，鲜少说话。

小雀点点头："来一碗馄饨，老样子，野菜馅的。"

过了不一会儿，店主就端上一碗馄饨。小雀摸出几枚铜钱放在桌上。她用下天柜山时师傅送给她的首饰，在附近典当行换了不少钱，这些钱够她安稳地逍遥上很长一段时间了。店主点点头，嗯了一声便回到灶台前，似乎是要下另外一碗馄饨。

吃完馄饨，小雀抹抹嘴，走出馄饨铺子，向镇上的茶馆走去。茶馆里常常是有说书人的，其中有一个她很是喜欢，不时地会讲一些神仙妖魔鬼怪的故事。小雀算准了日子，今天应是轮到这位说书人说书了。

她付了一串铜钱后坐进了茶馆，说书人刚刚找出惊堂木来，走到茶馆的中间，清了清嗓子，道："上回说到人世间终于分了三大国，即登宝国、谷城国、扶桑国，三足鼎立，各不相让。登宝在北，谷城在西，扶桑在东，这都是各位熟知的了，多说无益。之后又过了几万年，盘古大帝不幸仙逝。天下没了能号令三大国的主儿，乱了开来。扶桑国遗世独立，和其他两个大国素来是井水不犯河水，才保了这么多年相安无事。登宝国野心勃勃，一心想要占领西面的谷城国，再得了扶桑国的地盘，好一统天下。三百余年前登宝国国君与谷城国国君在谷城国国都谷城决战，把那谷城国民杀得七零八落，谷城国国君御驾亲征，只远远地见着了那登宝国国君的影儿，就被先锋大将一刀斩落马下。

"谷城国那里据说还是请了凶兽朱獳（rú）助阵的，不料登宝国得西王母娘娘之助，一场大战胜负立见分晓。据说朱獳伤得极重，落荒而逃了，现在还指不定在什么山头上养伤呢。说起那朱獳是怎么伤的，倒还有一段说法，说是本来他有妖力护体，人族断无可能伤着他，不料天庭那一道天雷忽地劈下来，把他那屏障劈了个粉碎，人族大军便把他的妖体伤了八九成。

"登宝国大捷，王母一时高兴，还将那九天玄女下嫁给了登宝国国君。九天玄女可不是一般人哪！那可是鼎鼎大名的神女啊！王母还将长生不老之术教给了登宝国国君。依我看啊，过不了多久，登宝国国君就能一统四境得道成仙了！预知后事如何，且听下回分解。"

"这话可不能乱说，谁统一天下还说不定呢！"小雀站起身来朗声道。众人都有些惊愕地看着她。

"有意思。"说书人笑道，"等一下来找我。"

小雀并不喜欢与陌生人过多接触，本不想去找那说书人，但散场之后她瞅了瞅天色似乎还早，想着下午剩余的一点时间不知该如何消磨，便走向了茶馆那台子的后面。

"小姑娘，你很喜欢神族那些故事？"说书人坐在一张台子上，笑盈盈的，擦拭着惊堂木。

"喜欢。"小雀点点头。

"那么我再给你讲一点。"说书人笑盈盈道，"你该知道在这四境之内，有座山叫做昆仑山？"

"知道。"昆仑山的故事小雀听得太多了，早已耳熟能详，"昆仑山据说是天帝在人间的宫廷，上面有不少神仙仙女之类。"

"好。既然你喜欢神仙，你想要看到真正的神仙么？"说书人笑道。

"想。"小雀道。显然这说书人并没有看出她的真实身份，这也好，她并不很想让人知道自己的身份，虽然在某种程度上她自己对这件事感觉也不大真切。

"昆仑山虽说是天帝的地盘，但也是在人世间，"说书人道，"数百年前我曾经上去过一次，上面很好看，天帝在上面用白玉建造了许多宫殿，很是漂亮。山上还种了很多杏树，一年四季都会开花，也会结果，果子很好吃，我以前经常吃……不，不对，我也就只吃过五六个罢了。"他似乎意识到自己的口误，皱了皱眉掩住了自己的嘴。

"几百年？"小雀疑惑道，"你是仙人么？"

"不是。"说书人皱皱眉头，显然是发觉自己前面有什么话说错了，露出尴尬的表情来。小雀这才仔细打量起这个说书人来：说书人看起来似乎很年轻，也不过二十余岁的样子，面容上却有一种不属于他那个年龄的成熟，是那种久经沧桑的成熟。"我只不过是普通的人罢了。前面说到哪里了？哦……昆仑山上有不少凡人宫婢，你若是真的想要去看仙女，倒可以这样试一试。"

"宫婢啊……"小雀皱了皱眉头。在她的内心里宫婢从来就不是什么好词汇，总有一种寄人篱下的感觉，"你当年是怎样上去的呢？"

"我啊……"说书人挠了挠头，"我当年是被人邀请上去的。"

"你还认识仙人？"小雀显得兴高采烈。

"算是吧……但我可没有办法照葫芦画瓢帮你，见你喜欢神族，只不过是给你指一条路罢了。"说书人面色微微沉了下去，不再说话，背过身去。

"好，感谢了。"小雀笑了笑，转身离去。

小雀从茶馆里面出来，寻思着说书人刚才的一番话。寄人篱下，当宫婢这种事情，她的确是不喜欢，但回想起昆仑山上多仙人之类的说法，小雀忽然想到了一种可能性：自己的母亲可能就在这昆仑山上。

"若是这样，就算是不得不当一个小小的宫婢，我也要去一趟昆仑山！"小雀暗暗地对自己说道。思索片刻，转身向自己借住的旅店走去。

小雀借住的旅店是这个镇子上最大的旅店，现在到了傍晚时分，入住的人格外多。小雀在一众等候的凡人羡慕的眼光下沿着楼梯走上楼。站在房门前，她迟疑了一会儿才去开门。不知不觉间她已经在这里住了足足一年，虽说早就知道有朝一日会离开，但是没想到居然这么快。

她重重一推，花了一点仙力才把门打开。为了防止有人擅闯，她在房门和窗户上都下了禁制，不说能不能防神族和妖族，但起码防大多数人族是绰绰有余的，更何况若是这房间的门窗被人打开过，她能够立刻发现。

她走进房间，没有忘记把门顺手带上。她的东西本来就少得不能再少，九凤为她用火元素打造的鞭子——"流火"，被她命名为"遁木"的兜帽，还有两件她下山之后买的平常衣服和几件首饰。她脱下今天早上出去时穿的那件人族少女的长衫，换上自己下山时穿的九凤给她做的那件衣服。她仔细地把为数不多的几件物品收拾起来，刚刚想要往乾坤袖里放，却觉得乾坤袖里好像多了一件什么东西，沉甸甸的，泛着红光。她把手伸进袖子里去掏，发现居然是那日九凤在鬓上戴的若木花，大概是下山之前九凤悄悄地装进她的乾坤袖里的，她根本不记得什么时候自己接过这若木花。

"师傅……"小雀小声嘟囔道，不知不觉间泪水已经模糊了双眼。

"走了。"她对自己咬咬牙道。她在地板上轻轻一踏，瞬间便到了大堂里。见她突然出现在一众人族的面前，有几个不大清楚神族是何方神圣的，吓得险些昏厥过去。

"我要走了。"小雀对着掌柜笑了笑。掌柜与她算是熟悉，毕竟她在这里也已经住了一年了。

"你要走啊，"掌柜从钱囊里摸出几个铜钱，"路费。"

"嗯。"小雀也没有推辞，点点头便收下了。大概几个月前掌柜还欠了她一个人情，现在权当是还人情了。

"我走了。"小雀对着掌柜笑了笑，想着自己或许永远也不会再来这客栈了，便又对着跑堂的小二和那些人族露出了一个嫣然的微笑。她长得本就颇为好看，笑起来更是甜美。本来对她有些戒备的人族看见她的笑容，也便放松了下来。

小雀在地上又是一蹬，向上直冲过去。在半空中，她忽然化作一只麻雀，向云霄冲去。

很多年以后，当年那客栈里的掌柜，仍然会说起那年他看见的小雀。他在这镇子上活了一辈子，还只见过这一个神族。他有时候会添油加醋，夸大其词，有时候则不会，反正也无所谓。后来小雀在他们镇子上被传得神乎其神，据说向她许愿无一不灵，她还会在夜半时分悄悄地回来，帮助那些可怜人。

后来，他们为小雀修了一座庙，专门供奉她。

这事小雀不知道。

小雀到达昆仑山的时候已经是第二天的清晨了。她灵力不高，又没有坐骑，速度自然快不起来。等到降落在山脚下时，她觉得自己快要虚脱了。

"你是何人?! 来昆仑圣地做甚?!"小雀困倦地跌跌撞撞地走到上昆仑山的小道口。见她走近，一个神兵大吼道。昆仑山是重地，在小道道口就安排了不下十个神兵。

"在下寻暮，"小雀随口为自己编了一个凡人的名字，却没有注意到这名字却是她的目的——寻母的谐音，"听闻昆仑山上收些凡人做宫婢，便想来碰碰运气。"她念了个诀儿，把自己变作十六七岁的美少女。这个小法术，灵力略微高强的人一眼便能识破，看出对方的本来面目，但对付几个最普通的神兵绰绰有余。

"身份，还有……"几个神兵伸出手去。小雀是多么机敏的人，霎时便懂了这几个神兵的意思，既然她要上山去，那么少不了给这几个神兵一些好处。

小雀也不是没有钱，但是她思索片刻，却故意装作懵懂的样子："还要什么?"她心知自己的真实身份说不得，但若是编上一个虚假身份，还不知道要惹出来多少麻烦。

"这个呀！"神兵伸出手去，做了两下掂量的动作。

"哦——"小雀点点头装作终于懂了，笑了笑，在身上寻找钱囊，从乾坤袖里偷偷地抖出几串铜钱。凡人是用不了需要灵力才能够驾驭的乾坤袖的，若是让那些神兵看见了，保不准又要疑心一番。

小雀转过身来，把几串铜钱交到这几个神兵手上："兄弟们自己分吧，身份的事情……"

神兵们也看出她的身份保不准是存疑的，连连点头："好好好。"说罢几个神兵也转过去，解开装着铜钱的袋子，一枚一枚地数起来。果然铜钱是个万能的东西。小雀这样心里想着，便沿着小道向山上走去。

一路上小雀又遇到了好几个关口，都是用钱就买通的。不过不再有任何一个关口问她身份，看来之后的人都将希望寄托在第一个关口上了。

"你想到山上当婢女？"在最后一关上，一个打扮颇像将领的人手上拿着小雀刚刚递上的一张文书。这是中途忘记了哪个关卡上守关之人给她的。

"履历查过了么？"将领冷着一张脸问道。

"查过了，查过了，第一关就查过了。"小雀连忙露出一个微笑，款款道。

"拿出来看看。"将领丝毫不买账，铁着面冷冷道。

"将军，你看，这样不太好吧……"小雀露出一个笑容，学着自己曾经见过的那些凡间要走些关系的人说道。

"不行！"将领狠狠地说道，"这是规矩！"

"将军……"小雀表面恳求，背地里却暗暗蓄力，想着能不能一手劈晕这个将军，逃过这一关。

"豹将军！"远处一个神兵向他狂奔过来，大声吼叫道，"那位大人叫您去议事，很是要紧！我替您看着这关卡吧！"

"行行行。"不知为何，豹显得很不耐烦，冷哼一声道，"这文书给你，等

017

下路赟（yūn）来了，你给他检查去。"

小雀才意识到那神兵的名字唤作路赟。她连忙点点头，应诺一声，挤出了一个尴尬的微笑来。豺怒气冲冲地向山上走去，留下小雀一人。很快，路赟便走了过来。

"履历查过了么？"路赟问道。

"没……没有。"小雀也不知道自己怎么就鬼使神差地说出了没有二字，想来是自己太心慌意乱了。小雀暗暗地责骂了自己一声：怎么这么不小心，现在可能要前功尽弃了。

"没有，那就算了。虽说规矩的确是应当查履历的，但也没几个人真正去查，豺总是喜欢过分地刁难。在里面手脚不要不干不净，会被踹出来，若是能够服侍那些大人物，就小心一点，以免生出什么不必要的祸端。"他向旁边挪了两步，"上去吧，谨言慎行。"

"好。"小雀向上面走去。这次倒是真真碰上了一个好人，她颇为感动。

上去之后又有一个人来问她来此的目的，她就一口咬定是来当宫婢的。便有一个人把她带到了一个小院之内，让她负责打扫院落。这一贯是个很苦的差事，但凡是有点资历的宫婢都不愿意干这脏活累活。小雀也不愿意，但想到自己初来乍到，只能忍气吞声，去拿了扫帚，刚刚准备扫，却听见把她带领上来的那人说道："先等等，我先带你去宫婢住的地方，你安置下东西再来。"

我没什么好安置的——小雀刚刚想把这句话说出口，却意识到自己还是借着一个凡人的名号的，这样说显得很没有礼貌，又不合常理，便道了一声"好的"，跟紧了那个人。

那人带着她一路七弯八拐，到了山上一处很偏僻的所在。那是一处悬崖，上面粗糙地建造了些建筑，无一例外都面朝北方。小雀琢磨了片刻才明白这是坐南朝北，是臣子的位置。

"喏。"那人指着旁边最为偏僻的那栋房子，说道，"你初来乍到不能住中间那栋房子，那边那栋房子还空着，你搬进去住吧。"

"好。"小雀无奈地点了点头。寄人篱下的日子果真不好过！她走进去，内里是一个大而空的房间，杂乱地摆放着几件物什，还有些被褥之类。小雀环顾四周，发现偌大的房间里居然有一个人在，不禁觉得稍稍好了一些。

"哪几处是无人的？"小雀问了对方一声。

"喏。"站在那里的也是个长得颇为好看的宫婢，一双眼睛大而水灵，长得很是清秀。她伸出手去指了指几个还算整洁的铺被："东西什么的不要随意放置，若是丢了这里可没人帮你找。说是履历全部查过，但总还是有几个刚来的手脚不干不净的。"她看样子也是新来的，说话处事却总有一点孤傲贵气的样子，像是出自什么世家名门望族之类。

名门望族，怎么会来昆仑山上当宫婢呢？小雀有些好奇，但是又不敢多问，毕竟自己和眼前之人的关系还远没有到特别熟的地步。

小雀只能点点头，走向那人指着的铺被。果然是个颇为干净的地方。小雀向对方投了一个感激的眼神，笑了笑。她掀开铺被，发现里面有两套干净衣服，还有一个最为朴素的木簪子。

"这衣服上面有乾坤袖，你从未接触过这东西吧？很简单，你有什么东西，往衣服上的袖子里拢一拢，立刻便能够放进里面去。"

小雀直皱眉头，她并非凡人，这乾坤袖自然是用得，但若是换别的凡人听这句话，怕是会不知所云。

"你初来乍到，我再和你解释解释。"对方笑道，"当昆仑山上的宫婢可不是什么易事，是要谨言慎行的，这话恐怕放你入昆仑山者也曾经与你讲过。你这件白衫，在这里定是不能穿了，只能穿这两件衣服。干活的时候细致点，前几日这里有好几个人犯了错，便被赶下了山。"

她还想要说些什么，但这时外面传来了阵阵梆子声，于是不得不转身，用一种很奇怪的步伐向外跑去："午时要到了，最后嘱咐你一件事，从明日起，每逢午时，你一定要出去，会有人等着我们所有人。"

"为什么？"小雀有些奇怪，问道。

"届时你就知道了。"对方头也不回，向外跑的步伐愈发快了起来。

"等等！"小雀喊了一声，对方停下脚步回过头来。

小雀学着自己看过的那些书本，大喊道："敢问阁下尊姓大名？"对方瞄了她一眼，扭过头去，慌乱地继续向外跑。

小雀皱了皱眉头，这才意识到对方的腿似乎有些问题，定是曾经受过什么伤，治疗得不及时才如此。

不过对方走了，对她倒是好事。她把原本乾坤袖里的东西拿出来，又把白色的长衫脱下来换上这里发的婢女装，把东西重新又装进乾坤袖，这次还包括了两件衣服。乾坤袖的一大好处就是若是主人不想取出什么东西来，便无人能够取出。

小雀倒是很喜欢这个效用，以前在九凤洞里时就曾用过。那次九凤说漏了嘴，说是不久后是她三千岁的生日，小雀就为九凤做了一朵三千瓣的重瓣莲花，每一片花瓣都是她亲手用些许灵力插入莲蕊之中的，密密麻麻三千瓣，煞是好看。那些日子里她几乎不曾合眼，白日练五行法术，每到晚上还要通宵做那三千瓣的莲花。做完之后她自视时机似乎不大对，便把那莲花又放在乾坤袖里揣了大概有半个月，九凤有时候帮她整理衣物，竟然也未曾发现这朵三千瓣莲花。半个月后她把这莲花从乾坤袖里取了出来，居然和放进去时一模一样。

理了东西，小雀向外面看了看，发觉外面空空如也，想着再等些时间再去也是好的，便坐在自己的铺被上向外看。其实这里的景色不错，在心境好的时候看出去更是漂亮得很。

小雀坐在铺被上又想起来在上山之前听闻的一段所谓"秘闻"，也是一个说书人说的，倒不是她一直听的那个说书人，而是另一个老者，一个会弹三弦的说书人。

"数十年前，据说曾经有过这样一段秘闻——话说当年西王母把九天玄女许配给了登宝国国君，那是在谷城大捷之后不久的事情。当年不是过了足足三年，登宝国君才与玄女结婚么？西王母说是准备大婚准备了三年。但玉山上众所周知，九天玄女是和意中人跑啦！"

小雀对于所谓的这些"神族秘闻"一贯都是不感兴趣的，当年她只听到这里，没有再继续听下去。这时候也不知道为什么，她突然莫名其妙地想起来了这回事。当年她走进另一家茶馆听这段话时听得没头没脑的，但现在想起来却记得莫名的清晰。她正思索着当年那老说书人究竟说了些什么，忽地发觉外面似乎吵得很，才发觉是那些宫婢们回来了。

她伸了个懒腰，站了起来，还没来得及环顾四周，几个小宫婢就跑了进来。

"你是新来的？"一个小宫婢怀疑地看着她，问道。

"是的。"小雀点点头，"把我派来的人要我在一个偏殿扫地。"

第三章　受屈辱含恨下山

　　不知不觉间，小雀已经在昆仑山上当了两百年宫婢了，她做事乖巧伶俐，机智聪慧，又小心谨慎，不说不该说的，不做不该做的。现在她早已经不是刚刚上山时的那个懵懂无知的小雀了，她也不再在侧殿扫地了。两百年的时间，她已经成为一个在昆仑山议事大殿上端茶送水的婢女了。

　　两百年总是能够发生很多事，她交到了来这里的第一个也是唯一一个好友。就是当初刚刚来昆仑山时给她述说规矩的那名婢女。对方名唤数斯，似乎不大看得起这里的其他婢女，却独独对小雀不错。

　　小雀今日起了个大早，按着婢女的样式梳妆打扮好，早了一刻去往议事正殿。但一到那里，她就觉得有什么不对劲。

　　议事正殿上一个人都没有。小雀本以为是自己来早了一刻的缘故，过一会儿其他人自然会来，便向正殿殿后的花园走去。自打来了昆仑山，在这殿上做了也有半年的婢女了，她却还从未进过这后花园，自然是有几分好奇。

　　一刻钟过去了，小雀环顾四周，发觉依旧是空荡荡的。今日不知是怎么了，居然一个人都没有。小雀从后花园绕了几圈走出来，刚刚准备往回走，却看见有人向她匆匆跑来。

　　小雀定睛一看，是两百年前在她刚刚上山时曾经刁难过她的豿将军。

"豺将军有何事？"

豺本来一脸凶狠，看见她时却柔和了脸色："没有什么事情，认错人了。"

小雀点点头，却总感觉有什么地方不对。但以她的性格再加上在这里养成的习惯，她是不会刨根寻底的。

"好。"小雀回了一句，便绕过了豺，向后山宫婢们住的地方走去。一路上她感到有些奇怪——路上行人稀少，宫婢一个都没有看到，就连平日里在附近巡逻的那些神兵也都不见踪影。小雀心里有些疑惑，待到了后山处，更是奇怪了。后山空荡荡的，居然连一个人影都没有。

"今天这是怎么了？"小雀有些疑惑，却又不敢随意在四下里走动，只能在后山一带徘徊，原先还束手束脚的，后来见后山压根儿没有人，便索性练起了九凤教她的五行法术。在昆仑山上她要扮作毫无灵力、从未修炼过的凡人，已经把五行法术荒废了很久，再不练习怕是要彻底荒废了。

她练了一会儿，直到山上隐隐地传来了人语声才停下来。她重新把鞭子装回乾坤袖中，慢慢地走回那几间小楼内。

过了没有多久，一些宫婢也陆陆续续回到了小楼当中。见小雀也在，几个婢女露出了奇怪的神情。

"今日是天帝宴请神族诸君的日子，所有婢女都要去帮忙。我们正纳闷怎么没见到你，不想你居然一直在这里?!"一个长相平庸的宫婢说道，面上神色略显不快，但一看便知是装出来的。

"我未曾听闻有什么宴请神族诸君的事情。"小雀皱皱眉头，"数斯呢？"

"数斯今天在席间不小心把酒泼在了贵客的身上，已经被赶下昆仑山了。"前面回答小雀问话的那个婢女回答道，"你还有心念着她，你自己犯下这么大的错，保不准第二日早上就要被赶出昆仑山呢。"

小雀表面上装出毫不在乎的样子，内心却是直皱眉头。自己两百年的时光保不准就会在这次事件中功亏一篑。

"以前带我们来这里的那个人在哪里？"小雀有些忧心，问道。

"喏。"一个婢女伸出手遥指着远处的一个方向，那里是小雀之前从未去过的一个方向。小雀思索片刻，缓缓地向那个方向走了过去。

哀求也好，贿赂也罢。她一定要保住这个她耗费两百年大好青春时光才得到的位置。

走在路上，小雀突然想起来了许久以前的一件事。

那是一百五十年之前，她还在那个刚开始的偏殿当打扫落花的小小婢女。那天上午她刚刚把落花扫到一半，正挂着扫帚想着是不是要休息一下，却发现一个身着玄色袍子的男子向她走了过来。她没有在昆仑山上见过任何穿玄色袍子的男子，但是她知道他并非凡人，而且他是修习火系法术的，她感觉得到他强大的灵力。

"请问大人有何事？"小雀用一种自以为老成持重的口吻问道。

"无事，无事。"男子开口，声音居然颇为年轻，与他的外表截然不同。小雀这才想起来不少修习五行法术到了一定境界的都能够随意变化容貌，想来这人大概是修行到了七分，变化得了外貌却还不知如何变化声音，只能处于这样一个很是尴尬的状态。

"那我就不打扰了。"小雀思索片刻道，无意间似乎还用错了谦称。不料对方似乎并不在意，而是抱歉地笑了笑，便匆匆走进偏殿。

原本这事也不至于让小雀在这一天想起来，可凑巧的是那一日还没过完，本以为自己要当一辈子偏殿的扫地婢女的小雀，就莫名其妙地升了职。

小雀想起来当初见过的那个人，不知为何总觉得今日若是能够再见上他一面，今日的事必定能成。

小雀急匆匆地赶了约摸一刻钟的路，才终于走到领他们来的那人的大殿门口。

"宫婢寻暮求见。"小雀小声对着看门的两个低等神兵说道，她不大清楚这边的规矩，不敢大声说话。

"好。"一个神兵低低地说了一句。小雀没有猜错，这里果然是不允许高声交谈的。那位神兵向大殿之内匆匆走去，没多久又走了出来。

"进去吧。"他说。小雀点点头，绕过神兵，迈上一阶又一阶的汉白玉台阶，缓缓地向大殿走去。大殿的装饰其实算不上富丽堂皇，甚至是朴素的。小雀不禁猜测：住在这里面的究竟是怎样的一个人呢？虽说不止一次见过带她来的那人，但她却依旧好奇。

大殿上，出乎意料地空无一人。小雀不敢轻举妄动，先对着空空如也的主座作揖。这是昆仑山的规矩，最大最重的礼节便是作揖，没有什么三跪九叩的大礼。

"无须行此大礼，有什么事情赶紧说。"主座背后转出来一个女子，正是曾经带她去后山的那人。

"你便是这里的主人？"虽说早有预料，但小雀仍然有些不敢确定，特意问了一句。

"当然。"女子笑了笑。她长得很是妖艳，但梳妆打扮无一不是朴素的，举手投足虽说不至于透着市井气，但也很平庸。她穿了一件略微发灰的粗布衣服，簪子和婢女一样是最朴素的木头簪子。小雀不禁好奇这人究竟是哪一族，她施了一点灵力试探后，却发现什么也探不到。既没有神族的灵力或者妖族的妖气，也没有人族或多或少都会带着的烟火气。

应该是很高明的神族或者没有沾过烟火气的人族吧！小雀很认真地得出了这样的一个结论。

"在想什么呢？"对方突然出口问道，"在主人面前，客人走神可是很失礼节的事情。"

"哦，"小雀这才反应过来，"抱歉。"

"你来此何事？"女子问道。

"我听闻今日天帝大宴宾客，然而我却不曾被告知，因而未曾前去宴会侍奉。还希望大人念我初犯，能够饶我一次。"小雀镇定了一下自己略有些乱的内心，有条有理地回道。

女子原本脸色有些奇怪，听到后来却不知为何大笑起来："好，好，很好！"

小雀投来一个询问的眼神，女子又笑了，哈哈大笑道："你就留在这里吧！"

小雀一边慢慢地往回走，一边在心里寻思。这桩事总像是有什么问题。但她转而又想了想，那女子说的应该至少七分是真，剩下三分再不济也不至于横生出什么大变故来。她一边这样想着，一边走回了后山。

"怎么样？"那个之前对她颇有些冷嘲热讽的女子问道。

"谢谢你。"小雀回了一个半是嘲讽半是真诚的笑容。对方的面色很快变了，露出一个极不愉快的表情来。

"哼！"对方很不屑地冷哼了一声，转过身去，不再看小雀。

若是当时的小雀再多个心眼，她或许就不会说出那句话，也就不会引火烧身。但她当年意气还盛，鬼使神差之间便酿成了大错。

三日之后，小雀被赶下了昆仑山。临走前她又去求见那位管理宫婢的大人，对方终究也没有见她，两个面无表情的冷冰冰的神兵把她挡在了殿外。

临到下山前她才终于听闻自己被赶下昆仑山的原因，说是她故意偷懒，擅离职守，在天帝大宴神族的时候逃避不去，或许还居心叵测。

小雀简直无可奈何。她又去求见那位大人，但殿中走出来的却不是那位大人，而是一个男子，一脸凶相。小雀硬着头皮上去，支支吾吾地道明了来意。

"胡说八道，你擅离职守，居然还有理了？"对方喝了一声，冷冷地说道。

小雀刚准备再为自己开脱，对方却又大喝一声："赶出昆仑山之前，先打三十板子！"

小雀对于打板子这一刑罚早就有所耳闻，倒不是山上非常重的刑罚，但也足够警诫人，让人体味到某种意义上的耻辱。

两个健硕的宫婢走来，一左一右抓住小雀的双臂。小雀下意识地想要挣脱，不料那两个宫女却像是有着力拔山兮的力气一般，小雀根本无法挣脱。她正寻思着能不能用五行法术，却意识到不知怎的，现在的她连五行法术都使不出来。两个宫婢押着她，或者说是拖着她一路走到后殿的一块地方，狠狠地推了她一把，显然是要小雀跪下。

小雀丝毫不动。另一个宫婢又在她腿弯处踹了一脚。小雀吃痛，不得不跪下。跪下的那一瞬间她想起了数斯，数斯从未说过自己的腿是怎么瘸的，她追问了好几次也没有结果。这样看来，大概也是被这些专执刑罚的宫婢弄坏的。

那个前面推了她一把的宫婢不知道从哪里找出了一块木板，递给另一个宫婢，又把小雀按住，把她背上的衣服撩起来，露出一片细皮嫩肉来。

另外一个宫婢举起板子，手上一发力，将板子打了下去。木板拍在皮肤上，"啪"的一声，分外清脆。小雀吃痛，但还咬着牙，丝毫不发声。

两下，三下，四下，五下……"这小宫婢还挺能吃痛的嘛。"那个按着小雀的宫婢道，届时她们刚刚打到第十下，"以前见过几个身板弱的，还没打到十下就昏厥了，只能抬出去，真真娇气得很。这个不错。"

小雀倒是有些希望自己昏厥过去了，她以前不是没有受过伤，但这十板子的确是疼，清脆却麻木的那种疼。她看不到自己的背部，就算能够看到她也不想看，上面一定是一道又一道的红痕，惨不忍睹。

十一下、十二下、十三下……待到第二十下的时候，小雀已经无法感觉到自己的背部了，下手再重的一板子她也只能感觉到有什么东西轻轻拍了她一下。她想起以前听过的那些说书，动辄三百大板，想来很容易就能打死人。

二十一下、二十二下、二十三下……三十下结束，一个宫女把板子收起来，另外一个把手抬起。小雀感到之前压在她身上的千斤重担终于消失了，而与此同时她也感到自己的灵力又重新在身体中流动了起来，并且缓缓地向她的背部流了过去。灵力是能够帮助治愈伤口的，这也是为什么神族与修行的人族的伤口远比从未修行过的普通人族愈合得快。

"不行。"小雀连忙收敛了灵力，她现在的身份可是个凡人，虽说马上就要离开这里，但若是暴露必将招来麻烦多多。

"你叫寻暮？"两个宫女中的一个问道。小雀先挨了三十大板，而后又强行控制灵力，现在已经是头晕目眩，根本分不清问她话的是哪个宫女。

"是是是……"小雀如同小鸡啄米般点头。

"你是马上要下山的？"那个宫女问道。

"是是是……"小雀感到自己的脑子越来越糊涂，像是填满了糨糊似的，几乎无法思考，只能麻木地回答是。

"那么好，寻暮，下山吧。"宫女道。

鬼使神差之间，小雀居然把唤她假名的那句"寻暮"听成了"寻母"。

寻母！自下山以来已经不知不觉有三百多年了！寻母的事情，她从未真正抛到脑后，但已经逐渐淡化了起来。这句不经意间的"寻母"，才让她想起自己来此的根本目的！寻母！当初她依着"寻母"二字，给自己起了个"寻暮"的假名。不料"寻暮"犹在，"寻母"这事却依旧了无踪影，遥遥无期！

　　恍惚之间，小雀已经有些失去理智了，喊道："不！我不要下山！我是来这里寻母的！我还不能下山！"

　　"又打疯了一个。"宫婢摇摇头，"看着她前面一声不吭的样子，本以为这个还算坚强，没想到最后还是疯了。"

　　小雀恍惚之间站起来，已经记不清楚自己又干了些什么，只恍恍惚惚记得自己好像本来准备抽出流火把这两个宫婢活活抽死，但不知为什么最终她却没有从乾坤袖中抽出流火来，而是一瘸一拐地向山下走去。

　　小雀模糊的头脑又想起在这里的这两百年。这两百年的时光她也不明白怎么就过得那么快，但忆起细节来又漫长得很，一切都不像是有变过的样子，却不知不觉间变了很多。

　　她又抬起头来，看着高耸入云的昆仑山，忍着痛站直，又向昆仑山作揖。

　　再见！

第四章　入金笼性命堪忧

下山之后小雀才敢动用些灵力，她勉勉强强驾驭着木灵，用了一个移花接木术，勉强到了山脚下最近的一个镇子上。她尝试询问镇上的人哪里有旅店，但连问了五个人，看着她惨白的脸色，没有一个敢回答她的问题，都装作完全没有看见这人的样子，向前径直走去。

小雀在街上站了大约有一刻钟，终于有一个人向她走来。对方手上拿着一节树枝。小雀花了点时间才发现是迷谷树枝，这种树枝在晚上会发光，白天若是拿在手里或是笼在乾坤袖里，便不会迷路。

"请问您知道客栈在何处么？"小雀问道。

对方本来摇了摇头，但过后才想起来自己手上拿着迷谷树枝，便把树枝递到小雀的手里："喏，这里有一节迷谷树枝，你拿着，就能够找到路了。"

"迷谷树枝能够使人不迷路，你既然拿着，说明自己也不见得能认识多少路。"小雀坚持着说了很长一段话，有点喘气，面色也隐隐发白。

但对方显然并没有注意到这一点，只是很客气地说道："没关系，我还有一节，不要紧的。"小雀本以为对方是随便说说，刚准备再度推辞，不料对方一甩袖子，居然真的拿出了第二节迷谷树枝。小雀支撑着道了谢，便走了。

小雀在客栈里养了三日伤，尽管她并非凡胎，又一心一意养伤，却还没能好彻底。但比起刚刚下山的时候，已经好得多了。她从镜中看过去，发觉自己的背上满是淤青，大片大片的，还肿了起来，按下去要好一会儿才能够恢复原样。

白色衣服一时半会儿是穿不得了，小雀想了想，把自己常穿的白缎衣服留在房中，穿上剩下的那件麻布衣服便向外走去。

她有迷谷树枝，很容易就找到了裁缝铺。裁缝问她要什么颜色的衣服，她思索片刻："蓝色吧。要那种极深的墨蓝色，如同归墟里的无边碧波一般。"

她自己也不知道为何要选择这种不伦不类的颜色，天柜山远在大荒之西，她从未见过东边纳归百川的归墟。她也不是修行水灵的人，更何况修习水灵的人也不会穿这种颜色的衣服。修习水灵的那些神族和人族大都会穿幽蓝色的衣服，飘逸却沉重。

"料子？"裁缝问道。

小雀沉思良久："缎子吧，不要太好的。"

她又从乾坤袖里拿出几串铜钱："钱我先放在这里，两日之后，你做好了，我自会来取。"裁缝点点头，伸出一只手老练地抓起那几串铜钱，在手心里掂量两下，装入自己的口袋之中。

"若有可能，还希望能够在这衣服上面加上一对乾坤袖。"小雀道。乾坤袖这技艺原本只在神族之间流传，但这些年也已经在人族乃至妖族之间流传开来，所以让一个普通的人族裁缝做一个乾坤袖并非什么难事。

裁缝伸出如同鸡爪一般的双手，什么都没有说，但小雀已经明白了七八分：这显然是要再加上一笔钱才可办成。

"好。"小雀略一思索，终究还是应了，又找出两大串铜钱。下天柜山以来她没买过几件衣服，虽说本来已经知道花钱这回事，但真正到了付钱时还是有些心疼自己的荷包。

第四章　入金笼性命堪忧

裁缝得了两大串铜钱，很是心满意足，直接从柜台里找出尺子来，量体裁衣。小雀化的是个十六岁的女子，被这样量体裁衣着实有些不习惯。但她表面装作毫不在意的样子，面无表情。

裁缝量了一圈，记下几个数字，啧啧地道了两声"好身材"，便重新回到柜台后面，找出一块极深的墨蓝色的料子便要开始裁衣。小雀没什么事情了，便走出裁缝铺，刚想着是不是该回客栈，腹中便传来异响。

她突然意识到自己肚子饿了，下意识地要走去街拐角的那家馄饨铺子。两百年了，她有些想念那家馄饨铺子，那个略有些木讷的老板和做的很好吃的野菜馄饨。

她在弯弯曲曲的街道上绕了好几圈，不知不觉间走得越来越偏僻。直至半个时辰后她站在城门口，才觉得有些恍惚。

她这才想起来自己已经不在离天柜山数十里的那座小镇上了，她现在身处昆仑山脚下的镇子里。两百年了，对她而言说短不短说长不长。她想起客栈和善的老板，还有馄饨铺子木讷的老板。以她的能力若是手搭在一截活木上，就能够看见千里外的景象。但她不想看，她的指尖触碰到了一截藤蔓，但又缩了回来。她想着若是自己去看或许只能看到一抔黄土，两百年的时光客栈不知还在不在，但那人族掌柜应是死了的。馄饨铺的妖族老板或许也关了在街拐角的店去浪迹天涯，又或许也和那些人族一样消失不见。当年小雀便看出来了，那人灵力低微，是活不了很长时间的。

小雀摸了摸乾坤袖，摸到了一截坑坑洼洼的木头，她把木头抽出来，才发现是那节迷谷树枝。世人皆谓迷谷树枝佩在身上，人便不会迷路，哪晓得迷谷树枝事实上是把人带到心中所想之地。小雀心心念念着那镇子，迷谷树枝便把她往那镇子带。

小雀不禁有些生气，她把迷谷树枝丢在地上，不住地拿脚去踩。她是修习木灵的，木头自然能够感应出她的灵力来。不知不觉间迷谷树枝居然开了花，迷谷树开出的花是小而粉红的，格外漂亮。

小雀看着漂亮的迷谷花，再也提不起勇气踩踏下去，蹲在路旁，"呜呜"地哭了起来。路旁的人们带着奇怪而又疑惑的眼神看向她，而后纷纷绕道。

自那事过去之后，小雀有足足半个月躲在客栈里，根本不愿出去见人。等她的心情略有些平复之后，背上的伤也已经好了七七八八，虽说还是大片大片的青紫，但已经不很疼了。

那日小雀心情比起前几日要略微好了一些，便穿了那件墨蓝色的袍子，决定要出去走走。她本来只是想在附近走走，却不知怎么想的，居然还把所有的东西全部带上，装进乾坤袖里。一如既往地，她在门上下了一个禁制，便向外走出去。

或许这样一去，便不回来了。小雀心里这样想，不料，她的一念之思竟成了对未来的预言。

她不想以人之姿态行走在路上，便化成了麻雀。但尽管这样，她也是在低空缓缓地徘徊着，并不向高处飞去。

"这麻雀真好看。"小雀隐隐听见身下传来这样一句叫嚷。小雀低下头去，果不其然，是在说自己。她对于自己的样子一贯不太在意，本以为一般，没想到居然有人觉得很是好看。

"不如我们捉下来送给小公子？他最是喜爱这些动物，若是能得到这样一只麻雀，一定颇为高兴。"一个女声道。小雀低下头，打量着说话那人的衣服服饰，想着大概是某个大户人家的婢女之类的，也怪不得口出此言。

"好啊。"另一个男声道。小雀想着自己技艺高超，就算被人想着要捕捉也没什么要紧的，便还是和之前一样，低低地在空中盘旋。

"嗖"的一声，不知是箭矢还是什么别的东西破空而来。小雀在空中一个灵巧的翻滚，箭矢浅浅地擦过她一层皮，微微渗出些许血珠来。

"下手真是狠绝。"小雀冷哼一声，本来刚要振翅向更高更远的地方飞去，不料却觉得双翅仿佛不是自己的一般，根本无法控制。她刚想张嘴再说些什么，却发现自己似乎连声音都要发不出来了，而后她的眼前突然被乳白色的浓雾盖住，什么都看不真切了。她的最后一个感觉是自己似乎正向下面坠去，而后便什么也感觉不到了。

"城东那家药铺卖给我们的药果然灵验，这浅浅的一点便把鸟儿药昏了。"女子接住坠落下来的小雀，笑道。

"不要耽搁，药是够毒，药效却长不到哪里去，"男子道，"还是赶紧送到少主手上吧。"

小雀醒来的时候身处一个精致的金笼之内。笼子不大，从外观上看是个鸟笼。小雀试着以鸟身感应了一下周遭的灵力，发觉偌大的房间里，她几乎一丝活木的灵力也感应不到，就算有木，也不过是伐下来许久的死木。

完了，小雀颇有些绝望地想。移花接木术等法术，都是要碰到活木才可施展出来的，少数几个不需要触碰活木的法术，也需要感应到活木。

意识到自己一时半会儿无法逃出来，小雀沉下心来，决定先好好地观察四周一番，方便日后想方设法逃出生天。

不看不知道，一看吓一跳，这是一件不知用什么金属铸造的屋子，金克木，怪不得她感受不到外面的木灵。地上残留着斑斑血迹，有些已经存在了不知有多少年，有些却像是不久之前才刚刚浸染了这片地面，若是脚踩上去或许还会打滑。

果真很是可怕。小雀努力回忆自己为毒矢所伤昏迷之前那两个仆人究竟说了些什么。哦……对了，他们说什么要把她捉了交给什么"喜爱动物的小公子"。

喜爱动物。小雀看着地上的血迹，不禁嗤笑了一声：所谓喜爱动物，如果天下喜爱动物的人都是如此，那么就真是滑天下之大稽了。想来这"小公子"大概是颇为喜欢虐待动物，平日里经常从各地收集一些颇为特别的动物，而后将它们残忍地虐杀。房间的角落里堆放着一大堆东西，小雀视力不错，勉强看清似乎是几十只动物的尸体，有常见的鸡鸭鹅猪狗牛之类，也有何罗鱼与瞿如这样的奇珍异兽，甚至还有一对三足乌，这是一种生活在大荒东边的奇兽，小雀只在一本古书上见过这种动物。传说中它们以群而居，每日都会有一对三足乌把太阳送上天空。没想到这样珍贵的动物，这什么"小公子"都能收罗到，也的确是有些本事的。

小雀一边这样想着，一边却听见外面似乎传来了脚步声。她敏锐地看了看四周，却没有找到房间的门在哪里。正在她凝思苦想着可恶的门究竟在何处时，却发觉已经有一个身影出现在了房间之内。

"来者何人？"小雀警惕地叫出声来，却没有发出人语声，而是一声又一声的叽叽喳喳。

"怎么的，还很欢迎我？"来者带着讥笑说道，"你难道没有听过我的恶名吗？"

小雀仔仔细细地打量了一下来人，这人大概就是所谓的"小公子"，长得不算很差，但是也不算特别好，总之很平凡。但是看他的样子，却是戾气连连。小雀听闻杀生颇多的人大都戾气重得吓人，面前这人很明显就是一个例子。

"你要杀我么？"小雀投来一个半是疑问半是傲气的眼神，叽叽喳喳道。

对方理应听不明白小雀的话，但是却像是听懂了一般，说道："这次我倒不想急着杀你，我想换一个新方法，先把你养肥，然后再生生拔了你的毛，把你连皮带肉一片一片地割下来，放在檀香木沉淀出的碳上烘烤，再加上一些香料，一定是格外美味。"

小雀勉强提起精神，叽叽喳喳不停地说些什么，这倒并不是为了真的与这讨厌的"小公子"有什么交流，只不过是为了让自己不至于消沉罢了。

"哦，对了，还有个细节我忘记说了，""小公子"想了想又款款道，语气细腻，仿佛一个瓷器鉴赏名家在抚摸珍贵的瓷器一般，"据说要在动物鲜活时割下肉片，口感才会好。我是想要试试的。放心，这种事情我又不是第一次做了，我曾经专门向一个刽子手学过凌迟的手法，就算再不济，也能保证当你化为白骨的时候不至于身死。"说罢他还找出了一把扇子，运腕一甩便把扇子打开，款款地扇了起来。那本来是一把颇为漂亮的扇子，上面还题着"清风明月，傲雪凌霜"八个大字，但却因为主人的屠杀成性而沾上了星星点点的鲜血。

小雀看着这把扇子，只觉得瘆得慌，一点都无心欣赏那颇为不错的题字。

不过，"小公子"说完这段话之后便走了出去。这倒还好，小雀也的确不想再多和这人一起相处哪怕是一秒了。

后来几日，"小公子"日日都会来，要么是给小雀带些能够快速长膘的药物，要么是把铁门锁上，让她在房间里盘桓飞来飞去。

小雀在这几天也做了不少准备。一次，趁"小公子"开着门的那两三分钟，她想方设法终于感应到了木灵。所谓星星之火可以燎原，木灵其实也是差不多的道理。这样一来，就算金属大门合拢还上了锁，小雀也能控制一部分外面的木灵。金克木，有灵气的动物多是修的木灵，当初"小公子"就是依着这个道理才铸的金属屋的。但是小雀岂是一般的动物！她可是神族，虽说现在弱上几分，但控制些木灵还是不成问题的。

她在这屋子里不见天日，过得日月颠倒，只知道自己似乎在这里待了半年有余，具体究竟是怎样却也不得而知。她是按着"小公子"来这里的次数算的，但这样算事实上也不甚准确。

但半年后，该来的总归还是来了。那日"小公子"刚刚把金门打开，小雀便闻到了一股扑鼻的檀香，隐隐约约还带着一股醇厚的酒味。

果然。小雀前几日便预料到这事了。前两日有两个长得极其粗犷的男仆进到这个房间之中，将那些动物尸体之类的尽数搬走。也不知这屋子有什么机巧，那些尸体放置了半年多，居然毫不腐烂。两个男子其中一个居然还是修行之人，修行的是水灵。那人拿了一桶水，居然把地上的那些陈年血迹洗去了大半。小雀看着这空荡荡的屋子，莫名有些不习惯。

"今日……便要将你烤来吃！""小公子"的这个愿望已经有半年了，今朝终于是实现的时候，他不禁激动万分，说话的语调也不禁上扬起来。

小雀屏息凝神：为了这一天，她已经等了不知道有多久，现在，这着实关键的一刻，她绝对不能有半点疏忽！

"小公子"笑得格外妖娆，看得小雀有些发慌。他抱着一大堆檀木炭，向金屋的那一端走了过去。在那里，他掏出了一个火折子。

小雀清楚地知道那只不过是一瞬间的事情，但是在她看来却像是数年一般漫长。她想起来在天柜山上的时光，九凤为她打的鞭子"流火"。九凤修习木灵，火克木，她费了很大的力才打出那条鞭子。鞭子即将出炉那天，也是火灵最为旺盛的时候，修习水灵的强良来助。当时小雀也在一旁看着。强良平时那么孤傲，几乎从来不肯出手相助任何人的，居然撑起两面水盾来，拦在小雀与九凤的面前。那时候小雀才五十几岁，很多事情已经记得不真切，只记得九凤当时拿出那条鞭子的时候，整个洞穴流光溢彩，漂亮得很。

小雀一直不明白为什么自己明明是修习木灵的，却能够轻而易举地控制流火这条用火灵炼成的鞭子，更何况火克木天下皆知。

　　小雀看着"小公子"打亮了火折子。时候快到了，"小公子"俯下身去把那一堆木炭点着。小雀这才发现"小公子"今日穿了一件白色的长衫，这种衣服穿在别人身上是风雅抑或风流，但穿在"小公子"身上就只有滑稽可笑了。他徒手抱起木炭，自以为洒脱风流，事实上只不过是笨拙和愚蠢的杂糅罢了。

　　马上，马上。小雀对自己暗道。檀木燃烧了起来，"小公子"从衣襟中拿出一把锐利的尖刀。小雀本以为这一定是要杀她，而后才想起来"小公子"曾经说过要活着把她的肉割下来，所以她现在似乎还没有什么后顾之忧。

　　"小公子"把尖刀在炭火上烤热，顺手丢到一旁，然后向笼子的方向走来。

　　马上了！马上了！小雀这样想着。她已经忍了半年，她已经不想再继续忍下去了！

　　"小公子"走到她的笼门口，伸出双手，打开了笼子。

　　说时迟那时快，小雀猛地在"小公子"的脸上狠狠地撞了一下。"小公子"迟疑了一下，小雀就抓住那一瞬间，连忙向外飞去。

　　"小公子"很快便反应过来，他身手颇为敏捷，反手便抓住了小雀。

　　"喳——"小雀鸣叫一声，声音格外嘶哑尖锐。连小雀都被自己发出的叫声吓到了。几乎是下意识地，她一爪抓向"小公子"的脸，极其狠绝毒辣，直接向着眼球！

　　一爪下去，"小公子"的右眼立刻汩汩地流出血来，他不甘心，双手还在空中乱抓，但小雀身手极为敏捷，怎么可能被一个无法看见她的人抓住？她在空中简简单单地转了两圈，向上冲去。

　　一飞冲天。

小雀从金屋逃出来之后甚至都不敢回头，拼命向前一直飞。她花了将近小半日时光，才远远地离开了昆仑山和这个小镇子。镇子外面是一片树林，很是青翠。

小雀想起来自己在镇子上的客栈那间房还没有退，她一摸乾坤袖，发觉钥匙被她留在了客栈里。这家客栈的房门都配有钥匙。她会锁上门，而后再用灵力设下一个禁制。

既然这样，那么大概是没有必要回去了。小雀想。总有巧妙的锁匠能打开那并不很牢靠的锁，总有灵力高强的神族能够轻而易举地把她的禁制解开。她在客栈掌柜那里押了半两银子，就当做给锁匠和那打开禁制的神族的酬劳，好像也未尝不可。

的确是未尝不可！

第五章　遇神兽大荒安定

　　小雀自打从昆仑山脚下的镇子里所谓"小公子"的那金屋中逃出生天，已经有两个月了。

　　这两个月，她都是在大荒中度过的。她利用移花接木术到了大荒的东部，又长途跋涉了一月有余，终于到了归墟的边界。小雀一直想看看归墟，这也源于当初还在天柜山上的三百年时光。大荒西部很是干旱，小雀那些年来唯一见过的水源就是后山的那条小溪，虽说淙淙的，但一直有些小家子气。她想看看归墟，这个梦从她很年幼的时候就开始了。那时候她拿了九凤的书，翻开一页，指着图画上的蓝色碧波，说："我想去看归墟。"

　　将近五百年后，这个愿望果真实现了。小雀站在归墟面前，风把她的几缕发丝吹拂起来，连带着她身上那身归墟颜色的袍子也连连飘动。归墟是天下水元素最为集中的地方，小雀不是修习水灵的，但是水生木，这样看来归墟对她也不可谓是不好。

　　归墟的景色很是漂亮，但是水元素总归还是有些过多。小雀待到日暮时分，终于觉得有些不适，便转身向大荒的方向走去。

　　她还没走几步，就听见背后传来一阵阵雷声。她下意识地找寻声音的来源，发觉是一个长得颇为帅气的男孩子。对方看上去有十七八岁左右，小雀用灵力探了一下，发觉对方并非人族，反倒像是什么神族神兽之类，颇有意思。

"你是谁？"小雀问道。虽说觉得对方有些意思，但她并非当初那个毫无保留、随随便便向人敞开心扉的小雀了。

"我叫夔（kuí）。"对方笑道，伸出一只有些脏兮兮的手。小雀皱了皱眉头，但还是握了上去。夔在大荒之内不可谓不有名，或者说是着实很有名气。他是雷泽之神，掌管着大荒之内所有的雷泽，而且他还是大荒之内赫赫有名的功臣，多年之前曾经为天下之主立过大功。当时他幻化为八十面夔牛鼓，雷声震天，将天下之主的大敌身边的众人硬生生地吓得不敢动弹。这一段历史其实没几分可靠，但小雀颇为喜欢，记得也颇牢。

"你就是大荒中那著名的雷泽之神？"小雀不大放心，又问了一遍。

"正是不才。"夔眼中神采飞扬，看来很多年没有人叫过他雷泽之神了，他自己也颇为受用，一点都没有看出来哪里"不才"了。

小雀点点头，便绕过了夔，一边漫无目的地向归墟的相反方向走着，一边想着自己今晚该于何处安身。这里是人烟稀少的大荒东部，像她当年住的客栈之类自然是不会有，或许这几天，她就要露宿荒野了。

"你是独自一人来到这里的？"夔突然在她背后问道。

小雀没有理他，自顾自地继续向前走。她刚刚认识夔不过寥寥数分钟，对方就算再有名也算不上可靠，她还是不要说得太多为好。

"你是孤身一人来到这里的？"夔又问了一遍。

这次小雀碍于礼节，不能再装作没有听见了，只得诚实地回答："是的。"

夔点点头，又道："你叫什么名字？"

小雀注意到夔的话语有些生硬，像是很少与人这样交流一般，想了想便顺着夔的话接了下去："我叫小雀。"

夔向小雀一蹦一跳地跑了过去。他是在蹦蹦跳跳，而非好好地走路。小雀皱了皱眉头。在昆仑山上两百年的耳濡目染使她一贯认为这并非很有礼貌的行态，但小雀什么都没有说。

夔在小雀面前站端正，冷冰冰地道："抱歉了，我作为神兽时仅有一足，化成人形之后虽然有两条腿，却并不能正常走动，只能翻着花样地蹦蹦跳跳，让你见笑了。"

小雀点点头，想着夔的语气似乎有什么地方不对。这样温和的语句，显然不是用来配冷冰冰的语气的。这样不知不觉间，她的表情也随着她的想法，变得有些怪异起来。

夔像是看出了小雀在想些什么似的，说道："自打我为天下之主击退敌人以来，其他人见我灵力高强，便渐渐地疏远了我。归墟水灵充沛，多年来我一直住在这里，在这里我的灵力翻倍。我不愿到外面，因为外面不是我当年出去时见到的那个中原了。他们也不想进来，我已经说过了，我在这里灵力翻倍，他们害怕我伤了他们。"

小雀仔细琢磨一番夔的话，觉得夔颇为可怜，想了想又重新找了一个话题："你平时住在哪里？"这些都是很无聊的问题，根本没有必要问，但小雀想着夔在这大荒中住了这么多年，好不容易才遇上一个能够聊聊天的，要是这么快就冷冰冰弃他而去，似乎也不大好。

"我啊……"夔好不容易遇上一个能够和他说上两句话的人，看上去很高兴，手遥遥地指了一个方向，"我就住在那边，不如我带你过去看看？"

"好。"小雀点点头，便随着夔向他所指的方向走去。一路上夔一个字也没有说，不知道是为什么。

他们走了差不多一刻钟，终于到了夔指的那个地方。那是一间颇为破败的茅屋，勉勉强强能够挡风，显然是夔自己建筑的。这真的是一间朴素至极的屋子，夔能在这里住这么多年，想来也算是很能忍了。

"这间房子如此破败，你是怎么住了这么久的？"小雀皱起眉头问道，不禁有些可怜起夔来了。

"几百年前就想要修一个新的了，"夔的表情看起来有点不堪回首，"但是后来我想就算造一个新的，也只不过是我自己住罢了，便没有再修。这几十年这间屋子时常漏雨，我是修的水灵不假，但是住在漏雨的屋子里可是一点也不舒服。反正没有人来看我，我就住到归墟里去了。"

"归墟里也能住人？"小雀素来听闻归墟水灵过分充沛，就算是灵力高强的人在里面也难耐一月，没想到夔居然能够把归墟当做自己的家来住，还一住数十年，确实厉害。

"我是神族。"夔这样一说，小雀才想起来他远不是一般人可以比拟的。

"你把我叫到这里来，有什么用意么？"小雀问道。

"在归墟里住了几十年，我已经住腻了。刚好你来到此地，我便想重新在归墟外建造几间房子，方便我居住，也可以给过路客人用。"夔笑道。

夔真是个好人！小雀这样想着。

第二日小雀和夔四下里走了走，确定了一个离归墟很有些距离的地方，就在一条官道的两三里地外。

"这地方不大好。"小雀是自己先选定地方再告诉夔的，但夔一看她的选址，便摇了摇头，"这里离归墟太远了。"

"就是要远一点才好。"小雀笑盈盈地说道，"你选在归墟边上，不会有什么人路过的，这样你的目的达不到，也是颇为尴尬的一件事。"

夔想了想也对，便依了小雀的话，与她共同建筑起房屋来。建房这种事情并非一日二日就能做好，更何况夔的水灵在这方面几乎可以说毫无用处，只有小雀一个人能干事，效率当然快不起来。

小雀忙了半个月，每日都会从近处的林子里找来一些木头，先是打地基，而后房梁、墙壁……一个月过去了，小雀的辛勤工作终于有了成效，第一间有些粗糙的房屋终于盖了起来。

夔也不客气，毫无谦让女子的概念，直接搬进了这间房。

“不错嘛。”夔环顾四周，给了一个很寻常的评价。

小雀不干了，噘起嘴来：“我花了一个月时间盖的，你就这样评价？”

夔想了想又道：“好歹不辜负我这一个月的厨艺。”说到厨艺，小雀很惊喜地发现夔的厨艺很不错，别的姑且不论，单单是他烹调海鲜的手艺，就常常能引来三里之内几乎所有的人和妖。每到中午开饭的时间，夔的小木屋旁边都会围绕着一群妖族，有的甚至都还没能化成人形，只能拖着原形之躯。但尽管如此，为求一饭慕名而来的依旧不计其数。

小雀作为夔的合作者好处自然不少，除了惯有的每日三餐以外，她还能常常吃到一些零嘴，很是惬意。当第二间房子盖好的时候，她已经胖了一圈。好在她以前瘦骨伶仃的，这样“胖了一圈”倒是让她更加漂亮了。

神族的寿命长得很，虽然说不能永生，但是大把挥霍时间这种事情，神族还是可以做到的。小雀在这里待了二十余年，若是闲得很，就盖几座房子，若哪天犯懒，也可以待在自己的房内，夔供她一日三餐，把她当妹妹一样养着，她自己也感到很是惬意。

为了让这份惬意更甚，小雀有时还会委托几个能够化成人形的小妖给她带些书，主要是些异志奇谈和故事，还有些医药动物之类的书。

就这样，过得还算不错。

第六章　傲名盛琼林流芳

一晃眼五十年已经过去了，小雀住在大荒，平时鲜少见到人族。夒还是和以前一样，若是找不到话题便不喜欢说话，但凭着自己的手艺，居然也有不少妖族信服于他。

唯一让小雀有些头疼的是，近来，这些信服自己和夒的妖族，似乎并不想在这里安安稳稳地遵守小雀和夒两个人的所谓"本分"。其中，甚至有几个还打劫了过路的商贾。虽说那几个妖族并没有打着小雀或是夒的名号来打劫，但是小雀总还是有些心里不踏实。

那一日小雀想着这样总归不太好，专程跑去夒那里，想找他谈一谈。夒当时正站在厨房中，拿着锅正在煎一块从视肉（即太岁）身上割下来的肉。

"今天的晚饭？"小雀问道，不等夒回答就啧啧地赞了两声，一边在餐桌旁坐下来，说道，"闻起来很香嘛。"

"我这几日一直在向几个土妖学习中原食物的烹饪方法。"夒利索地一翻锅子，肉在空中翻了一个面。小雀发觉另外一面也煎得微微有一点焦黄，看着好吃极了。夒不知道从旁边的几个瓶子里找出了什么调料粉末，在肉上面撒了一点，而后便装盘，用灵力连盘带肉全部飞到了小雀面前。

"嗯？"小雀有些疑惑地看着面前的肉。

"不是今天的晚饭。"夔道，"我想你应该也饿了，这是专门做给你吃的。"

"哦——"小雀笑道，"开小灶啊。"

夔在空中轻盈地一跃，化作一个花球，在空中连转五圈，到小雀的对面："有什么事情，边吃边说。"

小雀点点头，也不含糊，从桌上的筷筒里拿了一双筷子，从一大片肉上面夹下来一小块，放到嘴里。筷筒还是她和夔的发明，随着夔的好手艺变得远近闻名，总会有些人慕名来吃饭，小雀懒得一双又一双地摆筷子，就发明了这种东西。

"你想要说什么？"夔在小雀的面前坐下，说道。

"这几日名义上说认我们为首领的小妖总是打劫一些过路的商贩，我担心他们把事情闹大，可就不好玩了。"小雀把嘴里的肉吞下去，说道。

"占山为寇，打劫过路之人，有何不可？"夔问道，"那些把我们当头头的人就是这样说的。"

小雀有时候觉得夔虽然早就成名，年龄堪比二十余个她，但还是小孩子天性。她不禁皱了皱眉头，款款道："你可是著名的雷泽之神，带着一帮妖族拦路打劫，该是多么有失颜面的事情啊！"

"反正现在很多人也不知道我。"夔有那么一瞬间似乎有些迟疑，但是很快便反驳了回来，"自打我上次离开归墟已经多少年了，现在的人族，怕是一个都不认得我了。"

这倒是个理由。小雀这样想着，心里却又有些不甘，道，"打劫之类，终归不是很正道的事情……"

"至少他们应该愿意为了这事而留在这里。"夔说道。

那一瞬间，小雀终于明白了。夔前面那么多话，事实上只不过是找借口罢了。夔一个人在归墟住了上万年，没有一个人肯跟他玩。他太强大了，他自己也提过那么一两次，都是无意间泄露出来的话语。他说他在陆地上的时候，妖精们远远地看见他，都会变回原形，假装自己还未化妖。在海底，鱼虾蟹鳖之类，只会绕过他，没有谁肯在他旁边停留。他出入海水的时候伴随着大风大雨大浪，还伴随着太阳和月亮的光芒，无论是谁初次看到都会觉得有些骇人。

他还曾经向小雀讲过一段他的过往，那时候他刚刚从天下之主的战场上凯旋，已经筋疲力尽，甚至游走在崩溃的边缘。他不敢进入归墟，也不敢在大荒中肆意行走，于是他找了一个山洞，就在归墟的边缘，他一个人在山洞里瑟瑟发抖，山洞外海浪滔天。

他已经一千多年没有过朋友了，他希望如果能够占山为寇，那些妖族就会留下来。

小雀点点头："那好吧。"

于是小雀和夔，加上几个与他们来往颇为密切的妖族，便将他们的房子——也就是小雀建造的那些房子，改成了据点，开始了占山为寇打劫过路商贾的生活。

小雀和夔等人的房子——当然现在该称作据点了——虽说傍依着官道，但"生意"却很稀少。大荒西面多通商贾，南北是蛮夷之地，也还凑合。只有大荒东面少通人烟，除了一些胆大的渔民在归墟边捕鱼以外，只有些贩盐和鱼的商人会来往了。但这也是少数的。

除了那一次。

那日一大早，小雀刚刚从自己的房间爬起来，心情格外好。她为此还特意换了自己喜欢的素白色衣服。自打她来到大荒，这件衣服还只穿过两次。第一次是她终于建造好了第二间房的时候。她给自己建造的房是所有她建造过的房屋当中最好的一间。她花了整整一季在上面，在一些并不起眼的地方细细地雕琢出漂亮的图案，只供她一个人在闲暇时小心地欣赏。她在屋梁上雕琢出一棵若木树，还有无数朵若木花。那是九凤最喜欢的花。她想把这些东西再现出来，权当是一次致敬或是一个念想。她还在屋檐下挂了一串风铃，那是她委托夔做的。夔将极为纯净的水灵化作冰晶，再由小雀篆刻出这个风铃来，有风时就会在屋檐下丁零当啷地响。当初在天柜山上的时候，强良也为九凤和小雀做过这样一个风铃。有时候小雀觉得夔和强良还蛮像的。

小雀带着这样的预感一路走到了夔的房前。夔早早地就把桌案从房内搬了出来，放在三月的和煦阳光下。有几个早起的妖族已经坐在了桌边，吃着夔准备的香气扑鼻的早饭。

"早上好啊。"小雀春风得意地说道。

"早。"夔端着两个盘子从厨房双足并着一跳一跳地出来，坐到小雀旁边，把其中一个盘子递给小雀，从筷筒里抽出一双筷子，却不急着夹东西吃，而是问道，"你今天看上去颇为开心，有什么喜事么？"

"没有，现在还没有，"小雀摇摇头，嘴里塞满了野菜，道，"我只是有些很不错的预感罢了。"

"那就好。"夔点点头，也吃起早餐来。

预感的印证是在当天下午来的。小雀吃完午饭，无所事事，便躺在路边的一棵大树上顺着官道望去。突然，她发觉远处似乎有一阵接一阵的尘土扬起来，显然是有人不远万里风尘仆仆地赶来。小雀连忙用灵力接通了远处的树木，勉勉强强捕捉到了他们的只言片语。

"归墟……"

"售卖……"

"分成……我得……"

第六章　傲名盛琼林流芳

"盐和鱼之类……"

"商品……"

几乎无须思索，单单凭借着捕捉到的这些只言片语，小雀就知道这一定是一队载着不少货物的商贾了。她连忙用灵力向据点传话："有一笔大生意来了。"

"好。"应答的是甘华，一个颇有些本领的木妖。小雀和这妖族很熟。对方是瑞树甘华树成精，性格内敛。

小雀从树上跳下来，一个最简单的瞬移术便回到了据点。众人已经准备起来了。虽说小雀平时在据点里就是老大，但在她不在的时候，妖族们也很乐意认做饭手艺好得很又和小雀关系不错的夔做首领。

此时此刻夔正站在自己的门廊上，指挥着二三十个妖族，井井有条，毫不费力。

"你们三个。"夔指着站在一棵大树旁的三个妖族道，"到他们的后方去，你们都是木妖，应该能够用什么法术到达他们的后方去，从后方包抄他们。"

"我们就三个人……"站在中间的那个妖族道。小雀仔细打量了一下对方的面孔，发觉正是甘华。

"三个人也没有问题，毕竟你们的灵力都不低。"夔思索片刻，道，"对方的人多不到哪里去，你们三个人在后方包抄足矣。"

小雀只见过夔笨拙的一面和温和的一面，也听闻过他凶猛的一面，没想到他还是一个记性很好且有些将才之人。

"好。"甘华领命，"我们这就去了！"说完他看了另外两人一眼，而后三人便共同手抚上树枝，使了一个移花接木术，眨眼间便消失不见了。

夔转过头来看向小雀："其他几侧我都已经安排好了，我们两个打头阵。"

小雀点点头，毫不迟疑，从袖中掏出了流火。虽说对付区区几个商贾不见得用得上，但是拿着总感觉很是安心。这还是她下山之后的第一场大战！

夔又一次用灵力简单探查了一下据点，确认除了几个留守的妖族外其他人全部离开后，便拽了拽小雀的袖子，道："走了！"

商贾的队伍离他们还有一段距离，小雀也不急着赶过去，反而和夔一边走一边聊天："你当初是怎么逼退天下之主的敌人的？"

"我啊……"夔装作什么都没有听见，实际上他也的确没有那么在意，"我已经说了很多遍了，我化成了八十面夔牛鼓。我是雷泽之神，鼓声便是雷泽之声，就这样逼退了天下之主的敌人和他们的同伙。"

"哦。"小雀点点头，不再说话。

夔皱了皱眉头，刚想再说些什么，就看见远处阵阵尘土纷飞。小雀打了个响指，道："他们来了！"

随着她这一个响指，官道两旁的树突然暴长起来，把商队的前路挡得严严实实的。商队的人有些惊讶，连忙勒住马，硬生生地停在了树丛前方。

"什么人?!"为首的商贾大喝道，可惜中气不够足，听上去很是无力。

"抢劫！"小雀毫不避讳，很是凶狠地回了这样一句，同时还把流火在手上挥舞了一圈。她自认为这个动作够有威慑力了，果不其然，为首的那人当即就退了两步，喝道："赶紧后退！"

现在才知道后退，早干什么去了。小雀冷哼一声，很快便听得一句话从后面一人接一人地喊了过来："我们的后边也被人包围了！"

小雀用灵力探了一下，不止是后面，两边他们布置的那些妖族也已经出手了。

夔向前走了几步，蹦蹦跳跳地有些活泼过头，但同时也很有威严。小雀心道：果然是神族。

但是夔的话一出口，小雀便"扑哧"一声笑了，夔说的是："拿钱来还是拿命来？"

　　领头的那人刚想说些什么，却被旁边骑在马上的另外一个人打断了。那人穿着金色的衣服，一副富人的气派，道："你不要鄙视我们人族轻弱，我们这商贩队伍中再不济，也没有弱到任凭他人宰割的地步。"随着他这样一说，队伍中缓缓走出来一个穿着棕绿相间颜色袍子的中年男人。小雀看了一眼对方，对他的灵力基本就有所估量了。这应当是一个修习木灵的人，灵力不高，只能算是中等水平。小雀有九凤给的遁木斗篷，还有精纯火灵炼成的流火，赢下这场轻而易举。

　　中年男子使了一个极为简单的术法，直接从那两大棵树里面穿过，站到小雀的正前方，直愣愣地看着小雀。

　　"开始吧。"对方见小雀是个小姑娘，不想先行出手，显得自己很强势，便这样道。小雀也不推辞，手腕轻轻一提，流火便向对方袭了过去。小雀一袭白衣，又略微刻意地收敛了灵力，根本没有人知道她是修习什么灵的。对方下意识地扬手从地底下捉出两串藤蔓来阻挡，不料小雀的流火一鞭子抽上去，手腕粗的藤蔓居然霎时便断开了，边际上还隐隐有烧焦的黑色印记。

　　对方见小雀灵力不浅，不敢轻敌，用了一个很是凶狠的招数，向小雀打过去。小雀也不躲，只是直愣愣地站在那里。其他人还以为她被吓呆了，刚刚要出声提醒，又觉得小雀应该是藏了些招数，进退两难，不知该不该说。

　　那招数看似来势汹汹，但终究逃不过"是木灵"这一限制，在碰到遁木的一刹那，就被突然翻卷起来的衣角卷住，而后消失得无影无踪。

　　对方立刻怔了，又使出一道充满杀机的招数，不料也一样被遁木卷走。小雀笑了笑，伸手就是两鞭子，下手不重，只是在对方的袍子上竖着划了两道。金克木，这两下基本上能够克制他之后的几道招数了。

　　"投降否？"小雀笑道。

"投降。"对方灰心丧气，点了点头，刚刚要往回退，却又像是想起了什么似的，问道，"敢问阁下尊姓大名？"

"琼林。"小雀想了想，说道。她突然想起了昆仑山上的玉树琼枝林，临时起意，便取了这样的两个字。

对方很客气地说道："多谢琼林姑娘指教。"

第一个人上来三两下就被打退了，为首的那名商贾见状俯身在前面嚷嚷的金衣人耳边不知道说了些什么，不料金衣人却连连摇头，连声道："不行，不行。"

随即，金衣男子一挥手，另外一名穿着土黄色袍子的老者走了出来。对方点了点头，勉强算是行了一个礼，而后便立刻一扬手，一把把土剑从地上窜了出来。这一法术本来是七分试探三分伤害，对方本以为小雀也会像他一样试探一番，不料小雀却并不这样，而是一个轻巧的侧滑步，下一秒便是一流火劈头盖脸地打将过来。

对方本来已经做好了硬吃一记小雀的灵力攻击的准备，没想到小雀却使用了流火，想要躲避却也已经微微有点晚了。他的脸上直接挨了一记。还好小雀并没有下手太重，土和火是不大相关的两种灵力，并没有什么大的伤害。

但那老者似乎很是傲慢，脸上被这样扫了一下，极为愤怒，冷哼一声，用了不少灵力，居然将整条道路的土灵都操纵了。大道上长达几里处都为土刺所覆盖，看得人有些惊心动魄。

小雀看着，但似乎也不忧心，轻轻地将身体一抬，便站在了一棵树上。此时正好刮起一阵风来，将树枝吹拂得左右摇摆。小雀的身体在上面也一样随风摇摆，看起来仿佛随时都可能摔下去抑或被风吹走。小雀手下的妖族有几个不禁脱口叫出了声，夔摇摇头示意他们安静，不要打扰小雀，于是四面八方都安静了下来。倒是人族的商贾队伍中有几个眼力好的看清楚了小雀此时的风姿，不禁叫出声来。

老者思索片刻，很快便想出了合适的解决方法。他闭上双眼，屏息凝神，过了不久，小雀的面前居然出现了四面土墙，牢牢地将她困住，小雀纵身一跃，刚想要从上面一跃而出，不料上面霎时也出现了土墙，生生把小雀困在了里面。小雀无奈，只好回到树上，站着静静地等待事态下一步的发展。

很快，老者从土墙中走了过来。小雀皱了皱眉头，看来穿物而过真的是人族很喜欢的一个术法，百用不殆。

"我已经隔绝了所有的灵力，现在这一方空间之内只余下了木灵和土灵，就算你的鞭子再厉害，也是枉然！"老者显然认为她是修习火灵的，才口出此言。

小雀笑了笑。流火是用火灵炼成，能调用四方火灵，也能够使用本身的火灵晶体，只是这样便会磨损鞭子。小雀不知道怎样修复这条鞭子，除非特殊原因，否则可不会轻举妄动。

一边这样想着，小雀一边"呵呵"地笑了两声。见小雀不回答，老者便又狂妄道："怎样，投不投降？"

小雀不答话，暗自调用木灵，将大树的根须一层接一层地向外面铺张开去。老者正狂妄地哈哈大笑着，小雀猛地一发力，土墙尽数崩塌，大树的根须在地面上暴涨开来。老者的这几座土墙都是他的灵力维系，此刻崩塌，他的灵力也有受损，一时昏了过去，还被树木的根须打得飞了出去。

"怎么样？钱财是不是该拿出来了？"小雀从树上跳了下来，殷殷笑道。

"你若是一挑三，钱财货物我们自然一分不差，只是你有没有那个本事一挑三，还难说。"金衣男子呵呵笑道，将第三个人也唤了出来。

小雀一看来者，便暗道不妙。对方穿了一件黑色的衣服，人族看不出他是修习什么灵的，她却能够看出来。对方似乎是修习火灵的，灵力高强，远非小雀所能比拟。小雀甚至隐隐地感觉到对方是个神族。虽说远不如曾经驰名大荒的祝融，灵力也比不上夔，但对付小雀应当还是没有问题的。

小雀皱了皱眉头，看向斜下方的夔。夔向她递了个眼色，一扬手丢过来一件物什。小雀在空中一把接住，发觉是一个金色的球，流转着淡淡的蓝色雾气。

小雀起初有些不解，但用灵力感应了一下，发觉这个球似乎是水灵凝聚，却一点也不显冰冷，甚至有一点暖暖的，想来是雷电之力的缘故。

几个商贾本来想出手阻止，但想了想，又觉得这人灵力着实强大得很，小雀一介女流，看起来年纪又不大，请个外援什么的也说得过去。

对方双手抱拳，很有礼貌地道："请多多指教。"

小雀也点了点头，站在那里，等待对方对她出手试探。她没有等多久，对方抬手就是一个流光术。流光术当年小雀也学过，事实上就是一个五灵通用的招数，用途可以说很大也可以说没有，全凭各人用法。小雀下意识地躲了过去。流光术会使与其对阵的人身形停滞一秒，但会用掉自身不少灵力，还会使得正在施展的招数被迫停下。对方灵力足够强大，小雀不敢硬接，否则还不知道对方又会做出些什么来。

她倒提流火，向前冲了两步，翻手把流火转了个弯，劈头盖脸地向黑衣男子抽了过去。对方轻扭腰肢，居然就躲过了。小雀有一瞬间甚至以为黑衣人是个女人，否则也不可能做出这般妖娆的动作来。但她看着对方的眉目，却又不像。

对方手上没有武器，只有一把扇子。小雀看着那把扇子心中总有些不好的预感，但又说不出是什么样的预感，只得硬着头皮打下去。

两人又来去了几个招式，黑衣男子忽然一闪身，遁入了路旁的一片小树林中。小雀迟疑片刻，也追了上去。

外面的人面面相觑，尤其是诸妖族，你看看我，我看看你，都是一脸"小雀生死未卜"的表情。这样僵持了片刻，夒三分无奈七分忧心地道："我去看看。"

说着，他用了些许灵力，也飞身入了树林。

树林里，小雀和黑衣男子正打得畅快淋漓。黑衣男子果真是修习火系法术的，一弹指便是几个火球，一扬手便是一小段烈焰。

火克木，但是这里是树林，小雀在这里的灵力增加了不少，加上有着能够汲取火灵使用的流火，小雀居然和黑衣男子打成了平手。

小雀刚刚找到了一个很不错的时机，舞起鞭子要借助黑衣男子使出的火灵来将黑衣男子捆缚住，不料黑衣男子手中的扇子突然变为红色，男子轻轻一扇，一道火焰便向小雀飞了过来。小雀要躲避，已来不及。她为了将黑衣男子用鞭子捆缚，用了太多力道，现在过刚易折。

夒不禁脱口而出："小雀小心！"

小雀下意识地便将夒之前给他的那个圆球向黑衣男子抛了出去。黑衣男子未曾料到小雀会有这样一手，连忙躲避，却终究是晚了一步。夒灵力凝聚出的球化为汹涌的水灵，劈头盖脸地向着黑衣男子打了过去。

水克火。黑衣男子扇出的火焰就这样被熄灭了。非但如此，他自己也被浇得劈头盖脸，狼狈不堪，灵力也使不出来了。

"呵。"小雀毫不在意这场胜利主要是夒的功劳，笑了笑，向黑衣男子招了招手，一同往外面走去。到了外面，黑衣男子对着小雀一个抱拳，道："在下甘拜下风。"

那次是小雀最为著名的一次打劫，他们收获了无数的金银财宝和干粮辎重，还有名气。那日之后，大荒之中凡是提起琼林，可谓是无人不知无人不晓。

"琼林啊……"说起这个话题的人也是一脸的羡慕，还有一点点莫名的惊悚神色，"那可是这大荒中最为著名的女魔头啊。她曾经以一人之力单挑了三个已经扬名天下的人族修士呐！"

这话说得可能有点过了。

第七章　流世俗扑朔迷离

在这里的第五十三年，小雀一众迎来了一个新加入的不速之客。

那时正值大暑前后，夜晚比白日略微凉快了那么一点，但也只限于一点。小雀有三分困倦，但屋内实在是太过于燥热，她辗转反侧，怎么也没能进入甜美的好梦里去，只能出来一个人闲逛几刻。小雀心想如果状况允许，最好还能练一会儿鞭术，把自己练得万分疲倦，满头大汗，回去就能倒头就睡。

没想到老天爷不给小雀这个机会，她在据点附近转了两三圈，终于想起来后面的林子里有一块空地，着实是个练剑练鞭练小飞刀的好去处。小雀本着多走几步或许还能在刚刚进入林子的时候得到一瞬间的夏凉的想法，没有用她得心应手的移花接木术，而是徒步走进了林子里。

才走了几步，她就发觉自己踹到了什么东西，软绵绵的，似乎还有些温度，但她没能感觉到。她捏了一个小小的光明诀——这是个五行通用的小法术，能把周边三尺范围的地方照得犹如白昼一般。小雀捏了光明诀，又倒退了两步，终于看清楚了前面的状况。在林子里，距刚刚她站的地方不到一步，横卧着一个人。对方穿了件最粗糙的黑色服装，略有些磨损，腰带处本来应当是白色，却染上了大片的鲜红色，看得人触目惊心。小雀继续捏着光明诀，往前两步去查看。她俯下身子，手轻轻摸了一下沾染了鲜红色的腰带，感觉似乎有些湿：

果不其然，是血迹。

"你是谁？"小雀俯在那人的旁边问道，伸出两个指头将对方翻过身来。对方像是听见了她的问话，皱了皱眉头，微微张了张嘴，像是要回答，最后却什么也没能说出口来。

"喂！"小雀有些急了，去晃对方的肩膀，见没有反应，又去撑对方合上的眼睛，"喂喂喂，你还没有回答我的问题呢！"

对方原本已经勉强醒转了过来，听见小雀这么一问，不知道为何，又晕了过去。

小雀就把这人救回了据点。她用法术费了不少力气——这人看着并不壮实，分量却一点也不轻——把自己折腾得满头大汗之后才把这人丢在了据点的范围之内，想着人来人往的，她先把这人丢在这里也不要紧，明天一定会有人发觉，很快就能来救，耽误不了什么事情。她把这人丢在据点内，转身就要往自己的小屋走去。

"现在子时刚过，你在外面晃荡些什么呢？"背后有一个声音笑道。

小雀吓得简直要呼吸骤停，略微缓过神来之后一转身，发觉不过是夒坐在树上晃荡着腿一副吊儿郎当的样子，这才松了一口气："夒，你下次再出现能不能好歹给个预兆？我简直要被你吓死了。"

"你胆子大着呢，一时半会儿吓不死。"夒笑了笑，又重新提出了之前那个问题，"现在子时刚过，你不睡觉，在外面晃荡什么呢？"

"你不也一样？"小雀有些嫌弃地反驳道，而后笑了笑，"大暑刚过，天气太过炎热，半夜里睡不着，便想着出来散散步，练练鞭子。"

"我可都看到了哦。"夒不知道从哪里——或许是乾坤袖里——抖出一把扇子，轻轻一甩打开，轻轻地摇了起来，还将嘴虚掩住。小雀在月光下瞥了一眼，

第七章　流世俗扑朔迷离

这样的一抹月光，加上夔一袭白衣，还有这样的姿态，看上去像个风流倜傥的公子。

"你都看到了？"小雀听见这话有些慌乱，下意识地问道。

"嗯。"夔还是笑，又重新把扇子收回到乾坤袖中，化作两朵电花儿飞身下树，矫健得不食人间烟火。

"正好你来了，我还愁怎么办呢。"小雀思索片刻，狡猾了起来，也道，"你帮我拿个主意吧。"

于是在夔的决策下，一伙人收留了这个半夜三更身负重伤、躺在小树林里的不明男子。在精心调理之下，这人终于好转了大半，剩下一小半也不大碍事。他也是个妖族，却不肯说自己的真名，只让他人唤他做蜮（yù）。

那些日子众人过得十分愉快，官道上或多或少每隔一两日会有些商客。小雀一次不落，据点收入蒸蒸日上。更何况偶尔还会有听闻了琼林威名的少年——大多是富家子弟——想来这里碰碰运气，最好是能够抱得美人归，如果不行，打散这群"贼寇"，或是败上他们一两场，给自己扬点名气，也不算差。谁知绝大多数连琼林的面都还没能见着，就被甘华和夔点几个妖族出去杀了锐气，收了随身所带的盘缠，就连乾坤袖里装着的，也都被一众人等拿走。夔联合小雀，研究出了骗过乾坤袖的方式，从人乾坤袖中抢东西，连对方心甘情愿都不必了。

那真是一段大好的时光，虽然绝大多数人大多数时候都不得出去，但众人在据点过得逍遥自在。小雀作为头领，还不止一次被人见识过"真容"，现已不大跟着其他人出来，只是在据点里优哉游哉。她喜欢吃夔做的食物，夔便搜罗了不少食谱，换着花样地做，将小雀当做亲妹妹来养。绝大多数时候她都在自己的小屋里看书，或是在那片林子里练习木灵，抑或用流火练习鞭术，偶尔还会去那棵大树上趴着歇息：她已经用不着像三四年前一样劳心劳力地自己监察。她在大路上两道旁和几个木妖创建了监察木，在不知情的外人看来只不过是两棵普普通通的樟树，实际上却时刻监察来者，把消息传给据点的众人。小雀再也没有必要在这里亲自侦查了，但她还会时不时上来看看。

蚬在这里也过得逍遥自在。他拜夔做半个师傅，原本这个"半个"是留了心眼儿的，他还想再拜在这里说话同样有些分量的甘华当师傅，无奈甘华无论如何也不愿意接受，这事只得作罢。

蚬在这里人缘也很不错，小雀没有留心过，也不知道他使用了什么方法，但是很快，蚬手下就有了五六个肯完完全全听他话的妖族。平日里这些人连带着他们的头头——蚬一起，都从附近不知道哪里打来些粗陋的村缪白酒，划拳行酒令，不亦乐乎。

"真吵啊。"小雀轻飘飘地坐在一棵刚发芽的小树上，手里把玩着流火，有些不耐烦地嘟囔道。以前未时刚到的时候，据点里的那些妖族因为几乎全部是木妖的缘故，都会趁着木灵充沛，找地方修炼。这时候据点里便是一片寂静，小雀会找时间和甘华与夔一同修炼一些较为高级的法术，配合着演练演练，又讨论一些修行的"道"。但现在蚬拉了一帮人陪同他行酒令，据点总是吵闹不堪。

"没办法啊，"夔摇摇头，也有些痛心疾首，"这可是六月，天气已经转热了，现在又是未时，也就据点里有些阴凉。"

"上次我们把附近林子里的树移过来，果然是明智的。"小雀笑道。那是另外一桩事情了。那还是小雀刚刚把蚬从那片林子里捡回来没两天的事情，距离现在足足有一年了，那是大暑过后不久，七月流火，天气终于开始转凉。夔突然提议要把那片林子移到据点里来，林子里木灵充沛，适合木妖修行，明年的夏天也不至于那么炎热。

"现在看来，倒不明智了。"夔苦笑道，眼神又不由自主地看向了那里聚集着的一众木妖。除了三四个被负责管理据点物什的甘柤（zhā）派出去买些东西的普通木妖和小雀、夔以及甘华、甘柤这对表兄弟以外，其他妖族全部都围在旁边。

"你派出去的那几个妖族什么时候回来？"小雀一转头，看见甘柤正坐在地上，手里拿着一本账本，却并不看，只是在那里阖着双眼不知道在想些什么。甘华也是如此。在某种程度上，这对表兄弟真是像极了。

"少则五日，多则十日。"甘柤略一沉吟，很快便回答了小雀的问题，"我是派他们去买几匹缎布麻布的，据点里一些弟兄的衣服已经破了。"

"买几匹布又不是什么难事，用得着七八日？"小雀有些不相信，带着几分疑惑问道。

"我让他们多买几匹，前一日他们刚刚用木灵传话给我，说离我们这里最近的布庄前几日突然倒闭了，他们没了办法，只好去远点的地方买布。"

"不能用移花接木术么？"夔插嘴道，有些疑惑。

"你不是修习木灵的，对这点不甚清楚，"甘华替自己的表弟回答了这个问题，"移花接木术其实是一个颇为高端的法术，你平时见我和小雀随随便便地使用，都是因为我们已经到了不差的境界。但柤派出的几个才成人形不到百年，灵力低下，连移花接木术也用不了。"

"天哪……"夔扭过头去，却看见坐在另一侧的小雀正带着嫌恶的表情，面朝着蛾等人行酒令的地方，却是阖眼闭耳，不视不听。他对着小雀笑了笑，又拍了拍她的肩。小雀毫无反应，像是入定了一般。

"村野粗鄙之事，谁不乐意去做？"甘华开口道。

夔没有说话，像是也明白了什么。

后来小雀连着七日都没有出现在据点里，也没有上路打劫，总之简直就像人间蒸发了。刚开始两日夒还有些担心，每天变做花球在据点里滚来滚去，嚷嚷着小雀哪里去了，小雀哪里去了，但很快他也就放心了。第四天他也不知道小雀人间蒸发到哪里去了，只剩下甘华甘柤表兄弟两个看着这烂摊子。

也正是那七日，蜮在道路旁开了个赌摊。

甘华和甘柤平日里再有本领，在什么赌注酒坛的诱惑面前也没辙。蜮的赌摊开了三天，吸引了五十里内的人族妖族，甚至连几个妖仙都来了，蜮趁机骗了他们不少钱，又打着甘华的旗号劫了一些来此赌博的人族过客。等到小雀回来的那一天，他们已经赚了不少钱。

小雀和夒是一前一后，一个上午一个下午回来的。

"在我不在的七天中，有发生什么有意思的事情么？"夒是化作道道流星，出现在据点里的。一回来他就扯着嗓子在那里大喊大叫，可惜没有人注意到他。

"哎——真是的——"夒没有多想，三步并作两步跑向小雀的屋子，"嗵嗵"地猛敲了两下门。没人应声，他又狠狠地接连敲了五六下，依旧没人应。

夒不禁感觉有些疑惑，忽地旁边有个声音道："她不在，据点里现在只有我们两个，你别费事大吵大嚷了。"

夒一转头，才发觉是甘华，不禁有些疑惑道："你怎么在这里啊？不对……你说这里现在只有我们两个人是什么意思？小雀没回来情有可原，甘柤他不在也对，但为何你说现在这里只有我们两个人？"

"你现在从这里出去，沿着大道走，就明白了。"

夒还想再问些什么，甘华却突然使了一个移花接木术，在夒的面前消失得无影无踪了。

"哎，这真是的，居然一个人都不留下来守据点……"夒小声抱怨了一句，连翻了三个跟头，从作为出入口的那棵树的上方轻而易举地通过。

他沿着大路一路向西，走着与归墟相反的路径，大概走了小半个时辰，突然听见远处传来纷杂的人声。他加快脚步，已然化成了一道电光构成的弧线。

几乎只是刹那间的工夫，他就到了目的地。那里不知道在搞什么名堂，里三圈外三圈地围着一群人。人群的中心隐约传来"天门"、"角回"、"人和穿堂"之类的字眼。夒听不懂，正在费劲地猜测这究竟是一群什么人时，却又忽地听见有人在那里颇为愤怒地叫了一声："还赌不赌了！"

原来是个赌摊。夒心道，也凑了过去，向里面挤了挤，无奈一群人将这赌摊包围得犹如铁桶一般，密不透风，根本没有办法挤进去。但在人群中他看到了不少熟面孔，都是据点里的那些行踪不明的妖族。

"你们在这里做甚呢？"夒扯了扯一个他很面熟的家伙的袖子，问道。

"你回来了？"对方极不情愿地扭过头来看向夒，"你还不知道么？这可是蚑开的赌摊啊，日进斗金……你不来赌一把么？蚑一定是向着你的嘛，赌一把又没什么关系。来来来，我和蚑说一声，现在人多纷杂，你稍稍小心一点，稍等片刻……"

"不用了。"夒右眼一眯，往空中送了一个炸雷，化作一道闪电，脱身而出。他站在这一群人的外面，有些不知所措。

"喂喂喂！"旁边有人向他嚷道。夒一抬头，发觉是小雀和甘华，正站在道边的一棵参天古木上。他也飞身上树。

"你都看见了。"甘华道，"明白了吗？"

第八章　花不绽前程堪忧

"这段时间打劫的生意是愈发难做了。"小雀端着一个碗轻飘飘地飘浮在距离地面三丈左右的地方，半坐半躺成一个很舒服的姿势，一边啃着一块上面余留着不少鱼肉的鱼骨。那是夔在午饭时做的一盘子糟鱼的最后一块，本来应当是给夔的，夔却留给了小雀。小雀现在啃着这块鱼肉，权当是个消遣。

"也是。"夔一跃而起，用浮空术也停在了离地三丈处，和小雀并排而躺，一边将手上拿着的一块冰晶抛上抛下，一边道，"前几天蜮带着五六个人出去了一趟，回来时说外面大荒之内这几日多有异兽出没。"

"也是，我上次还看见一对鴉（zhū）飞过去，的确不是什么好兆头。只可惜这里没有文人。在海内有人说鴉一旦出现，就会有很多文人被流放。"甘华不知道什么时候站到了小雀和夔的背后，没有像他们一样浮空飘着，而是脚踏实地。

"哦，甘华，你来了啊——"夔注意到了他，对着他笑了笑，又往旁边挪了两下，指着旁边的一块好不容易才挤出来的空位置说道，"你也上来吧。"

"不，不用了。"甘华连连摇头，反而席地而坐，闭着眼睛，不知道在想些什么。

小雀和夔继续聊天："你前面说蜮他们前不久出去了一趟，他们出去干了些什么？"

"不知道。"夔突然被问到，有些吃惊，却立刻又摇了摇头，"他没有说，我也没有问，不过他们带了不少东西回来，有些食物，还有些金银财宝之类，蜮好像拿去换了食物和几匹布，还有些我们过冬需要的柴火。我也是听其他人说的。"

"金银财宝？"小雀猛地坐了起来，没有控制好力度，加上有些急躁，整个人居然摔到了地上：从三丈多的浮空上跌下来可不是闹着玩的，但小雀管不了那么多了，又急急地追问，"他怎么搞到金银珠宝的？这一带经商的商贾们谁会把又危险又贵重的金银珠宝戴在身上？这样说来，他该不会是……"说到这里，她的手骤然握拳，砸在一旁的树上。树立刻一抖，下一秒树身居然暴涨了整整一圈。

甘华本来坐在树旁，感觉到了树的异样，终于抬起头来，睁了双眼，淡淡地道："这几日琼林在大荒东部的确声名鹊起，而且似乎正向恶名的方向发展着。之前我们这里一个木妖的亲戚来小住了几日，下午喝茶聊天时还提到这事来着。说是什么大荒当中盛传琼林是个无恶不作的魔头，杀人放火，打家劫舍，明火执仗之类是常有的事情。我原本以为这些说法只不过是传得变了味的流言，便没有去管。谁知道果真是如此。你极少，几乎是不离开这里，只能是……"

"我要去找蜮！"小雀猛地从地上站起来怒道，声音居然有些发颤。

"你等等……"夔在后面大声叫道，可小雀充耳不闻，径直向前走去。她刚刚从三丈处跌了下来，似乎还扭伤了脚，现在走起路来一瘸一拐的。但她仿佛没有感觉到，只是呆呆地向前走去。夔从浮空状态下脱出身来，一连施展了几个急促的翻滚，意欲去追小雀，不料小雀突然使了一个不知道什么术法，从夔的眼前消失了。夔走了过去，只感觉小雀消失处灵力充沛，却完全感觉不到使了什么法术。

甘华淡淡地道："别管她了。"

"你知道她去了哪里？"夒有些惊讶地问道，而后才反应过来：甘华是木妖，对这些东西的感觉远比他要敏锐。

"别管她了。"甘华又重复了一遍，忽地站起身来，向据点的方向走去。夒连忙跑跑跳跳追了上去，拍了一下甘华的肩，还想再问什么问题。不料甘华却摇了摇头，不知道在想什么，突然也像小雀一样无声无息地消失了。

夒皱起眉头，本来想要做些什么，最后却也只是无奈地叹了口气，自顾自地向着据点的方向走去。

夒到了据点平日里众人吃饭兼议事的那张木桌旁时，发现不出他所料，小雀等人果然也悉数来齐。小雀的面色很不好，大概是因为太过愤怒了，有些发青。甘华也在旁边，皱着眉头一言不发，右手食指弯曲成一个弧度，指节在桌上一下又一下轻轻而又有节奏地叩着。蜮在一旁气急败坏，咬着牙一声接一声不断冷哼。这个场面着实是怪异，而夒的加入使得这场面更加怪异了起来。

"怎么了？"夒虽说已经猜到了几分，但还是想让在场的几个人把这事道个一清二白出来。

"很简单。"三人都没有回答，反而是旁边一个名不见经传的、众人都不熟的家伙将此事说了出来，"前面小雀姑娘走了进来，指名道姓要找蜮，而后就把蜮劈头盖脸地说了一顿。她说了些什么我也没有太听懂，总之似乎是说什么蜮打着她的名号在大荒之内为非作歹。这事我也知道一点，不至于'为非作歹'这么严重，只不过是蜮带着几个人去抢了附近的几家住户罢了……"

"那还不叫严重?!"小雀怒道，"我们拦路打劫也就算了，谁允许他们去破门而入，夺取那些住户的金银财宝的？我在这里说话还算不算数了？"

夒还是第一次见到小雀这样失态。记忆中的小雀有飞扬跋扈的一面，也有冷静的一面，言辞也曾沉静文雅，也曾热情随意，但从来没有过这样市侩的一面。小雀是这里绝大多数木妖心目中的领导者不假，但是她几乎从未用过这个身份，也不刻意地去提醒，久而久之很多人都有些淡忘了。

看来小雀是真的被逼急了。夔这样想着，也不插话，只是等着看下一步会有谁说话，怎么说。

但他最终也没有等到。众人又安静地待坐了一刻钟，蜮突然拂袖而起，一言不发，离席而去。

见蜮已经走远了，小雀终于挤出了一个微笑，道："此人终于是要走了，我也有些扛得累了。"

夔点点头，没有说话。

谁知道蜮这一去，非但再也没有回来，还拉走了一众人等。第二日早上夔一早爬起来，沿着小雀筑的一排房子蹦蹦跳跳，状似欢快，实则是清点人数。

一半的人都不在了，连人带行李包袱全部不知迁到了什么地方，显然离开时很是匆忙。蜮的房间收拾得一丝不苟，房里甚至不像是有人住过的样子。

"不如我们把这些空房改了建成酒馆，如何？"小雀看着这房子，想了半晌又问道。

"酒馆？"小雀当年可是在这里建筑了四十几间房，现在不少人走了，空出来二十几间房没有用途，倒是可以改成酒庄客栈之类的。

夔想了想，也觉得不错，但总有些担心："小雀，你的'琼林'之名，在这大荒中可是传开了的，若是要在这里开客栈酒庄，过路旅客还不知道愿不愿意投宿吃酒呢。"

小雀心想很对，表面上却像是毫不顾忌的样子，说道："没关系。他们只知有这么个琼林，大概还不知道我是何方人士呢！我只要不穿那白色衣衫，不使流火，不带遁木，他们绝对认不出我来的。"

夔还是有些不放心，小雀又道："在这里我叫小雀，不叫琼林。"

夔笑了，点了点头，算是答应了。

小雀和夔开的酒庄在方圆数十里都小有名气，准确地说应当是"很出名"才对。夔的做菜手艺在远近都是很有名气的，路过的那些商客们也是赞赏不已。小雀心态不错，待人也极殷勤愉快，很招人喜爱。

但酒庄红火归红火，小雀等人的打劫依旧照常。每逢有商客从酒馆离开，小雀就会带上六七个心腹手下用移花接木术移到几十里开外的地方，而后带上面具，以"琼林"之名打劫那些商客。

说实话这不失为一个很不错的方法。从来都没有人认为小雀和琼林是同一个人，顶多也只不过是说两人似乎有些相像罢了。

两人又靠着酒馆支撑了二十几年。二十几年时间说长不长说短不短，在小雀看来，其实就是一晃眼过去了的事情，当然那些人族是否如此便不得而知了。小雀和夔的酒馆在大荒中的名气越来越大，但来到这里的人依旧是只少不多。小雀和甘华曾经出去过一趟，买些食物和平日里用的物什。据他们说，大荒东部的异兽只多不少，现在已经有些要成灾的趋势了。周边四国——大人国、小人国、白民国和中容国也去灭过这些凶兽，但多数时候是伤敌一千自损八百，一两次之后几个国家都不愿再浪费兵卒，这事就被无限搁置了下来。因而商贾之类宁可少做几趟生意，也不愿意在大荒东部走动。

小雀他们的生意也因此很是惨淡，往往是好几天过去了也不见有一个旅客，连打劫都无人下手，众人日子过得颇有些艰难。

这还并不是俗谚里所谓的"压垮骆驼的最后一根稻草"，琼林的恶名已经传到了四国的国君耳边。

"依我看，总有一天，四个国家会联手来打我们。"那日白民国派了四五十名几乎没有灵力的人族埋伏在小雀等人平日里打劫的路边，并非真正要灭掉他们，只不过是来骚扰罢了。小雀等人把对方尽数打昏，怠于安置，便和剩余几个人一起将昏迷的白民国士兵丢在路边的小山丘上的一片甘柤林中。

"这一天迟早是要来的。"夒笑道，看上去颇为不在意，话音未落便化作了数十块冰晶，在空中翻滚几圈之后向小雀劈头盖脸地砸去，却在要砸到而并未砸到的一瞬变幻回人形，在空中向旁边一个翻滚，很漂亮地落到了地上。

"嗯。"甘华也点了点头，表示"既来之，则安之"。

小雀一边向前走一边摘掉了自己的面具，还招呼另外两人："面具赶紧摘下来，戴着怪闷热的。"另外两人本不大愿意摘下面具，见小雀都这么说了，有些无可奈何，只得将脸上的面具也摘了下来。

那段时间四国的骚扰愈发得频繁了起来，派来的人灵力也越来越高。夒修水灵，在一些时候用途不大，小雀便带着几个妖族前去逼退那些来犯的四国"来客"们。她毫发无损地回来的时候越来越少，更多时候头发乱成一团，手臂上五六道刀伤，甚至有时候脸都被划伤一片。跟着她一同出去的甘华等人有些比她还要惨。夒还记得一次中容国派了十二个灵力不低的妖族在据点附近骚扰。那场混战之后有好几个妖族回来时都缺胳膊少腿的，夒用自己的水灵和小雀的木灵合在一起为那些妖族愈合伤口。

"你知道他们为什么一定要对付我们么？"小雀打了个哈欠，问道。夒没有说话：他根本不知道该怎样回答这个问题。

"我想是因为我们阻拦了四国之间的贸易往来。"甘华思索片刻，用筷子沾上一点浊酒在桌上画了起来，"白民国在北，中容国在东南，我们在大人国和小人国之间，由此看来，四个国家之间的贸易往来，果然是被我们斩断的。"

"我们当初似乎是劫过中容国的车马的。"小雀回忆了一会儿才道，"我听闻中容国的国君中容是个心胸狭窄的人，更何况我们不止一次劫了他们的钱财布匹。里面至今有些还穿在我们的身上。"小雀看向甘华身上的青衫，很明显已有所指。

"既来之则安之吧！"甘华和夔同时说出了这句话，而后面面相觑，哈哈大笑了起来。

"好的。"小雀在前面应答了两人的这句话语。这一刻，三颗不畏困难不畏艰险的年轻的心，就在他们三人的胸膛之中跳动着。

第九章　敌四国锦绣成空

该来的总归是要来的，没过几日，不知是谁放出了谣言，说是小雀即是琼林。这谣言好似长了腿一般传得飞快，想来定是四个国家中的某一个放出来的谣言。

小雀和夔的酒馆，算是彻底没人来了。有时候小雀在路边随意漫步，总能够看见一行七八人在路上推着几车货物走得大汗淋漓，有时候小雀会招呼他们两声，假装自己是个过路人，"据说他们那里的饭食很不错。"

"要不得，要不得咧！"为首的商贾总会回答，"你还没有听闻么？那家酒馆的主人，可是大荒之内最恶的一个女魔头琼林啊！传说她杀人放火，烧杀掳掠，打家劫舍，无恶不作！"

"这样啊……"小雀听着他们口中变了味的自己，心中不禁五味杂陈，踌躇了片刻才道，"这长长一段路上似乎只有这么一个酒馆客栈，既然你们不去，那么就该加快脚程了。"

说完这番话，她没有等对方回答，就径自用了个移花接木术，回到了客栈之中。

"过一会儿会有几个商贾过路，如果他们来我们酒家照顾生意，就好好待他们，如若他们过门不入，等下我就带几个人去打劫他们。"小雀一回到据点就在院子中大声宣布了这个消息，而后走回了自己的屋子内。

"好。"一众人齐齐应声。

半晌之后，小雀终于从房中出来了，她出来时无声无息的，众人基本又都忙于各自的事务，便没能注意到她。倒是夔在那里无所事事地坐着，将几个水球抛来抛去地玩儿，不经意间瞟了小雀一眼，简直惊得连眼珠都要掉出来："你将自己化妆成这样是要作甚？"

小雀倒是没有把自己化装成什么魑魅魍魉，相反，她几乎是把自己画得貌若天仙。她拿了粉饼胭脂，把自己一张本就好看的脸画得更加妖艳，她把自己一贯是束在脑后成一个马尾的头发简单地绾了起来，在上面还插了一朵灿烂盛开的娇艳若木花。

"没什么，想出去转转。"小雀简单地回答道，"我前面不是说过么？有几个商贾在往我们的方向来，我想亲自看看他们会不会在我们这里停留。"

"没问题，我和你一起去。"夔笑道，一打响指，身上的衣服就变成了一套藏青色的长袍，天晓得他是怎样做到的。他轻轻地单足一跳，化作一个精致的藏青色绣球，在空中连翻十二圈就到了树顶。

小雀见状也不客气，从乾坤袖里抽出流火，往树上轻轻一按，在树枝被灼烧出黑色印记的同时，她也已身处树顶。

两人站在树顶，看着远处的风景，相视一笑，明明不是兄妹却仿佛已经是从小玩到大的兄妹一般，有着无限的默契。两人同时飞身下树。

小雀等人的据点出口从里面看是一棵树，只要绕过去就能够出去，但在外面看来，却是两扇虚掩着的柴门，只有推开才能够进到据点里面。这也是小雀的设计，以前只是为了好玩，但在蜮走后，这个设计愈发有用了起来。此时小雀便是斜倚着两旁的门柱，歪着头看向面前的大路。

"你说的那几个人族还没有来么？"夔在旁边蹦蹦跳跳，见从面前到远处的这段大道上空无一人，有些疑惑。很多时候，夔都是一个不太耐得住性子的人。

"你听。"修习木灵和土灵的人对于周围环境的变化一向比修习其他三种灵力的人敏锐很多，在夔还毫无觉察的时候，小雀已经听到了目不可及的地方车轮在地上滚动的声音，一次又一次踏步的声音，还有低低的交谈声。

"我什么也没听到。"夔摇摇头，用自身的雷电之力凝聚了一个不算小的光球，顶在头上来来回回地玩。小雀看着夔在那里玩得不亦乐乎，突然觉得夔这样很是可爱。

不知道这样的日子还能维持多久，对于据点状况可以说是比谁都要清楚的小雀不禁在心中叹了口气。远处大道上的脚步声和车轮声似乎加重了一点。那些人族又向前了一些。

小雀一直等了半个时辰，才终于看见那些商贾们出现在了她的视野里。

"来了。"小雀低声对旁边的夔道。夔等了半个时辰，已经有些昏昏欲睡，手上之前一直在把玩的一条雷电之力也蔫头蔫脑地趴在他背上，一动也不想动。

"喂喂喂！"小雀去晃夔的肩膀。夔看起来果真是困极了，嗯了一声，头歪在另外一根门柱上，像是随时准备继续睡过去。

"来了来了！"小雀有点急，又去晃夔的肩膀。

这下夔终于醒了，打了一个长长的哈欠，问道："什么来了？"

"我之前说的那些商贾啊。"小雀指向大道的远处。夔揉了揉眼睛，定睛看了看，发觉果然是七八个商贾，推着三辆平板车，上面用麻袋装着不知道什么东西，正在缓慢地向他们这里走来。

"来了么？"夔看上去有些惊喜，想来是觉得这么久的等待果然没有被辜负，连忙从原本斜倚着的柱子旁边站起身来，走到大路中间看过去。神族的视力想来比人族好百倍千倍，人族还未能够看见他们的身影，但他们已经把这些人族看得一清二楚。小雀和夔又等了小半个时辰，那些人族终于走到了离他们不过一里地的地方。小雀很有耐心地又等他们走了几步，才道："你们路途遥远，此番必然有些辛苦，不在我们的酒馆坐坐么？"

"琼林！你是琼林！"为首的商贾，也正是小雀两个时辰之前说过话的商队头领面色苍白，大声叫喊，还不知道从哪里掏出了一把匕首，"不要过来！我们都是做小本买卖的人，现在只是拿着一些粮草要去归墟边卖给那里的渔人罢了！您大可以去劫那些远比我们有钱的人！那些欺压我们的四国贵族，那些中容国大人国的军士，您大可以去劫他们！"

小雀摇了摇头，一言未发，身体仿佛僵在了那里一样，一动不动。可惜那几个人族将她的一动不动视为狂风骤雨之前的一抹平静，吓得腿抖如筛糠，推动一下那辆车都举步维艰。

"我不劫你们。"半晌之后，小雀终于开口，闭上眼又靠在柱子上，仿佛身处于半梦半醒的状态之中，"你们走吧，快一点，赶紧走。"她面无表情，脸上像是被寒冰冻住了一般。那几人仿佛是得了天下最大的恩惠一般，推着车一溜烟跑得飞快。

"不劫了？"夔有些惊诧，目送着那几人推着载满粮食的车沿着大路继续一步一步地向前走，不禁有些惊讶地问道。

"不劫了。"小雀摇摇头，站起身来，推开手边的柴门，率先走进了据点。据点里一片静悄悄的，有几个普通的妖族听见柴门的响动，连忙伸出头来看，却只看见了黑着一张脸走进来的小雀，和跟在她后面的夔。夔因为自身神兽特性的缘故，不能正常走路，只能蹦跳前行。平日里众人见到他蹦蹦跳跳的姿势，都会心头一松，格外愉快，但现在他没有向前蹦跳，只是滴溜溜地翻滚，看得人心头讶异。

"怎么了？"甘华从另一棵树后面转出来，看起来有些疑惑，"不是说要去劫那几个商贾么？难不成他们还没来？"

"不劫了。"小雀摇摇头，摘下鬓边的那朵若木花，灿烂一笑，看上去却很是伤感，"不会再劫了。"随着她把若木花从鬓角上摘下来，她的一头乌发披散开来，仿佛世间一位美丽的不食人间烟火的仙子一般。

甘华摇摇头，小声地道了一句真是不明白，而后一转身消失在众人的视线中。他是回自己的屋子去了。甘华在据点中其实算是老资格的了，但是不知为何，他给自己挑选的房子不像小雀和夔这两位掌握着据点生杀大权的家伙一样在据点一排房屋的最前面，而是在最后一栋，紧挨着现在已经被充为过路旅客卧房的那些屋子。

他其实在据点里也算是颇有权势的。

小雀走到据点里的一汪碧池旁边，用双手舀起水将脸上原有的妆洗掉，看着泉水里重新映出的一张白白净净的脸，小雀突然觉得有些陌生。

"为何要化装？"甘华站在小雀的身后问道。

"之前在路上就遇到那几个商贾了，当时我是素颜见人，在酒馆门口让他们看出我就是琼林，不大好。"小雀睫毛上还滴着水，眼周一圈被水晕染了一点淡淡的胭脂，看上去仿佛哭过了一样。

"但他们最后也没有进来。"甘华道。小雀没有说话，对着水面仔仔细细地将脸上余下未洗干净的妆仔细地用手指沾着水一点一点地抹掉。甘华在她身后又看了她片刻，小雀对着后面的空气挥挥手。甘华会了意，轻轻撇了撇嘴，整个人便隐在林荫中，不知道是去了哪里。

小雀把脸上的妆洗干净，换回了平日里常穿的那件墨蓝色衣服，头发重又梳成平时的马尾，才回来见人。

"那几个商贾既然没有在我们这里停留，那么就应当劫他们吧？"一个很普通的木妖凑过来问小雀道，"小雀姑娘，你要带哪几个人出去呢？想来他们还没走远。"

"这次不劫了，"小雀摇摇头，左手笼在右手的袖子里，轻轻抚摸着藏在乾坤袖里的流火——流火灼热的气息让她在这秋凉之中感到了难得的一点安心，"我答应了他们。"

"哎呀，小雀姑娘，这可不是你一贯的作风啊！"木妖略有些惊讶，"我们现在生意惨淡，全靠甘相先生给我们精打细算着，据点才勉强维持下去，现在我们不出门打劫，实在是要坐吃山空啊！"

他话语里满是好意，但小雀听着却总觉得有些刺耳，不禁皱了皱眉头，很是不悦地说道："闭嘴。"

木妖被平日里颇为亲和的小雀吓到了，连忙向后退了几步，作势要因为失言而扇自己耳光。小雀道了声不必了，也没有多看他一眼，便向自己的屋子走去。

屋内，小雀躺在竹榻上，手上拿着一本术法集册一页一页地随意翻看，却怎么也看不进去，最终只能作罢，把册子丢到一旁的地上。她又坐起来，从袖里抖出流火和遁木，还有那朵若木花。将遁木披在肩上，感觉到环绕着她的木灵气息，觉得比起之前，要平静得多了。她又伸出手去抓流火，却发觉流火的所在地比她想象的要远得多，一抓抓了个空。她又伸手再去抓流火，却还是抓了个空。她转头去看，发觉流火离她远得很。她一俯身，伸长了手臂，终于抓住了流火的末梢。突然飞溅出来的一点火花烧到了她的左手手背，她略一龇牙，本来想要吃痛地叫一声，最后却咬紧了牙关，用右手在左手手背上擦了擦，一副若无其事的样子，另一只手已经抓到了流火的鞭柄。

流火和当年九凤刚刚将它打出来的时候几乎毫无差别，抓着鞭柄就能够体会到一股暖流从手掌汩汩地流向四肢。火元素凝炼成的结晶呈红得发黑的黑色，偶尔还有一星半点的火花突然弹出来。小雀细细地举起鞭子借着一点亮光查看。流火已经有好一段时间没用了，上面积了淡淡的一层灰。她的指尖轻轻地将结晶上面的灰拭去，修行木灵的身体略微有点畏火，左手的指尖被烫得红得有一点发紫，但她毫不在意，状若无事。

小雀突然发觉流火末梢的火灵结晶略微有点缺损，据点里无人修习火灵，在这大荒之中，想要找到这样纯的火灵结晶也是很有点难度的事情。

下次委托甘相派个人帮她跑一趟腿吧。

她这样想着，突然听闻外面传来一声尖锐的呼啸。下意识地，她将三样东西笼回袖中，又鬼使神差地换上白色衣装，向外跑去。

"怎么了？"小雀走出门来，刚要开口询问，就听见外面一片喧闹，问得都是同样的问题。她抬眼去看门口大树，却被一道光电夺了视线。是夔，刚刚从外面大道上回来，平日里嘻嘻哈哈的脸此时板得很紧，眉间隐约有担忧之色。

"发生了什么事情？前面最远的那棵监察木突然报警，也不知道是出了什么事。"甘相从院落背面走了出来，很急迫地高声问夔道。

"有大军——而且还不止一支——在向我们的方向行进，可能就是针对我们的。"他停顿了片刻，又对小雀道，"我猜是那四国军队。"说完之后他又对小雀做了个手势，小雀没能看懂，困惑地皱起了眉头。夔像是毫不在意一般，没有再对她解释什么，而是叫了一声甘华。

"我在。"甘华从据点后方缓缓地走到前面来，"我都听见了，现在怎么办就看你的了。"

夔点点头："你们自己分成四队，护卫据点的四面。分完队伍之后我再调动一下。甘华、甘相、小雀，你们三个先不要动。"以前在据点的全盛时期，夔曾经联合了据点内的所有人，花费几天几夜时间，设下了一个可靠的阵法。但在蚁离去之后，众人虽然还能够维持这个阵法，威力却已是薄弱很多。夔本来能够帮助众人，奈何他修水灵，心有余而力不足。小雀和甘华以及甘相这三位木灵前三也没有办法挑起缺失的二十几人的大梁，最后几人聚在一起合计了一下，还是把这个阵法撤了。

不料现在，这却使他们愈发得艰难。

众人分成四队之后，夔又简单地做了些调动，把甘相派到后方去帮忙调度拿主意了。夔本打算和小雀以及甘华还有几位心腹一起在前面打先锋。不料小雀却阻拦了他："这次我们主防，不主攻。你在正面大门口抵挡着，甘华和我各自去东西两向调度众妖。"

夔点头应诺，大敌当头，这样看来或许比自己的做法要更为稳妥。他刚想甩甩手让两人赶快赴任，却听见小雀突然又道："你听见了？"

"来者何人？"甘华应和了小雀的问题，也道。

"四国军队。"说完这四个字，小雀不再说什么，轻轻地捏了一个清心诀，向西面走去。夔这才反应过来，甘华前面的问句是在明知故问。他是木妖，比小雀感知得还要早，却依旧问出了这个问题。

他们是在讲给他听。

"最后一场了。"甘华对着夔笑了笑，没有再多说些什么，转身向东面走去。夔张开嘴，本来想在后面喊一句什么，却什么都没能说出来。他漠然地看着小雀和甘华迈着坚定的步伐一步一步地向自己的战场走去，半晌才终于想起来，自己也是时候做准备了。

他转过身向出口树走去，却总觉得自己的脚步有些虚浮。

第十章　血漂杵死伤流离

那真是一场惨烈至极的战斗，他们从红日如火的巳时打到残阳如血的酉时，仍未停歇。

入口大树处，夔领着自己手下最后几个人，死死地撑着已经被兵刃和硝烟损伤了不少的那两扇柴门。他所守的正面是据点唯一的一个出口所在，原本他就在这里拨了超过其他三个方向的战力，不料却依旧是这样的下场。

一多半人都死了，刚刚开始的时候他们凭借着两扇柴门和旁边的树木，硬生生地造了一道藤蔓屏障出来，但这样的屏障未能够维持多久，不过是一个多时辰的工夫，四国兵士们就把藤蔓连劈带削，砍成了一堆枯木。

春风吹又生。即便是将藤蔓砍成一堆枯木，几位木妖也能够从地底下找出新的藤蔓、新的树苗抑或是新的根须来重新修补搭建这个屏障。但事与愿违，专门负责攻打北门的那位四国将领略一思索，居然派出了十余位修习火灵的人族，在屏障上灼烧出一个洞，又将各种各样的火灵玄术向内里的木妖送进来。火克木，水克火，只有夔一个人有办法救那些为火所烧的木妖。但这里并非水灵能够大展身手的地方，就这样疏忽之间，就已经死了三位木妖了。

至此，夔不敢再继续放任手下人不管，开始自己去攻击那些士兵，并为所有人做了一个大的水盾，将所有人都包裹在里面。

依靠着这方法，夔和手下剩下的人一直坚持到天色开始渐暗，日落为止。但此时据点里却开始比之前还要炎热、还要干燥了起来。夔的水盾太耗费这一带的水灵了，平日里众人常用的那一汪泉眼已经干涸，土地也隐隐约约现出龟裂之势来，树上的叶子蔫着脑袋，边缘已经翻卷了起来。

不能再这样肆意妄为地用水了，夔无奈地想着，反手将水盾收起："你们自己好自为之吧，水盾已经帮不了你们了。"

五人都是识时务之人，见状也已经明白了几分，没有一个人提出半分异议来，各自手上幻化出一支精细打磨过作为武器的树杈，向前冲了上去。

夔没有急着冲锋陷阵，而是转头向西边望去，西边房屋上小雀正踏着屋檐，身着白衣，披着遁木，手持流火，头戴若木花，指挥着手下五人借着地形对付那些中容国的士兵。中容国以土为尊，士卒多修土灵，在克制他们的木妖面前很吃亏。

屋檐下，小雀挂在床边的冰晶风铃轻轻地在风中摆动，敲出清脆的乐声。

远处的木灵讯息忽地一跳，而后突然变得微弱，在风中飘荡着，仿佛随时都可能消失不见。这是全军覆灭的征兆，甘华的心猛地一跳，向自己的右方看过去，但树木遮挡住了他的视线，蒙蔽了他的双眼，他什么也没能看见。

他心里又是一动，阖着眼睛屏蔽掉东方的一切嘈杂，南方，也就是据点的后方一片寂静，只有淡淡的风声，在林间吹过，一片片叶子在风中抖得如同筛糠一般。没有兵戈破开空中的锐利抑或是木妖发动术法时树枝藤蔓迅速生长带来的"嗖嗖"声。

换言之，一片死寂。

他又听向远处。远处传来暗雷隆隆的声音。有那么一瞬间甘华以为那就是暗雷，是夔显现神威了，但隆隆的声音渐行渐远。

原来是围攻南面的几十个大人国士兵撤退的声音。甘华终于明白了，他将灵力向南方探过去，一片空落落的，什么也没有。他忽然想起自己的兄弟甘相就在南方调度统帅被派去的那几位木妖，突然反应过来，飞身向南方奔去。后面他的三个手下对他喊了些什么，他充耳不闻。

南方空落落的，林子里和往常一样树木排列整齐，草地上散着几片落叶。甘华急急忙忙地俯身，在草地上细细地探寻着。半晌，他终于找到了一块晶莹剔透的绿色结晶。妖族死后身体回归所属之灵，只留下一块妖丹，证明他们曾经到过这世界上。他又翻找了许久，终于将另外三块绿色的妖丹集齐了。

还剩下一块黑色的。甘相树通体赤红，果实却是黑色，因而甘相的妖丹也是黑色的。甘华在草地上翻找了许久，终于在一堆黄叶白花下翻出了一块黑色的晶体。这块妖丹明显比另外四块绿色妖丹大得多，表明它的主人已经修行了很久。

甘华暗自咬咬牙，将五块妖丹一并笼在乾坤袖中，回首向东方跑去，两行泪止不住顺着脸颊流了下来。

小雀下意识地退后两步，手中流火已经抽出，在对方的脸上留下一道灼伤的暗黑印记。对方闷哼一声，持紧了手中的匕首，又一次向小雀冲了过来。

对方是一名百夫长，中容国队伍里除那位四方调度的将领以外、资历和位置最高的三人之一。这三人中有两个修习火灵，还有一个——就是现在和她缠斗的这个——和他的阵法中的士兵一样，修习土灵。

小雀动用法术的习惯其实很不好，动辄白白耗费数棵树木，但也正是因此，她的法术威力才远强于他人。但在现在这种状况下，小雀实在不敢轻举妄动，只能用流火和对方硬扛着，对方近战法术极好，和她不分伯仲，但她有流火在手，虽说遁木没用，但她还有个终极制胜的法宝——若木花。有这朵若木花在手，她相信自己是不会败的。

　　她一边这样想着一边眯着眼向身边望去，手下的五个木妖正与对方士兵激斗。其中一个木妖施展出了自己拿手的藤蔓绞杀术，不料对方一个土妖徒手抓住了袭来的藤蔓，另外两个士兵迅速过来合力，居然用那个木妖施展出的藤蔓绞死了他本人。小雀记得那个木妖的名字——延菀，是最早投靠她和夔的几个妖族之一，年龄偏小，为人颇有些桀骜不驯，但一直是对她和夔最为忠心耿耿的几个妖族之一。延菀死后化作了汩汩的树汁，沿着房檐一滴一滴地滴落下去，滴到土里消失不见。小雀飞身掠起延菀留下的妖丹，很小一块，抓在手里只有弹丸不到的大小，绿茵茵的仿佛世间最美的一片草地。那一瞬间小雀有个错觉，好像如果把那块妖丹丢在地上就能够长出世界上最美的草原一般。

　　小雀眼里生出一股杀气，她提着流火转身杀向百夫长，流火末梢重重地打了个转，缠住了百夫长的脚踝。小雀用力提起了鞭子，百夫长摔倒在了地上。但他很快又爬了起来，蓄势操控了小雀背后的土灵，土灵暴长成为一根根土柱，向小雀袭来！

　　"夔！"小雀唤了一声，背面的夔一回头，看见这样的场景，脸上居然毫无惊讶之色，他对小雀笑了笑，一挥手，土柱瞬间崩塌瓦解，化为砂石！

　　"怎么会这样！"百夫长失声道。

　　"水浸润土，"小雀手腕一抖，身体转了一圈，流火突然向百夫长脖颈处伸过去，宛若一条暗红色的蛇一般，缠住了百夫长的脖颈。

　　"你……"百夫长挣扎片刻，还想说些什么，却只觉得喉间火辣辣的，一个字也说不出来，小雀手上发力，流火绞紧。

　　流火松开的那一瞬间，百夫长孑然倒地！

　　小雀回过神来看向主战场，发觉又有两人身亡，绿色和棕色的汁液从房檐上一滴一滴滴地落下来。她伸手去捡那两枚妖丹，却抓了个空，她又去捡，终于捡到了其中一枚。她刚要第三次伸手去捡另外一枚，那一枚妖丹却从房檐上一路滚落，落到地上，化作一片苍翠的绿色。

小雀苦笑，没有再说些什么，双手之间绞出一张藤蔓围成的网。她一挥手，那张藤蔓网便向中容国的军士们劈头盖脸地兜过去。

这或许能够解一时的困境。小雀这样想，只是不知道还能够撑多久。

夒看着身旁三人中又有一个被火灵玄术击中了心脏，倒在地上，不禁摇摇头，手中突然凭空出现一个球，劈头盖脸地向那个刚刚杀死一个木妖的人族打去。那个火灵人族被夒这样发狠地一打，身体抖了抖，死了。

"哼。"夒冷哼一声，看了一眼另外两个还在奋力作战的木妖，又望了一眼门口黑压压一片的白民国军士，不禁皱了皱眉头，对甘华大喝一声，"你这里人手若是有富余，就来帮我守守门！"话音未落，他便感觉到身旁传来破空之声，连忙一个后空翻——一根箭钉到了他背后的树上。

"没有富余！"甘华同样大喝着应答这个问题，"我这里只有我一个人了！"

"我们有一个人，"小雀不像他们两人一样直接大喝一声，而是动用了千里传音术，把声音传到了夒和甘华两人的耳朵里，"芫（yuán）枝，去入口助阵！"

被小雀点到的是据点中为数不多的女妖之一，资历不高，但能力一点不比据点里的其他妖族差。芫枝答应了一声，立刻离开小雀的阵容，向出入树的方向奔去。

小雀叹了口气，其实她心中明白，派一个人过去亦无济于事，甚至可能会使芫枝丧命，但事已至此，她也没有办法。她看向手下最后剩下的两个木妖，沉声道："看你们的了！"

两人点点头。

小人国终于退兵了。甘华站在西面的一棵大树上叹了口气。他很有效地隐藏了自己。四国的队伍很有可能是商量好的，围攻四方，据点内一面防守全军覆灭，一国队伍便撤军，直至四面全破，四国军队再全由入口处长驱直入。

装作全灭虽说是个令人不齿的办法，在这种状况下却远比负隅抵抗好得多。令人不齿就令人不齿吧。甘华这样想着，捏了个隐身诀，便向入口处径直狂奔而去。

两面全军覆没的事情，他是要和夔以及小雀讲一声的。

小雀扯出的那面藤网的的确确起到了抵挡一时的作用，但也没撑多久，那面藤网被中容国一众妖族士兵割开，士兵们纷纷钻了出来，挥舞着手中的武器冲向那两个木妖。

西面，除小雀外，全军覆灭！

只剩下北面了。甘华还没有来得及去向小雀报告南面和东面除他外全军覆没的消息，就看见小雀飘然出现在面前。虽然经历了一场激烈的厮杀，但她看上去并没有多差，白衣的衣角沾染了尘土，脸上被人用匕首划了一道，到现在还在汩汩地流着血。但她的头发依旧梳得一丝不苟，眼中的光芒格外清亮，一如往常。

"你们那边也已经全灭了？"甘华看见小雀出现在这里，有一刹那的讶异，但很快又恢复了平静，像是在道家长里短似的问道。

小雀没有用语言回答这个问题，而是点了点头，见剩下的五人都会了意，也不多说，换了个话题道，"接下来怎么办？"

"我猜他们会把四国剩余的所有兵卒全部派来攻打北面。"小雀略一思索，回答道。

"不完全是，"甘华突然跃到树的顶端，环顾一圈后跳下来接着道，"大人国派来的几十个人已经走了，这是个好消息。我们都没有把握抵抗几十个大人国妖民。"

小雀点了点头，转头向外面看去。那棵树有些遮挡视线，她就往旁边迈了几步，却突然像是触电了一般，倒退两步，接着又立刻向五人的方向狂奔了过来。

"怎么了？"看见小雀的表现，夔有些吃惊，问道。

"那里有一条肥遗。"小雀眼前浮现出小时候肥遗重伤师傅的画面，心里隐隐地觉得不安。

"一只肥遗而已，"夔不屑道，向前走了几步，瞄准了肥遗的七寸位置，一个手刀劈下去，那条肥遗挣扎了几下，死了。

就在那一瞬间，外面传来阵阵呐喊声。六人急忙从树旁绕过去，转眼间便紧紧地抵在柴门上了。之所以是紧紧地抵在柴门上，是因为柴门以外已经尽数被白民国和中容国两国的士兵包围了。

众人的脸色都是齐齐地变了，刚刚想要下意识地推开两扇柴门回到据点内，却意识到这样做无异于引狼入室，瞬间都有些慌张。

夔打了个众人根本注意不到的响指，远处天边立刻是一道闪电，将已经黯淡下来了的天空又重新照亮，闪电照亮所有四国军士和小雀等六人的脸。

四国军士看起来似乎都有些惊愕，接下来一个惊雷便在天空中炸开来，发出响彻云霄的"轰隆"声。有些胆小的军士吓得急促地往后退，剩下的军士们虽然并不想退，但被这样一挤，身体已经有些不受自己控制了。六人就这样终于再度占据了柴门口的一片空间，他们立刻摆出阵法。

四国的兵卒很快就反应了过来，后方一个声音响起，安排四国的兵卒按照他的指示排列成了一个冲锋的阵势。三人都留了个心，在乱军中找寻到了那个声音之所在，却也并不声张，甚至是毫无动作。

一小队兵卒冲了上来——这大概是先来试探的。小雀毫不畏惧，手提流火，一下便扫开一排。和她一样身处前面的是芫枝和另外一个一开始就在夔这边的男性，两人都不算很弱。很快，一整排的兵卒都被尽数击退了。

"小雀小心！"后方甘华突然大喊一声，小雀并没有动，只是低了低头。一个木灵的强劲杀招正在向她袭过来。她纹丝不动，任凭这个强劲杀招打到遁木上。下一个瞬间遁木的一块衣角卷起，将这个强劲杀招吞噬了下去。小雀抬起头，看到前面刚刚使出了这个杀招的人一脸的惊愕，手抖个不停。

小雀对着那人灿烂一笑，下一秒流火就窜上了那人的脖颈。流火渐渐绞紧，对方的脸色从原来的红润变为铁青，直到最后死意覆盖了他年轻的脸庞。小雀轻蔑地"啧"了一声，将鞭子轻轻地一举，接下来手腕又是一抖。对方被流火松开，径直扔进了阵眼里。军士们排出的阵势立刻溃散开来。后方的甘华看着小雀有些惊愕：小雀居然能够一眼就看出阵眼，并且精准地打到那里，这是他知道的很多厉害角色都做不到的。

其他四人倒无心注意这个问题，趁着众人慌乱的时刻，夔勾了勾手指，一串冰晶突然飞向了他，而后又服从他的命令，静静地悬浮在空中。

小雀房檐下的那串风铃，原先上面还是有绳子的，但在夔制造出的极度低温下，这些绳子早已断为数节，掉落在地上，只剩下一块块的冰晶。

夔状似无奈地弹了弹手指，两道目光却锐利得像两把刀一样，在四国军队中扫来扫去，忽地凝聚在了一个点上。

无数冰晶向同一个位置锐利地射了出去，在命中目标之后纷纷溶解成为汩汩溪流。其中最大的一片冰晶，直直地穿过了那人的心脏。

乱军之中取上将性命，犹如探囊取物！

第十章　血漂杵死伤流离

失了主帅，四国军队立刻慌乱了起来，小人国那些不及一尺长的兵卒见形势不对，率先跑了，绝大多数白民国的士卒也趁乱溜走，只剩下一些还活着的中容国士卒和少数不怕死的白民国士卒。

"果然有帝俊后人的风范。"小雀小声道。中容国的国君乃中容，而中容，则是帝俊之子。她一边这样想着，一边毫无必要地清点剩下的人数。在前面的混战之中死了三人，芫枝和之前一直在和夔守着北面的两个妖族，甘华走过去拾起了地上的那三块晶莹剔透的妖丹，笼在乾坤袖里。

剩下的士卒排成方阵，还未来得及有什么动作，就看见前排的小雀从头上摘下那朵若木花，掐在手间，轻轻地抚摸了两下若木花的花瓣。前排的人看见那朵若木花像是有生命一般，舞动了两下花蕊，居然应和了小雀的抚摸。

"去吧。"小雀笑道，不知不觉间脸上却流下了两行泪。她的情绪几乎没有波动，她也不明白这泪是为什么而流的。或许是为了那些在这场混战中不幸身亡的伙伴，或者是为了再往前的事情而流，比如为了昆仑山上可怜的小宫婢数斯，或者大概早就归入尘土的说书人、馄饨铺老板和旅馆掌柜，还有一种可能，这两行眼泪是为九凤师傅而流。这朵若木花已经有三百多年没有用过了，上次看见它施展威力，还是在九凤手上的时候。

泪滴下来，滴到花蕊上，花蕊像是轻轻地叹息了一声，突然暴涨，化为数不胜数的若木树枝，向方阵的方向伸展过去。而后从树枝上又绽放出千万朵小的若木花，接下来花落，覆盖了方阵。

全军覆没。

血流漂杵。

"只剩我们三个了。"夔如梦方醒。四国军队尸横遍野，汩汩地流出血来。小雀手中的若木花似乎愈发娇艳了，她把它戴在了头上。

"也是……"甘华点点头。小雀还是没有发话，而是从乾坤袖当中摸出了四枚妖丹，递给甘华。甘华点点头，也不问为什么少了一块，而是理所当然地便收下了。

"接下来我们怎么办？"夔又问。

"我要离开这里了。"甘华思索了片刻，说道，"我听闻只要有足够的时间，辅以正确的方法，就能通过妖丹来复活妖族。"

"你想复活你表弟？"小雀终于开口了。

甘华点点头："不只是他，最好其他人都能够复活。"

"去吧。"半晌，小雀终于说话，又转头看向夔，"你怎么办？"

"回到归墟，离开了一百五十多年，有些想念。你不一起么？"夔硬挤出了一个笑容，问小雀道。

"不去了，"小雀摇摇头，努力不去看夔突然僵在脸上的那个笑容，"我要回中原。"

"回中原干什么？"

"寻母。"

三个寂寞的、失意的背影在大荒散开，渐渐模糊，最终消失不见。

第十一章　寻短见却遇转机

不知不觉间，小雀离开大荒已经有足足八年了。

正如她当年说过的一样，她回到了海内，四处游荡寻母。

小雀离开天柜山已经三百年有余了，今天，她终于有胆量在问及自己的母亲时拿出那块绘有同心圆的玉了。三百年来，这块玉几乎毫无变化，上面的同心圆依旧鲜血淋漓，仿佛刚刚才有一人咬破指尖，怀揣着一颗无奈的心在翠玉上画下这个图案。这个图案太过于鲜艳，有一次竟吓得一个被小雀问到的人族当场昏厥过去。

但尽管她拿着这块玉，耗费了八年的时光一遍接一遍地观察，感受这块玉上面传来的浓厚仙力，又一遍接一遍地询问那些看上去颇为仙风道骨的人和那些看上去对仙人很感兴趣之人，甚至她还跑遍了最负盛名的那些古玩铺，花掉大笔大笔作为所谓"询问费"的银子，却什么答案也没能得到。

她还不断地听说书人——说起说书人，她最喜欢的还是当年她曾经短暂地住过一年的那个镇子上茶馆里的说书人。"听说书人说什么呢？"但是她不止一次两次地路过那个小镇，到现在却依旧没有进去过。她也听闻了那个传说，还找了个面纱，带着去看了一眼建在山上的所谓"雀女祠"，众人供奉的那个神像经过五六次重造和美化，距离小雀的长相已经有些距离了。小雀看着雕塑出来的自己：有着绝世的美貌，做着略显矫揉造作却看上去很是高洁的动作，背后生着麻雀的翅膀。

她本来还想回一趟那个镇子的，但当她看见这尊塑像的时候，突然就不想回去了。

怪没意思的。

她开始怀疑自己，自己当年做的决定真的就是对的么？当年她直言拒绝了自己有史以来第二个朋友、待她如同对待小妹妹一样有些怜爱的夔的邀请，孤身一人回到了人生地不熟的海内，耗费足足八年的时间寻找不知道在哪里，甚至都不知道还在不在世的母亲。

她也明白这样的寻找宛若大海捞针，师傅九凤曾经说过自己的母亲可能是神族，要找她当然要在深山上，或者甚至在只有神族能够进入的神界之中，但是她不想，或者说是完全没有这个胆量到那些地方去寻找自己的母亲。在脑海深处，总有个声音告诉她她不能找自己的母亲，总有一个声音告诉她她的母亲是个异于其他神仙的仙女，而无论发生什么事情，无论经历了什么样的挫折，都不能去找她，因为这样会带来无可挽回的后果。

她不明白为什么自己会盲目地相信这个莫名其妙的声音，或许这就是所谓的潜意识在作怪。的确，她不敢上任何一座神山。

无数次她总是会从噩梦中惊醒，有时候她会梦见她三百余岁那年肥遗去天柜山肇事，还有时候她会梦见蜮在大荒中开的赌摊，梦见"琼林"这个假名和当年来围攻据点的四国军队，还有一块接一块的妖丹。

但更多时候她梦见的都是当年在昆仑山上的事情，她在上面待了两百年，本意是去那里寻母，但两百年时间过去了，她依旧没有找到自己日思夜想的那个母亲。她还会梦到最终被人逐出昆仑山的时候那两个宫女打她的三十大板，和当初"两百年来依旧没能找到母亲"的执念。

现在不是两百年了，是三百二十多年了。

她想着自己是不是应当寻求一个更加合适的境况，或许她的母亲早就死了，或许那个上面画着同心圆的玉坠只不过是什么伪劣的赝品，或许她应该给自己找到一个解脱。神仙的解脱是什么样的呢？她不太明白，或许和人族的解脱方法差不了多少。她花了点时间想方设法旁敲侧击地打听人族的解脱方法都有些什么。

淹死，上吊，服毒，或是什么别的方法，听上去似乎都可以。小雀在好几种方法当中纠结了很久，最终找了其中最简单的那一种。

小雀看着清澈的河水不禁有些发怔，她相信如果从这里跳下去有可能就会得到安宁，就可以得到解脱，就不会再继续纠结于寻母的问题，就可以去做自己想要做的事情。

对于最后一句话她抱有异议，但是现在并非纠结于单个字眼的时候。小雀一边这样想着一边看着清澈的河水发怔。该不该跳下去呢？是跳还是不跳呢？她还是有些眷恋这个尘世的，这个她经历了六百年爱恨情仇的地方。

她双手抓着桥上的栏杆吊在外面，脚下就是清澈且干净的流水，汩汩地沿着河道流下去。只要她做出决断，现在她就可以两手一松，而后躺在干净舒服凉快的河水里。最好的状况甚至可以是顺流而下，在如同母亲的手轻柔抚摸一般的河水里陷入梦乡，只是不知道要睡多久。

"这位姑娘。"桥上一个好听的男声响起，小雀花了一点时间才反应过来这句话叫的是自己，原本想要跳上来打量一下来人，而后再回答这个问题。不料却发现手臂有一点使不上力气——在桥上吊的时间太久了，手臂已经有点发软。看来是跳不上来了。小雀懊恼地想着，仰起头来准备继续听。然而就算是这样她也无法看清来人的脸。

"什么？"小雀出声问道。

"这位姑娘，你……你这是在干什么呢？"对方的声音听上去有些尴尬。

"呃……"小雀突然发现自己似乎无言以对了。

"不管怎么样，你先上来吧！"对方说话的同时伸出一只手。

"你叫什么名字？"小雀没有直接去握对方的手，而是这样问道。

对方稍愣了一下，才道："金鸷（zhì）。"

上到桥面脚踏实地之后小雀和金鸷聊了一会儿。金鸷是个长相帅气却不知为何看上去总是一脸疲相的男子。聊了一会儿之后，小雀觉得时机合适了，便从脖颈上拽出贴身的翠玉坠子，道："你认识这个坠子么？"

看见那个坠子的那一瞬间，金鸷的脸色突然就变了，他的表情开始变得有些奇怪，像是被人猛力打了一下而后却又凝固住了似的，但很快他就恢复了正常，皱了皱眉头沉声道："看上去有些眼熟，但是想不起来在哪里见过。"

"这样啊……"小雀看上去有些小小的失望，但很快便恢复了平静，甚至转变成了一种带着惊喜的神色，"你是神族？"

"算是吧……"金鸷看着小雀雀跃的神情，不知为何有些尴尬。他伸出手去揉了揉小雀的头发，不小心揉乱了。回到人界之后小雀把头发修剪得短了一点，也不再梳马尾，而是随便地披散着头发。因而，这一头漂亮的中短发，就被金鸷……揉乱了。

"不要揉我头发！"小雀有些气鼓鼓地说，像是又变成了天柜山上那个不满一百岁的小孩子一样，但很快，她就把前面这句话抛到脑后去了，并且转而想起了更加重要的东西，"你在哪一座神山上住？我可以去找你玩么？"

果然是小孩子心性。金鸷这样想着。说完这句话之后，小雀本人也有一点茫然：自己为什么会说出这样天真幼稚的话？或许是因为面前的这个人给了她毫无来由的熟悉感和安全感吧，她也不太明白。

"我……我不住在神山上。"金鹜摇了摇头，"我住在大荒，大荒东部。"

大荒东部？小雀有些讶异，那是当年她和夔一起打劫的地方。想来也有八年了。

"大荒东部的哪里？"小雀追问。该不会是归墟边吧？

"大荒东部很靠近海内的地方有一个国家，叫做少昊（hào）国。那是百鸟齐聚的国度，每到春天百鸟就会齐聚在那里，他们的国君少昊会在那里听取一年的事务，远方的大雁会带来一年收成的消息，那些鹦鹉会把自己这一年带出来的最好的一批言论家的口才展现在少昊面前。鹁鸪（bó gū）掌管教育，鸷鸟掌管军事，布谷掌管建筑，雄鹰掌管法律，斑鸠掌管言论……那真是个好地方。"

"那么你出来干什么？"小雀又问。

"在那里待得太久了，出来转转。反正我不在几天也无所谓。"金鹜笑笑，"我又不是少昊。"

"你是那里的臣民？"小雀又问，声音虽然和之前一样像是大大咧咧，却已经暗藏了心机，"如果你是，你不应该直呼你的国君之名，这就是以下犯上的大不敬了。"

被看出来了……金鹜在心中默默地腹诽自己，面上却依然保持着冷静，又道："我不是少昊国的臣民。更准确地说我与少昊有点私交，所以才一直住在那里。"

小雀想了想，觉得这番说辞毫无不妥，毫无疏漏，只好打了个哈哈："听你之前的描述，我还以为少昊是个老气沉稳的人，而且少说也得有五千岁了。"

"并没有。"金鹜的表情看上去有些尴尬，说道："他人很不错……而且也没有你想象的那么老，两千多岁而已，和我差不多大。"他还想说些什么，却发现好像没什么好说的了，只好结束这个话题。

"你之前有说到你在找你的母亲？"金鸷问道。

"是的。我的母亲是神族，但是我不知道她是谁，更甚一点，我连她是否还活着都不知道。"

"神仙不是那么容易就死的，你的母亲应该还活着。我看你才不满千岁吧？"金鸷说完这一句宽慰的话，又出主意，"你可以上一趟玉山——既然你是神族，上玉山想必不会太难——找一找西王母娘娘。她是个活了几百万岁的神，通晓古今无数大小事务，你去问问她，应该能得到一个结果。"

"好。"小雀点点头，想着这段对话到这里也应当结束了，便趁着金鸷不注意，手覆盖上了桥头的一棵小草，心中默念术法，一个移花接木术施展出来，眨眼便离那桥有数十里远了。

第十二章　渡大河仙术救人

想到上一次从昆仑山下来之后的惊险经历，小雀不敢随随便便化作麻雀飞去玉山，也不想用移花接木术，而是选择了最为普通的那些人族会选择的方法：长途跋涉。

玉山位于海内西部，从小雀所在的海内之东到那里要舟车劳顿。小雀在路上昼夜兼程，半个月就到了久负盛名的大河边上。她跟着一路商队，这段日子一直在沿着大河逆流而行，但在冀州境内，大河流水突然南下，一道天险就横在他们的面前。照着商队头领的说法，他们要向北上行一小段，绕过最为危险的一道瀑布，在上游处渡河，再继续一路向西。

这一日终于到来了。小雀跟着商队向北走了三里地，终于看见有一个渡口轻飘飘地立在岸边，毫不起眼。商队队长引领着一行人向那个渡口走去，小雀向前急急地冲了几步，闯到众人的前面，终于是看清了那个渡口。

这一看，她的心猛然向下一沉。她不禁回头望向远方。神族的五感总是远超于人族的，远远地她还能够隐约看到商队队长口中那道凶险异常的瀑布，还听见了耳畔哗哗的水声和如同万鼓齐震般的声音。

想来那声音便是水声了，只不过小雀听着那声音，不知为何，却总觉得仿佛雷声一般。她又想起了夔。

但她现在无暇顾及那么多，而是紧紧地跟随在商队队长的后面，率先进到了渡口旁那两间平日里给渡者住的房屋内。她试探性地"喂"了一声，却发觉并没有人，心中不禁疑惑。

"没有人。"她小声地对旁边的商队队长道。商队队长听罢，有些惊讶地"哦"了一声，而后便又没了反应。

小雀向前往房内快速行了几步，超越了商队队长，紧接着便开始环顾四周。这两间房子内明显曾经有人住过，但现在早已离开，房屋内的地上因为常年无人洒扫，积攒了厚厚的一层灰。现在房间内统共有四五个人，都在没头苍蝇似的乱转，在地上留下无数的足印。

小雀又把视线转向房屋内部的摆设。看得出这位渡者离开了至少有两年多时间了，但却并非仓促出走。其中一间屋子的一角的竹榻上，竹枕和薄薄的一层被褥都折叠得格外整齐，旁边还放置着一个小案，上面放了两个破碗和一双箸，摆放得井井有条，墙脚还放了一口陶锅和一个长颈的瓶子，想来是用来烧饭蓄水的。

小雀又去了剩下的那个房间。相比之下那个房间就要乱得多了，房屋中央的地上有一圈焦黑，显然是长期在那里烧饭遗留下的痕迹。一边的墙脚放着几捆绳子，另外一边的墙脚则胡乱地丢着几把折断了的桨。

小雀没有多想，招呼众人走出这间乏善可陈的房子。其他几个走进房子里来的人也觉得这两间房屋着实是没什么看头，心中不禁有些失望，也随着小雀一并离开了两间房屋。

"走走走，去看船。"商队队长招呼众人，率先走到了所有人的前面，很快走到了船边，一只脚踏着浮在水面上的船，仔细地打量一番，才道，"我看这船能行，上面也有桨，载得下我们一队人。"

"不行，"小雀出声很突兀地道，"依我看，这可是很不安全。"

"为何？"

"你们看这里，"小雀手指指向岸边的一块巨石——这块巨石历经了数十年的风吹雨打，表面上已经变成了褐色，但却有一块地方呈现出并不深的灰色来：灰色部分呈带子状，看上去像是以前曾经被绳子之类的东西缠绕过很久，"这块部分是灰色的，以前上面缠绕了绳子。这根绳子想必是连接着两岸的，以前的渡者有可能是抓着这根绳子过河的，或者这根绳子是拦住这条船，防止它顺流而下的。"说到这里，小雀又突然想起了之前在第二间房内看见的那根绳子，看来便是派此用场，可惜现在已经被收起来了，等于是毫无作用。

"那又如何？"商队里一个天不怕地不怕的家伙忽然插嘴，"没了区区一条绳子，我们难道就渡不了江了么？湛璧，你这恐怕是想得有些太多了，说干就干，纠结那么多作甚？"

湛璧是小雀在这个商队里用的假名。为了低调行事，她弃小雀之名不用，也没敢用已经臭名远扬的"琼林"，又另外起了一个。此时她听见有人叫自己的假名，下意识地回头，才发现是一个商队中性格一贯粗犷豪放的少年。见是这人提出的有些不知天高地厚的建议，小雀并不想理会，刚刚准备转回去继续讲理，却发现队伍中的不少人似乎都被这少年的提议激得血脉贲张，连连点头。

事已至此，小雀没什么办法，只好缄默下来，和其他人一起将货物运上这艘船。这艘船本身吃水极浅，两舷又做得极高，但当小雀随着众人把马匹货物等都运上了船，自己也跟随其他人一同上了船之后，才发现水已经开始舔舐着船舷的最上方，随时都有可能漫入船中了。她环顾四周，发觉其他人几乎都沉浸在"很快便要渡河了"的斗志昂扬的情绪之中，对于船的状况毫不在意。她也不想煞了风景，只好缄口不言。

商队中最为壮实的几位大汉拿起了船桨，伸入水中，向后拨去。那几人的气力的确不差，几乎只是顷刻之间，众人就离开岸边五十余尺了。

但这并不是个好兆头。小雀俯身蹲在船舷边，用手沾了一点大河之水送进嘴里抿了一下：一股土腥味儿，还有一点咸。小雀敏锐的味觉感觉到有些什么地方不对。这几滴水有一股慌张的味道在里面，是那种山雨欲来风满楼的慌张。

"有什么地方不对么？"背后一个人问。小雀一回头，发现只不过是一个非常普通的商贾，和她也不算熟悉。对方本来是背对着她坐着的，不知为何现在却突然回头了。

"没有。"小雀摇摇头。水中的那种不安分和紧张的感觉是无法解释给人族听的——他们听不懂。

"那就好。"对方露出了一个安心的笑容，而后便转过头去不知道又去做些什么事情了。

小雀心里还是有些不安稳，但再不安稳也没办法。她从危险的船舷一侧离开，重新回到安稳的船的中心。一阵河风吹过来，略微有些猛烈，把小雀的头发连同脸上笼罩着的面纱一并吹拂了起来。与商队同行的日子里，小雀总是把自己的脸蒙起来，一方面是为了保持神秘感，另一方面则是担心有从当年她下天柜山之后住了半年的那个镇子来的人，把她和他们传说当中的那位神——雀女联系起来。

船行到大河中央，小雀有些耐不住在一群人的中间坐着，便站起身来，慢慢地走向船尾。从船尾向外看去，大河一片风尘仆仆的，一阵猛烈的风吹向小雀，险些把她的面纱吹跑。小雀皱了皱眉头，伸出一只手扶了扶面纱。她往他们出发的渡口看了一眼，惊讶地发现自己差点儿没能够看见那个渡口。她回过身，探出头，才终于看见那渡口，在她的左手边很远处。她是凭着那块巨石才找到的渡口。

巨石！小雀突然反应过来，一张脸吓得发白，不禁下意识地看向那道凶险异常的瀑布。这一看她感觉自己像是突然溺水坠入了深渊，又有些像是被人在背后扼住了脖子拎起来。

　　这大河上的一叶扁舟，现在距离瀑布只有不过一里远了！小雀超凡的视力现在简直都能够看清楚瀑布的全貌了。大河宽近一里，但在瀑布口那里急促收缩到十分之一。当地世代居住的人族将其称作"壶口瀑布"，并非没有理由的。小雀大惊失色，不禁失声恐惧地叫道："瀑布！瀑布！"

　　商队众人也纷纷向瀑布的方向看过去。以人族的视力本不该看到一里外的景象，但商队中几个机敏有慧根的身强力壮的年轻男子还是看清了那样的场景。

　　"瀑布！瀑布！"船上一片恐慌，无一不在惊慌奔走。这一叶扁舟在大河上不断摇摆。

　　小雀抚摸着木制的船舷，企图让这条船平静下来。一般的木船在水里泡得久了，渐渐生出绿藻来，就不算是死木了。小雀不能控制死木，但凡是有一线生机的，她都能够控制。

　　在她无形的灵力作用下，小舟终于停止了猛烈的摆动。小雀小小地松了口气，但接下来心又猛地提起——距离瀑布，只有百尺余的距离了。她突然有点恨为什么在这里，在这条船上的是自己，如果是夔这事就要简单得多了。夔是修习水灵的，灵力又那么强大。如果换他在船上，这样的危险压根不会发生。就算发生了，船上的商队也丝毫不会察觉到，夔一定能够轻松地摆平这件事。他会让水稍稍逆流，在没有人发现的情况下，让船回归正轨。

　　但她只不过是一介木灵罢了，在这个以水灵和土灵围住的地域，她施展哪怕一个小法术都十分费力，诸如移花接木术的那些要耗费不少灵力的法术，在平时的她看来丝毫不费力气，现在却极为艰难。

　　我该怎么办？小雀面朝着南方，也就是瀑布所在的方向，心中有些恐慌，还掺杂着绝望的问询。

船现在距离瀑布只有七十余尺，在水流的推动下这点距离简直可以说是微不足道。

要快！如果想要拯救这一船的人，拯救整个商队，也只能够趁现在！小雀思索片刻，却终觉得没有一个合适的方法可用。

五十尺！她下意识地单手撑舷，向外简简单单地翻了出去。下一个瞬间她就已经站在了空中。御风是个金木水三系常用的法术，本身不需要什么灵力，但却操作繁复，小雀早年在天柜山并未学过这种法术，是后来在大荒里跟着夒的时候学会的。就这样一下，她就已经站在了风中。她明白一场风暴就要来了，一阵狂风将她的面纱吹掉，露出她美丽的容颜来。大风将她的头发吹乱，显得莫名的妖娆。她抬起脸，感觉到有雨点打在她脸上——这几乎都是一瞬间的事情，她俯下身子，发现已经有几个人注意到了她此时的动静，用如同看着神明般的眼神看着她。

她双手飞快地向下伸展了一下——这个动作仅仅维持了一瞬，而后又恢复了正常，与此同时她闭上了眼睛，精神全部凝聚在河底。大河河底有无数的水草，只要召出数十根来，就能够救起商队里的所有人了！

小雀屏息凝神，她仿佛能够看见河底的那些水草正在她的术法之中勉力挣扎，想要逃脱却不得如此。大河的环境与别的河不同：水压木却润土，而土生木却又挟木。正是因此她觉得格外艰难，土灵似乎在紧紧地抓住木灵的根须不放，而水灵又在帮助土灵。这样循环反复，她根本无法召出水草来！

船上众人危在旦夕！此时他们的生命等于是交给了小雀。如果小雀不能够召唤出那些水草，他们就只有死路一条！

小雀从未觉得自己身上背负的担子如此之重，她屏息凝神，去除全身杂念，只留下那些清明纯正的精神，宛若一条接一条的蛇一般，向小雀凝聚灵力的双手游了过去！

第十二章　渡大河仙术救人

无数次的尝试终于换来了结果，小雀长吁一口气，感觉这样耗费力气不顾一切，简直就是浪费了她十五年的寿命。召出水草之后一切似乎都简单得多了。小雀双手虚空抓着，快速地上下穿梭，很快那几根水草就被编成了一条绳子！

小雀要用这条由水草编成的绳子，代替流火！她最擅长的就是鞭术，但若是使出流火——想到这里的时候她低头看了看指间——火结晶的炽热势必会伤害这些无辜的人族。使用水草编出长绳，可以说是万不得已之策。

小雀一边这样想着，一边用右手持着绳子，手腕向上一提，绳子便轻飘飘地搭在了左侧船舷上。她轻轻发力，将这根水草绳和船的木灵连接上，勉强减缓了船向瀑布奔去的速度。

"沿着这根绳子，爬上来！"小雀喊道。只要这些人上来，什么都好说。她可以把他们直接丢到河对岸去，也可以召河对岸的一片木头甚至一棵树来，套一个浮空术上去，让商队众人站上去。

众人迟疑地看向她。这也难怪，短短几分钟之内，他们所熟知的、与他们同行了一路数百里的湛璧，就突然变成了宛若神一样强大的存在，无论是谁都会有些难以接受。众人就这样纠结着。

"快啊！"小雀心下着急，喊道。她很明白自己坚持不了多久的。几个胆大的小伙子勇做了第一个吃螃蟹的人，双手揽着水草绳就向上爬去。小雀手上再度发了力，绳子紧绷成紧紧一条。这样方便众人爬上爬下，更何况只有这样这条绳子才能够发挥出巨大的威力，将船从危难的边缘拽回来。

第一批上来的几个人都是身手敏捷年轻力壮的小伙子，很快便爬到了小雀的身旁。小雀从远处泥沙较为松软的河底拽出来十五六根水草，编了个网兜，也一样套了个浮空术，让那几个人跳进去。一开始纵然是胆大如那几个小伙子也有些不敢进到网兜里去。小雀有些不耐烦，伸出手一把将其中一个人推进了网兜当中。

那一瞬间，小雀清楚地看到那人本来红扑扑的充盈着阳光和朝气的脸被吓得毫无血色。但很快，发现并没有发生什么之后，那人明显松了一口气，紧接着便招呼其他人也进来。

见前面打头阵的那些人毫发无损，其他人也纷纷沿着绳子爬了上来。之前第一批上来的那些男子中有一个很是热心肠，专门从网兜里出来接应那些步履艰难而又笨拙非常的人，把他们也拉进了网兜。

绷紧的绳子略微抖动，小雀皱起了眉头，看向近在咫尺又仿佛远在天涯的瀑布。她其实已经有些累了，前面从河底拽出水草当作绳子的行为耗费了她不少灵力，现在又要维持绳子的绷紧，牵制住那条船，还有网兜……浮空术本身的确不需要耗费多少灵力，但是网兜越来越沉，小雀不得不耗费大量的灵力来维持它悬浮，差不多等于是给每个在网兜里的人都套上了一个悬浮术。滴水穿石，要耗费多少灵力可想而知。

但她现在不能崩溃，万万不能。她不得不维持着表面上的游刃有余，毕竟现在她就是这一行人的救世主，她若是崩溃了整个商队都有可能要为她陪葬。

不行，绝对不行。她咬着牙，将拉扯着绳子的右手换为左手。她也不知道为什么自己会觉得要对整个队伍负有这么多的责任，以致她要这样奋力来完成。或者说这是她的内心愿望使然。

她自己有点不明白了，这样的思考让她的头脑更加发胀。于是商队众人眼中的救世主轻轻闭上眼睛，努力得到周围木灵的呼应，来供给她灵力。

她成功了。她感觉四肢本来将要枯竭的灵力现在得到补充，她重新获得了力量。她回过头去看，除了一个小女孩和她的母亲以外，所有人都在网兜里了。她长吁了一口气，看向面前的瀑布。

终于马上要结束了。她对自己说道。

"湛璧！"背后有人叫她，小雀回过头来，才发现是商队队长。

"什么事？"小雀问道，语气中略微有一点讶异。

"我们的货物！现在怎么办？"小雀猛地反应过来了，这次的这一大批货物是商队队长耗费了重金购置的，如果这些货物救不上来，商队队长可能很快就会一贫如洗。

"等这对母女爬上来，我试着下去救一救，能救多少是多少——"小雀还想往下说些什么，却突然觉得手中一轻。她骤然回过头去，发现绳子居然断开了！

那对母女紧紧地抓着绳子，绳子断开的位置就在她们的身后。小雀伸出右手向前去抓那根绳子，向前拉了一下，企图将这对母女连同半截绳子一起拉上来。绳子的确是往前了一点，但小雀，与此同时，也感到了极重的压迫感！她已经快要没有力气了！

"来搭把手！"小雀对网兜里的人们喊道。几个年轻力壮的小伙子都将半身伸出了网兜，帮着小雀拉拽。

"货物！我的货物！"没有了绳子的维系，轻了许多的船连同其中的货物一起向瀑布的方向流去。见自己的货物向下游流去，商队队长彻底绝望了，嘶着声音大喊道，双手伸出网兜，像是要去抓住那些货物一样。但他现在可是悬浮在空中！

"你们努力！"小雀对几个正帮忙的人大喊道，而后自己却像当初变幻成真正的麻雀一般，俯冲了下去。她的一只手抓住了那艘船——仅仅是抓住而已——而后却感觉突然脱力，自己整个人还悬浮在空中，保持着那个尴尬的姿势，但船却已经顺流而下，掉下了瀑布！

粉身碎骨！

在大河一带，水压木，这是小雀早已知道的既定事实。但她太轻敌了，她从河底成功地召出了二十余根水草，便愚蠢地以为自己已经打破了水构成的天然屏障，不料这只不过是痴心妄想罢了！从头至尾，她从未打破过这层屏障。

她在空中找不到支撑点，只能慢慢地站了起来，看向上方的网兜。商队队长经历了这样大的打击，已经昏了过去，旁边几个人在七手八脚地想要叫醒他们的队长，但更多人是在怀着崇敬的神情看向小雀。他们看向小雀的眼神除了崇敬以外，还有毫不掩饰的浓厚的感激。

"神仙姐姐！"一个小男孩在网兜里叫她，"你叫什么名字呀？"

"我叫湛璧。"小雀回答道。

"湛璧一定只是个假名！"刚刚被几位男子拽上来的那位母亲眼含热泪道，"您的真名究竟是什么？我回到故乡之后一定要为您立祠堂，让我的子孙后辈都歌颂您的功德！"

一个雀女祠就够我受得了。小雀心里想着，又回答道，"我就叫湛璧。"

说罢她挥了挥手，不等那些人有什么反应，便操控着网兜向大河的对岸飞去。她一个人则轻轻地漂浮在瀑布的上方。浑浊的水花溅了她一头一脸。

她下意识地去拨脸上的面纱，这才意识到面纱一开始就被狂风刮走了。

第十三章　玉山暗述说前尘

小雀上玉山的时候，玉山上刚好是春天。

从大河离开之后小雀没有再拖拖拉拉，而是直奔玉山。她还是选择了当年在昆仑山上走过的那样的路。如果给她另外一个机会，她一定不会再走这条从侍女做起的路，但是她的的确确也并不知道还有什么路可以走。

玉山是一个很安静的地方。这是上山之后半年来她最深的一个体会。玉山的四季变幻一向不明显，春天和秋天几乎毫无区别，夏天略微火热一点，冬天则会飘些小雪，落在玉山漫山遍野的桃树上，却也并不冷。

玉山上婢女很少，贴身服侍西王母的除了著名的三青鸟以外，还有三个长相差不多、大约二十七八岁的女子。小雀暗自打量了她们，并非人族——玉山上似乎从来都没有过人族。但那三个服侍西王母的女子的灵力也很一般，甚至不及她高深。

小雀的灵力在玉山上算得上是比较高强的，因此西王母对她也颇为留意。不久之后小雀就已经做到西王母直系手下的一个不低的位置了。西王母有时也会派她在山上跑跑腿，每季度过去之后的赏赐也常常是有她一份——而且通常是不小的一份。

一年之后，她也和那三个看起来都要将近三十岁的女子一样，成了西王母的贴身婢女。

她和那三个女子完全就是两个对立面。那三个女子几乎从来不说话，沉默地来沉默地去，有时服侍西王母穿件衣服，拿些东西给西王母，也几乎不出声。她们三个都是点头会意的人，西王母的一个动作，一个神情，她们就能立刻明白，从而去做西王母委派的事情。有时候小雀几乎怀疑那是三个哑巴，然而事实只不过是因为她本人太聒噪而已。

还有些时候小雀能碰见三青鸟。三青鸟是西王母的侍女，平日里总是化成一个美貌女子，穿着一身青色和白色交错的衣服，头发在头上干练地绾起来。她性情冷淡，就算对着西王母禀报消息的时候也不温不火，语调冷冷的。

小雀不大喜欢三青鸟，说实话三青鸟也并不喜欢她——这大概源于之前发生的一个意外事件。三青鸟的本相生得并不好看，红头黑眼，毛色发绿，还有一双白爪子。正因如此她非常厌恶露出自己的本相，在玉山上除非必要，否则从来不久待，更不可能露出自己的真容。

但有一个时候例外。三青鸟主要负责为西王母处理玉山之外的事务，兼负责送信收信。若是要送的信多了，或是事务繁杂，她就会化成三个穿青衣的看起来差不多是人界十七八岁的小姑娘，取名"大鵹（lí）""少鵹""青鸟"，到三个不同的地方处理事务。但每每当三青鸟要化作三人时，便要先变回原形，再过一会儿方可变为三人。

小雀正好碰上了这个过程。那次她被西王母派去到后山的书殿里找一本仙法册子。后山的书殿可是个好地方，外面一大片玉树琼枝林子，凉快得很。

小雀就是在那里碰见三青鸟的原身的。她知道林子里有一条近路，阴凉而且便捷，比从那条在夏日里被阳光烤着的正路要惬意得多。小雀总是会想方设法从各种乏味中给自己找些乐子。

那天她从林子里那条小路上经过，眼睛自然不会安安分分地盯着面前的小路，而是向两旁随意打量。正是这一打量，她才看见林子里有一团东西，上面红色，下面绿色，中间还有一团黑色。她忍不住要笑，刚刚笑出了"扑哧"的第一声，便看见那团东西抖擞抖擞羽毛，站了起来。

然后它下面露出了白白的一小块。

合着还是只鸟。小雀怔了片刻，又开始狂笑起来。这只鸟大概是她在玉山上的一年半来看见过的最好的笑话。但很快她就笑不出来了。

那只着实可笑的鸟儿抖了抖肩膀，转眼之间便化为了三个穿着青色衣服的娇俏少女，愤怒而又冷淡地看向她。

"三……三青鸟前辈！饶命！"小雀吓得脸都白了。既然是在王母身边，小雀自然是认识三青鸟的，同时也知道三青鸟并不是很喜欢"过分活泼"的自己。

大鸷、少鸷和青鸟同时冷笑，也不说话，只顾在那里一声接一声的"呵呵呵"。

小雀一张脸上的血色现在算是褪得干干净净了。她不敢继续答话了，拔腿就跑，一直跑到书殿里才敢回头看向外面。三青鸟不知道到哪里去了，没有追上来——三青鸟才不会干这样幼稚的事情——也不在树林里。小雀长吁了口气，从一条很偏僻的小道回到了书殿的门口，向护卫书殿的那个侍女道明了来意，还解释了一下西王母的要求。

一路上她都在不断地回头看，生怕背后站着某个她现在非常害怕的人。

从那件事之后，三青鸟看她的眼神比之前还要不友善几分。西王母不大在意这种事情。没有什么事情的时候，西王母只会一个人默默地站在正殿后面的高台上看远方的景色。小雀曾经很好奇地登上过高台，却发现从高台上眺望，什么美丽的风景也没有，只有无穷无尽的乳白色雾气在眼前弥漫。玉山很高，非常高，所以小雀猜测她看见的大概是一朵接一朵的云雾。

云雾有什么好看的呢？小雀从来都不明白西王母究竟为什么会喜欢看那些云朵。或许云朵之中有些什么蹊跷也说不定，她也拿不准，只能自己胡乱猜测。她也尝试过对云朵施几个术法，却什么也没能看见。

这个问题直到又过了一年她才敢问出口来。

"这些云雾……究竟有什么好看的呢？值得您每天来这里驻足。"

"这些云雾……"西王母难得没有挥挥手让小雀离开，而是罕见地开了口，像是在沉思，最终下定决心才终于又一次开口，"这些云雾让我能够想起很多事情。"

"你看现在的玉山，人烟稀少，偌大一座山上总共只有几个婢女，也不说话，安静得吓人。山上四季并不分明，我种的桃树四十年一开花，一百六十年一结果，我就是这样来计算时间的。现在没有人上山，除了三青鸟常常帮我下山跑腿以外，也没有人下山，这样的生活其实很寂寞。我看得出来你是那种好动的人，虽然我也不明白你为什么要上山。"

西王母停了好一会儿，才继续说道："以前玉山上并非如此。以前的玉山是个繁华的地方，有人上山，有人下山。蟠桃熟透的时候会有很多人上山来吃蟠桃，有时候还会在正殿里举办一场接一场的宴会。最盛大的那几次，我们用了灵力，我、三青鸟还有玄女做了一整套自来酒酒器，就安在大殿里。每一个来参加宴会的客人都可以从自己的面前取酒饮用。

"那还是万年之前的事情。你知道天下之主的那场大战么？在你们这一辈的耳中应当是称作'天下之主与其敌人的战争'。我从未下过玉山，但我听三青鸟和玄女说过——当年她们都曾去助阵——她们说当年天下之主的名字在战场上就是一个神，每当他们艰难战斗时，只要'天下之主'四字传进他们的耳边，他们就仿佛吃了一剂定心丸一般。

"那也是玉山最为繁华的时候，玉山距离涿鹿不算太远，每打胜了一战，就会有些人回来，大都是我当年的弟子，还有一些天下之主帐下的将领。当年夔也曾经来过这里，就是在涿鹿之战的最后一场大战中化作八十面夔牛鼓击退了天下之主的大敌率领的手下一众将领的那个夔。他人不错，我的一些弟子也很喜欢他，不过他就来过一次。

"说到弟子，当年我在玉山上时收了不少弟子，都是些有真才实学、能力超群的名门子弟。玉山上面灵力充沛，神族的一些名门望族也很喜欢把自家的孩子送上来学习。三青鸟和玄女，还有应龙、轩辕妭（bá）、风后这些涿鹿之战中的功臣，都曾经在我手下受过教导。还有很多籍籍无名的小辈——现在你们都记不得他们的名字了——也出自我这里。我自从生在天地之间以来便一直在玉山上，从未下过山，但当年山上一点都不寂寞，许多神族在山上来来往往，谈论天下局势，谈论战争的情况。三青鸟和玄女每次回来都会把下界的消息带给我，后来战争最激烈的时候还会把一些伤员送上来。

"后山书殿前面的那片玉树琼林你应当知道吧？那里其实是盛产所谓玉髓的，也就是不死药的地方。凡间称玉髓为不死药，服食可得永生，但在神族看来，玉髓只不过是疗伤的神药罢了，神也是会死的。当年那片玉树琼林比现在的要大得多，每年都会产出数不尽的玉髓。山的西面还有很多金银珠宝，有些顺流而下，还有一些深埋在山中。当年我派三青鸟和玄女从那里取了许多珠宝。山的东侧还有很多珍贵的药材和金灵。

"你们这些小辈不明白金灵的重要性，以前——不只是涿鹿之战的时候，还有在那之前——都有很多天下的名士会将自己的武器送到玉山来修。烛阴曾经在这里驻留过很久，他是钟山之神，修火灵、土灵和金灵，很会修理武器。天下很多著名的神器都是她做的。她以前做过……太多年没听过她的事情了，我也忘了。玄女很聪明，跟着烛阴学会了冶金。三青鸟就不是这样，烛阴也教过她，她却什么也没有学会。"

"还有……"西王母说到这里的时候突然停下了话语，半晌才悠悠地说道，"这可是个一时半会儿讲不完的故事，你还是先下去吧，若是再有机缘巧合，我会说的。"

西王母似乎颇喜欢给小雀讲些她当年的故事，或者说是玉山当年的故事。每日在高台上观望那些乳白色的雾气时，西王母就会娓娓道来，有些时候比起讲给小雀她更像是在讲给自己听，更像是在喃喃自语，是在回顾过去。绝大多数时候小雀都不会插嘴，只是时不时地"嗯"一声，证明自己在听。

她渐渐地知道了很多事：玉山曾经是个非常繁华的地方。西王母收过几万名弟子，无数人在九州四荒乃至海外称自己为西王母的门下徒。三青鸟以前也曾经是西王母的弟子，但那是涿鹿之战之前很久的事情了。完成学业之后三青鸟就留了下来，名义上是西王母的侍女，实际上更像是西王母的心腹。西王母最喜欢的弟子是九天玄女——小雀听过这个名字。

还有，西王母颠颠倒倒、翻来覆去地讲了许多遍的一件事情：她最后和自己喜欢的弟子——九天玄女，反目了。

小雀还记得西王母讲这件事的那一天，或者说是第一次讲这件事的那一天。之前王母隐隐约约地提过不止一次这件事情，但是每次都没有明确地讲过。

直到那一天。

"三青鸟以前和玄女非常要好，她们一个是前辈一个是后生，却仿佛从来没有隔阂。三青鸟不如玄女聪慧，玄女明白很多事情，毫不费力就能够学会很多知识。三青鸟不一样，她很勤恳也很务实，但很多方面她从来都达不到玄女的程度。玄女很善解人意……

"当时三青鸟下山长达三年，说是去人间历练，就只有玄女在山上陪着我。

我会和她讲许多涿鹿之战之前发生在山上的事情。她是那些在涿鹿之战中飞速成长起来并变得成熟的小辈之一。她很会听，也很善解人意，三青鸟就做不到。直到现在有时候我还是会觉得三青鸟愚笨得宛若木头一般，无论我向她讲述多么风花雪月的事情她都只会点头称是，但玄女不一样……她很大胆，我后来才醒悟过来，但我该早就明白的。

"三青鸟不在的那三年里，她有时也会下山，回来的时候她会给我带来些山下的新消息，有时候甚至还会带回一些山下的小玩意儿，有些送给了我，有些给了我当时新收的那些弟子。

"她有时候还会带来妖族的消息。我记得很清楚，她带来消息说妖族首领死后，已经没落的妖族内部四分五裂，间或掺杂着其他的一些不大相干的事情。我还记得第三年的秋天蟠桃树终于结果了，我喜欢吃蟠桃和一点玉髓炖在一起的一道菜肴，玄女就经常做给我吃。我把她当做亲生女儿一样看待。后来我就再也没有吃过那道菜肴。当时我们还用灵力留下了不少蟠桃，三青鸟回来之后也能够吃到。"

说到这里的时候，西王母停顿了片刻，终于不再看向台子外面的那层云雾，而是转过头来看向小雀。小雀可以肯定那一瞬间她看见了西王母眼中的一抹犀利，还掺杂着愤怒。

"后来我将她用符锦压在了三危山下，那是千年之前的事情了。"

小雀觉得心中像是攀起了一股冷意，攥住了她的心脏，而后越攥越紧，心脏仿佛要炸开。她表面上故作镇定，假装毫不在意地安慰自己：没事的，没事的，只不过是西王母的一段过往而已。

西王母回过头来，看向小雀，未衰老的脸上还是一副云淡风轻的神情，仿佛是在拉家常一般："我和我最钟爱的弟子——玄女，反目了。"

第十四章　遗粉黛蒙蔽双目

虽说早就明白一定如此，但当西王母真正说出这句话时，小雀还是倒吸了一口冷气。

这几日在西王母的讲述下，一个活生生的玄女已经在小雀的脑海当中成型了。小雀从未见过九天玄女，对于她的印象依旧停留在刚刚下天柜山时听过的那几段说书人的描述中。但西王母讲述的从来都不是说书人口中那个"和意中人跑了"的玄女，她讲述的更像是另外一个人，一个几乎完美无缺的人，总是那么美好，一尘不染。

她觉得自己似乎触碰到了什么不该触碰的东西，像是走进了错误的房间，窥探到了自己本不应明白的秘密。从此她被卷入了一场风暴，永不停歇，永无休止之日。风暴的中心卷着无数本应永远尘封的秘史，还有几个人，固执地守护着这段永远不应有人知道的秘史，但是现在她被卷了进去，尘封的密卷认错了人，将她当做其他拥有足够的理由来查看这些密卷的人。于是密卷打开，将她顺手丢入了无穷无尽的深渊之中。

但西王母已经说到了这一步，赤裸裸的，毫不避讳，她也就没有理由去拒绝。

"为什么呢？"小雀听见自己问道。那一瞬间她真想抬起手来，抽自己两巴掌。但她明白大概是无可挽回了，她是个局外人，但她注定要看到这些繁复的前尘旧事。

"涿鹿之战之后，天地间渐渐地平息下来，我与三青鸟和玄女以及玉山上的侍女安稳地度过了九千年，现在回顾起来，当真是格外美好安逸的日子。

"千年之前登宝国在与谷城国的战争中大捷，谷城一役，登宝国国君率三十万大军打破了谷城的大门，谷城国就此灭国，天下三分的局势从此结束。天帝观天象望未来，认为登宝国国君前途不可估量，已达不死之界，一千五百年之后可得飞升。天帝问我，能不能将一个神女许配给登宝国国君。

"那时候我斟酌半晌，才选出玄女。她是我带过的最好的弟子，又是名门望族之后，当然是最好的人选。我心下其实有些舍不得她。你应当明白我是什么意思，我把她当女儿一样对待，人界说嫁出去的女儿泼出去的水，什么意思你大概是明白的，我在这里也就没必要赘述了。

"我觉得我算是给我的爱徒找了个前程无量的未来。不就是在人界待一千五百年，不就是陪着一个凡人经历十五圈轮回吗？在玉山上，涿鹿之战之后的九千余年那样寂寞的岁月，她都待下来了，怎可能耐不住简简单单十五圈轮回？我也知道她心高气傲，不屑与一个凡人日日相对，但登宝国国君前途无量，天帝极为看重，飞升之后品阶说不定会被天帝定得很高。玄女作为其妻，自然也能升几个位置，比当年徒有虚衔的'名门望族后人'要好不知多少倍。

"我想她也明白，只不过明白抵不上践行。大婚之前我告诉她，可以先去人界走走，游历那些名山大川，熟悉一下人间的烟火气，于是她就去了南方……"

说到这里的时候，西王母停顿了一下。小雀已经知道后来发生了些什么了。原来当年听说书人所讲的村鄙野史居然是真的，而西王母向外宣布的所谓"为大婚准备三年"才是欺骗了天下人的谎言。她屏息凝神，继续听下去。西王母长叹了一口气，没有立刻说话，而是看向了远处的乳白色雾气，像是在沉思。小雀心想西王母一定从那团雾气中看到了她想看到的东西，不过说是不想看到的东西可能也不为过。

但在小雀看来，那只不过是一团虚无罢了。

西王母长长地叹了一口气，眼中宛若蒙上了和那团虚无一样的雾气。小雀从侧面看见了西王母的那双眼睛。那双眼睛仿佛是经历了数十万年的风霜一般。事实可能也的确如此。

"她逃婚三年之后偷偷来玉山上找我，没等我追问就开口把什么都说了。她说她爱上了南方神明朱雀，现在已经三年有余，还有了一个孩子。她说如果可能希望我能允许她退婚，或者换个人嫁给登宝国国君。她说她耐不住凡间十五转的轮回，与其在凡间与一个自己不喜欢的男人对看一千五百载，还不如与自己喜欢的人相伴，哪怕只有短短的三年时光，也总好过一千五百年的寂寞和不悦。最后她恳求我饶过她，就算是看在她刚刚出生尚在襁褓中的婴儿的面上。

"我摆摆手，说什么也不要说了。她是最熟悉我的人，也明白我的意思。她点点头，在我面前告辞。那日三青鸟也在，当时她已经是我最贴心的心腹了，除了住在三危山的时候以外，便都在我的身边做事。九天玄女在堂上的时候她一个字也没有说，但玄女走后她却问我，为什么不给玄女一个机会。她说她虽然木讷，但也曾经在那大千世界，那仆仆红尘中经历过几次，明白嫁给一个不爱的人有多么痛苦，更何况要苦守一千五百年。我什么也没说，摆摆手赶走了所有人，再没有提过此事。

"我再次听闻玄女的消息已经又是三年后了。天帝终于派人找到了她和朱雀。那一日天帝告诉我，玄女既然是我的弟子，就应当由我处置。一个天将两个天兵将玄女押过来。我问玄女有些什么要说，有些什么要做。她半晌没有说话，我也就安静地等着。然后她站起来问我，究竟明不明白。

"那一瞬间我的确是不明白，我鬼迷心窍地问她这话是什么意思。她对我看了半晌，而后大笑三声，才开口问我，究竟明不明白和不爱的人共度一千五百年是什么感觉。我没有回答她。我请示了天帝，判她回去履行自己未完的使命。"

西王母又停了停，回眸望向小雀。她的眼中现在并不是充盈着雾气了，而是映出了玉山上漫山遍野的桃花。小雀曾经问过西王母，为何山上的桃花开得如此娇艳。玉山上百花齐放，梨花、月季、牡丹，各有千秋，却唯独桃花开得最艳最俏丽，飞扬跋扈得像是永远不肯屈服于命运，永远不肯低头的少女。

西王母答道：这是九天玄女最喜欢的花。

那时候西王母还从未讲过自己的往事，每每在高台上向远处眺望时还是会将小雀逐走。小雀听过九天玄女这个名字，却一直不明白这是谁，更不明白这里面是什么样的前缘因果。

现在她终于明白了。她点了点头，看向西王母。西王母凄凉惨淡地笑了笑，又继续道：

"一年之后她又来了。这次是被一队天兵天将押来的。天帝亲临玉山，对我说你自己教出来的孽徒你自己看着办。那一瞬间我就全部明白了。我说没有机会了，不会再放过你一次了，你若是有什么要说的有什么要做的便去说去做。我本以为她会提出要求，问我能否照看朱雀和她的孩子。但她问我，为什么依然如此决绝。

"那一瞬间我有些怔，没来得及回答她这个问题。后来我无数次地想，如果我回答了这个问题，一切是否就会不同。但她没有给我机会。她继续前面的话，问我为什么不知道，在登宝国是怎样的寂寞。如果我知道，为何还要将她——将我的爱徒——送去那里。她问我明不明白什么是真正的寂寞。那时候玉山已经多年不曾来客，我一直坚信玉山才是最为寂寞的地方。但她却告诉我，登宝国的高墙之内，与不熟悉且互相不喜欢的一个凡人对坐，才是世间最大的寂寞。

　　"她说我无情，说我狠心，说我在玉山这个地方故步自封，说我的所作所为，我的一切，只不过是我的主观臆断。她说她和登宝国国君在宫阙内相对无言，入夜子时她辗转反侧夜不能眠，连轻飘飘的几个脚步声都听得见。她说想到这样的生活要维持一千五百载，经历十五代的延续，便觉得再没有什么希望可言。她说我自命清高，从未离开玉山一步，从未踏入过那纷纷攘攘的红尘，自然不明白其间的苦楚。

　　"最后我问她还有什么想说的，她想了想，冷笑一声对我说，希望有朝一日我能去看看南方的湖泽，那里春天会开不同的花朵，会飞无数的柳絮；夏天的时候很灼热，是在玉山上永远体会不到的那种灼热；秋天的时候有硕果累累等着人们品尝；冬天那里的雪景也是万分漂亮。我明白她这是在嘲讽我，我生即是为玉山而生，要守护玉山千秋万载，怎么可能去南方的湖泽？

　　"我没有回答她，她却又突然哭号，求我放她孩子一命，在天帝面前说说情，看在当年的师徒情分上无论如何也不要做得那样绝情。我说她与朱雀的孩子自然是要送入人界红尘中接受无数历练的。她起先没答话，而后却笑道：我明白了！我明白了！

　　"我见她哭哭笑笑，明白她已然疯魔，没有再说话。我告诉天兵天将我要将九天玄女用宝物符锦压在三危山下。三危山即是三青鸟平日里所居之山，我也不明白我为何要鬼使神差地说出这座山的名字来，想要改口却已是不可能。

　　"我用符锦把玄女压在了三危山下，被压进去的时候她还在哭哭笑笑，疯疯癫癫。我便没有再和她说一言一语。那是我平生唯一一次离开玉山。回来之后三青鸟问我为何如此决绝，她问我是不是被玉山的孤高迷了心智。她说我应该去一趟凡间，看看玄女为此倾倒的那片红尘中的喜怒哀乐。

"我问她：你是不是也在嘲讽我？她没有说话。后来我和她依旧如同既往，但事实上却已是反目成仇了。她没有离开玉山，我也没逐她出去。但我在三危山上安排了食人的傲耶，还有凶鸟鸱（chī）。三青鸟再也回不去三危山了，我以为我的日子就算是安定了下来。

"但后来我每每做梦，总能梦见玄女对我哭哭笑笑，问我是否后悔，问我可曾去看那些南方的湖泽，问我玉山上有没有像人界一样的大雪漫天。还有些时候我会梦见三青鸟和玄女结伴走出来，还是七八千年前的样子，问我山上的蟠桃是否熟了，我总是回答没熟。于是她们就会对我笑，说既然蟠桃还没熟，不如趁着凡间春光正好，去山下看看。醒来之后我总是惊愕，觉得好像是玄女托梦给我一般，但被符锦压在山下的人等同于是毫无灵力，怎么可能托梦？"

说到这里西王母突然住了嘴，也不再望着雾气了，转身下了高台，身影翩翩如同一只蝴蝶。小雀一个人在高台上回味着前面西王母讲的那些话语，半晌才下来。

下来之后，她发现玉山上漫山遍野开着的娇俏桃花，谢了。

第十五章　高台陷繁花不存

小雀依旧记得自己上玉山的目的。每到夜深人静的时候她会偷偷地拿出那块画着同心圆的玉，在手上翻来覆去地看。有时候她还会把这块玉攥在手心里，感受上面传来的浓厚灵力，仿佛攥着一个甜美的梦境，想要深陷其中。

有时候她也会好奇自己从未谋面的父母究竟是何方神圣，她揣测着自己的父母为何不来找她，而是把她留在天柜山上，留给他们并不认识的九凤和强良。但就算把这当做是一次遗弃，却又万万不可。小雀攥着那块玉陷入了进退两难的境地，最终也只能摇摇头，告诉自己时机还未成熟。

那么时机什么时候成熟呢？有时候白日里在西王母身旁，小雀也会悄悄地在衣服下面攥着那块玉，想着自己的父母是不是什么大人物。当初金鸶看见这块玉之后脸上一瞬间的变色，她虽装作没有看到，实则却看得清清楚楚。但究竟是什么样的大人物呢？小雀也不明白。

她想问西王母。金鸶说向西王母提出这个问题或许能够得到她想要的答案，但她也不清楚自己想要什么样的答案。更重要的是，她不敢轻举妄动，不敢随随便便拿这个问题去问西王母。这个问题太过沉重，她还没有把握西王母一定愿意回答。更何况西王母的脸色一贯是阴晴不定，也有一段时间不曾去登那高台，更不曾再向她讲述当年的故事了。

小雀于是便一直等着，却也不大明白自己在等些什么，或许就是在等那个特别的时机。等到那个时机，她便会向西王母问出那个欲问却又不敢问的问题。

她没有等到自以为合适的那个契机，却等到了天上降下一场风暴。那一夜电闪雷鸣，她却出乎意料地睡得极为安稳，一觉直至天明。醒来之后她简单地梳妆打扮，便一路跑去了正殿。她住在后山半山腰的位置，距离正殿和书殿都有些距离。她沿着后山的那一条小路急匆匆地奔上山顶，当跑到书殿门口时，她却犹疑了。

书殿背后一贯高高矗立的高台不见了。她曾经在那高台上看过多少次的袅袅白雾，在上面听西王母讲过多少玉山的往日辉煌。她绕过正殿，发现高台化为了一滩灰末。昨夜的那个无梦的幻觉中她曾经听见隆隆的雷声，隐约间看见过一道闪电。

她猛地想起了夔。夔，你不是雷泽之神吗？为何不掌管好世间的诸多电闪雷鸣？

她绕过那一滩灰末，走向前殿。三青鸟站在那里，见她抬足想要往玉阶上迈去，伸手拦住了她："西王母昨夜有过吩咐，此次高阁被毁，是上天降怒，也是一道天劫。她要让一部分原本在山上服侍的婢女下山——她已经赶走了两个贴身服侍她的婢女，从此之后，西王母由我和剩下的那个婢女服侍。你去后山收拾收拾东西，再去偏殿搬几桶玉髓，拿些蟠桃，便走吧。"

"那个高台……"小雀还有些不解，问道。

"西王母说了，那是个看破前尘后世，去除心头迷障的地方，本就是逆天而行，此番被劈了烧做一堆灰，也是应当。你赶紧走吧，否则西王母又要生气了。"

小雀摇摇头：连西王母您，都要发狠把我赶走么？她一边这样想着，一边回过头去，向曾经无数人走过的那条上山直达正殿的路走去。但她和他们的目的不同，她是要下山。

"那些蟠桃玉髓，你不搬了么？"三青鸟在后面问道。

没什么值得搬的。小雀摇摇头示意三青鸟。

"你在后山的东西，不去收拾么？"

没什么好收拾的，她没有在那里留下任何自己的东西。若是真的要收拾，收拾出来的也只不过是世事一场大梦，人生几度凄凉。

这样想着，她索性没说话，加快脚上步伐，向山下走去。她的一只手指抚摸着化作指环的流火。

下山之后小雀陷入了彻底的迷茫之中。她不知该如何是好，更不知道自己现在应该去哪里？纵观这天下之大，她居然无处可去，无家可归。

回天柜山？在失魂落魄中，她也曾经想过这种可能性，但是纠结半晌，她却不敢回去。每次想起天柜山，她都会想起当初九凤和肥遗的那场大战，想起九凤最后对她的殷切嘱托。她还会一遍又一遍地想起九凤掏出画着同心圆的玉坠递给她的场景，还有些时候这场景变成了她想象中的另一个场景：九凤拿着一朵若木花，对小雀微微一笑，把若木花装进小雀的乾坤袖里。她不敢想象如果她失意地回到天柜山，九凤会怎样地问起寻母的事情，会怎样地长长叹一口气。

去大荒？想起在大荒中的那一百五十年，小雀觉得像是已经有些久远的事情了，中间经历了无数的事情，她在玉山又听西王母讲了那么多的故事。

她现在还不想回去，还不能回去。离开大荒之前她曾经信誓旦旦地说要找到自己的母亲，但现在她什么也没能找到。

像以前一样，随便找一个村庄住下？小雀斟酌半晌。她也曾经用这种方式度过多年时光，结果仍是一无所获。

去哪里呢?

小雀突然觉得天下如此之大,居然没有一处可以让她长久地安身。

那么现在去哪里呢?

在天空翱翔的时候,小雀依旧在想这个问题。她没有再以凡人之躯在人间游历,而是很干脆地化作了自己的本相——麻雀,在天空中翱翔。

在天空中翱翔的感觉真是畅快,小雀奋力挥动双翅,离开玉山的范围,飞过一个又一个凡人的城镇,飞过一座又一座著名的高山。

直到它路过灵山,她没来得及再往前飞,便被捉住了。

第十六章　巫蛊毒落入敌手

　　灵山十巫居于灵山之上，是妖族鼎盛时期某个名门望族最小一辈中能力登峰造极的十人。在妖族没落，再也没有什么名门望族存在之后，这十位同为巫字辈的妖族便一同上了灵山，凭借着灵山上丰富的药材与他们自身出类拔萃的实力，"灵山十巫"很快便成名了。

　　灵山以药草最为著名。传说灵山上有天底下所有的药材，从大荒当中稀松平常的所谓"清肠稻"、"祝余"到"朱草"、"玉髓"这样难得一见的绝世仙品，应有尽有。

　　以灵山十巫的医术和药术，加上灵山的药材，本可以悬壶济世救助天下。但灵山十巫或许是秉承了妖族的本性，偏偏不这样做，而是专门攻炼一些逆天而行的药物。不过尽管他们占据灵山已有多年，却依旧没能炼出什么惊天动地的药物来惊动三界。

　　小雀就是落到了这样的十个"人"的手里。

　　要说为什么灵山十巫会突发奇想，捕捉小雀这样一只在人族眼中看上去极为普通的麻雀，事实上是有原因的。

　　这还要追溯到小雀下玉山，化作一只再普通不过的麻雀，飞过灵山的那一日。

那一日艳阳高照，晴空万里，是个适合一众人聚一聚的日子。平日里分散在灵山上的十巫齐聚在一片凉快的草坪上的树阴里，吃着各种人间难得一见的稀世美馔，饮着他们自己在山上酿的美酒，感觉格外畅快。

酒过三巡，十巫饮着酿的烈酒，感到酒酣耳热了起来，不禁觉得现在他们正在一边饮酒一边行助兴的酒令，实在是太过乏味了。众人绞尽脑汁，半晌也没有想出究竟用什么样的新方法才能助兴，不禁面面相觑。

最后，灵山十巫中的巫真站起来道："不如我们大家各自四下转转，若是在周围找到什么有意思的玩意儿，便拿回来给众人评赏。若大家都说并不怎么有意思，这人便自罚三杯，如何？"

十巫皆拍手叫好。这个主意在缺乏乐趣的灵山十巫看来着实是个绝妙的计策。灵山十巫当下便四散开去找所谓"有意思的玩意儿"，倒也找到了几个有些意思的，却都是些药草之类，就算有些特别，也都是灵山十巫平日里见惯了的东西，没有什么让他们眼前一亮的。在此期间十巫中有三个找到的东西被认为没有意思，被罚了酒。还有两个干脆就没有找到东西，空手而归，也一样被灵山十巫中常常喜欢挑些事情的那几个灌了三杯酒。

"你们这些小兔崽子，居然也敢灌长辈的酒？之前约定中说的是找到的东西没有意思，便罚三杯，哪里来的说法，说是找不到东西也要罚？你们这帮小兔崽子，居然敢这样对待长辈！还真是……"骂了这一长串话的是灵山十巫之一的巫盼（bān）。灵山十巫虽说都是同一个辈分，但巫盼自觉自己年龄大一些，说话的时候就总不知不觉带上了长辈对待晚辈的那种口吻。

"……"众人脸上都是一片尴尬，气氛霎时冷了一半，半晌还是小辈之一的巫礼打破了寂静，"没找到有意思东西的，也一样要罚酒三杯，巫姑已经罚过了，作为长辈，应当以身作则。"

第十六章　巫蛊毒落入敌手

巫礼可以说是灵山十巫中最为严谨的少数几人之一，就连一贯耍赖的巫盼在他面前也觉得自己前面的行为是有点丢面子且无理取闹了。他叹了口气，看向自己的亲弟弟巫即。这人是个老好人，碰上这样的场面一般都会出来说上两句话调节一下气氛。但巫即不知为什么，却并不说话。巫盼干笑两声，企图混过去。

正在此时，坐在一旁的巫真突然出口叫了一声，表情有些惊讶。他的声音不大，却立刻引起了其他人的注意。立刻便有几个人凑过来问他发生了什么。巫真没有立刻回答，而是指指天空。这时坐在主座上的灵山十巫之首——巫咸也站了起来，看着天空，表情有点惊讶。

"你看见了什么？"那几个围绕在巫真身边的妖族都问巫真道。

"一只麻雀。"巫真站起身来看向天空，又道。

"只不过是只麻雀？"区区一只麻雀有什么好看的？其他人有些诧异。

"不是一般的麻雀。"巫真摇摇头，"那只麻雀通体透明，五脏显得极为真切。而且有其他麻雀从不具备的特点——我感觉自己似乎看见那只麻雀体内有什么东西，泛着红色，像是一块宝石一般。但隔得太远，我看不真切。"

与此同时，也有人已经出声去问巫咸了："发生了什么？"

"我看见了一只麻雀，"巫咸非常肯定地说，"那只麻雀似乎是由一道暖和的光晕围绕着，周围还有另外几只鸟儿围绕着她盘桓。那几只鸟儿都是百年难得一见的瑞鸟！"

听了巫咸一番话，前面又听见了巫真的分析，十分讶异，连忙问道："那只麻雀在哪里？"

巫咸指向天上的一个位置，有人眼尖，已经注意到了巫咸指向的位置和巫真指向的位置似乎是同一个位置，连忙顺着两人的指向看过去。

这一看众人都有些诧异，有几个人甚至叫出了声。

"我看见的是一具空空如也的骨架。"巫抵手上举着酒杯，吞了一大口甘美醇香的酒液，坐在最靠近巫咸的两个位置之一上摇摇头道，"我看见的就是一具空空如也的骨架，在空中展翅飞翔。"

一开始听见这句话的人还用奇怪的眼神看着他，但很快就不再有人如此了："我看到的可不是什么骨架或者瑞鸟，我看见的好像是只大鹏，但我也不确定。"是巫彭——巫咸的另一个心腹手下，平日里话不多。

他们两人的发话算是开了个头，其他人也纷纷发话。

"我看到的是有成千上万个叠影，根本看不出本来面目！"

"我看到的的的确确是一只普通的麻雀，但它飞过去的时候带起了一片繁花似锦！那可是一大片繁花似锦啊，妖娆得很！"

"我看到的也是麻雀，但时而变白时而变蓝，倒不像那些普通的麻雀。"

"我看见一只……呃……一只烤熟了的鸟在天上振翅飞翔……"

"你们在讲什么？我什么也没看到！"

一番喧闹完了，众人看向灵山十巫之首——巫咸："现在怎么办？"

"把这只麻雀抓起来，一探究竟。"巫咸不愧是十巫之首，立刻做出了决断。剩下的九巫听见巫咸这样说，立刻变得斗志昂扬，有武器的拿出武器，没有的也已经凝聚了妖力，准备上去捕捉这只变幻莫测而又极其特别的麻雀。

只有两个人没有动。

"你不上去和他们一起捉那只麻雀么？"巫礼看着坐在席末的巫姑，有些惊讶。当其他人都是一片斗志昂扬时，巫姑却连动都没动，只是看着其他八人因为兴奋和雀跃在那里跳上跳下。

"我就算上去也不过是个累赘罢了。"巫姑摆摆手。巫礼几乎是一瞬间就明白了他的意思：巫姑虽然是男儿身，但从小说话动作却总是如同女性一般。巫礼和他并非兄弟，但却从小一起长大，对于巫姑这样的说话动作早已习惯。但其他人都以为他是故意将自己扮成那样的，很是嫌弃。加上巫姑从小妖力很弱，在同辈中排名总是最末，也就无怪乎其他人不理他了。

"没有啊！你妖力的确不强，但是你——"巫礼的话还没有说完就被巫姑打断了。

对方一个深呼吸，而后转移了话题："你怎么不上去？"

"看他们捉一只无辜的麻雀怪没意思的，"巫礼摇摇头，接着巫姑的话说了下去，"虽说那只麻雀着实很是特异。我怕他们说我瞎搅和，我平日里不怎么关注这种事情的，加之你也知道我和他们并不和睦。"

巫姑点点头，却没有再多说些什么，树阴下立刻安静了下来。此时天已经微微有一点晚了，太阳向着西边一点一点地沉下去，巫礼和巫姑一起坐在树阴下——这时候树阴的用途开始不明显了起来——看向上面的天空。那只麻雀似乎还有点本事，在八位巫师之间东躲西藏，频频闪避。

"你说他们能够抓到那只麻雀么？"巫礼突然发问。他其实并不好奇：略微想想就知道，一只麻雀就算再神通广大，也不可能抵挡灵山十巫中八巫的包围合攻。

巫姑点点头，却并没有说话。周围的空气已经开始凉了起来，巫姑打了个寒战。巫礼很快便注意到了他的异样，手一挥便用妖力拽来了附近的一叠婴勺的羽毛织成的毯子。婴勺是一种极罕见的鸟儿，用其羽毛织成的毯子轻便暖和，很是昂贵。这条毯子已经很有些年头了，还是当初妖族未衰落时花重金购置的，现在已经是破败不堪了。

巫姑扯过毯子随便地盖在身上，抬头看向空中。麻雀明显已经疲劳，飞得越来越慢，好几次都是斜斜地擦着八巫的攻击避过，看上去愈发狼狈。

"你看见了什么？"巫礼突然又问道。

"我么？"巫姑略一沉吟，"我也不太确定究竟是为什么，但我眼中的麻雀似乎一直在改变，所以我也不能确定。但我只能感觉到它很不寻常。"

"这只麻雀当然不寻常了，"巫礼漫不经心地回答了一句，"能够在众人眼中现出不同的样子，能在他们八人的手下支撑将近半个时辰，够厉害的。"说着他抬头看了一眼上方的八人——那八人已经捉住了麻雀，此时巫咸正聚集起妖力，慢慢化出一只笼子，要把麻雀关入笼子里。

巫姑像是完全没有看到这一番景象，道："我感受到的不是那种不寻常。"

"那是哪种？"巫礼又问。

"我也不知道，"巫姑摆摆手。

他们这样说着话，另外八巫已经从天上下来了，看见他们两个毫不惊讶，而是很理所当然地点了点头。这种事情也不是第一次发生了。

宴席上，之前的美食现在已经变成了残羹冷炙，烫热的美酒又重新回复冰冷的状态，他们一去就是一个时辰。

"不吃了。"灵山十巫中年龄最小的巫罗道，"凉了有什么好吃的。"

"也是，也是。"众人纷纷附和。

巫咸一挥衣袖，碗盘内的所有饭菜系数消失。这些东西本来大都源于灵山上的这片土地，现在回归化作药草和蔬菜的肥料，也不错。他又一挥衣袖，酒樽中的酒飞溅在参天大树的叶片上，顺着叶脉渗入树枝，再一路流下去。他第三次挥舞衣袖时，那些碗碟酒樽都消失不见了，它们本就是妖力化成，此时妖力回到十巫身上，非常自然地便消失不见了。第四次，也就是最后一次挥舞衣袖时，所有的案几坐垫飞起来叠成一摞，整整齐齐。此时再看这地面，恍惚之间宛若什么也没有发生，只有风声吹拂着草叶，仿佛在喃喃低语，传唱着之前这场宴会的盛况一般。

"走了。"巫礼率先站起来，巫姑随后。巫姑花了一点时间，费了不少的力气，好不容易才把那厚厚的一沓婴勺毛毯折叠起来，跟上众人的脚步。可能是天气太冷，风又有点大，吹得他感觉恍惚。他总觉得自己好像看见巫咸手提的金笼中的麻雀变换得愈发快了起来。

他不是唯一一个。巫咸在捉住麻雀的那一刹那，觉得原本他明明看见的那些围绕着这只麻雀、护卫着它的那些瑞鸟，无一例外，全部消失了。

小雀没有在笼中被关很久。

灵山十巫到了一座规模似乎不小的正殿里之后就把她放了。小雀花了点时间感应了一下灵山上的环境，而后心道不妙。

灵山上五灵皆空，人世间的灵力似乎半点都透不到灵山上来，只有一种厚重而污浊的力量在灵山上一圈接一圈地盘桓着——那是妖力。山上虽说有草木，但并非木灵，而是由妖气滋养而成。山上多是各种各样的稀世珍品，原本小雀以为只产在玉山一个地方的玉髓，在这里居然也有不少——这是小雀后来才发现的——但这些玉髓与玉山上的玉髓可以说是有着天壤之别。玉山上的玉髓是一派正气的产物，虽然产在一个柔美的地方，却从未削弱过它本身的正气。这里的玉髓却不一样，这里的玉髓一派阴森鬼气，看着就极不舒服。小雀很认真地思索了一下把这种玉髓加入药中的后果，发现简直不可想象。

小雀有些不明白灵山十巫为什么要抓她。之前的一番因缘她可以说是毫不知情，只认为这群传说中脾气变化无常、行事十分古怪、丝毫不讲道理的灵山十巫看重了她麻雀之身的某一点，才把她捉回来，作为宠物一样养着。但很快她又觉得有什么地方不对劲：灵山十巫看她的眼神一直都是非常诧异的，其中甚至还有一丝莫名的狂热和兴奋，有如嗜肉的动物看见了一只柔弱的羔羊。

在灵山上她拥有绝对的自由，但却绝不可能下灵山。灵山的周围有至少两重禁制，在里面只能够使用妖力，不能用五灵之力——就算是自己的也不行，小雀偷偷地化成人形检查过流火，发现在灵山上这条鞭子非但不能用，反而僵直成了一条棍子且极为坚硬，她费了很大的功夫才好不容易把棍子塞进了乾坤袖里面，因而差点被灵山十巫之一——小雀还认不全他们，不知道究竟是十巫中的哪个——发现她并非一只简单的麻雀。若木花在这里也只不过是一朵极为普通的不朽花朵罢了。

灵山上除了那些闻名天下的药草之外，还有一种东西引起了小雀的兴趣。

机关。

小雀在灵山十巫平日里聚会饮酒设宴议事的大殿里也听闻过有关这些机关的事情。这些机关据说是灵山十巫之末的巫姑所设计的，有些单纯是为了防止那些迷了路才走上山的人族看到山上的机密，另外一些则是为了给灵山十巫修习妖术妖法。

小雀试着进去过一次，发觉这个机关并没有外面的那些恐怖，如果有一队人马进入了，另一队人马若是也进入这个机关，便断不会遇见第一队人马。而且这些机关若是不幸启动，也并不会真正死亡，只是被送出机关罢了。

小雀试着进去了其中一个，没有流火护身，遁木和若木花这一个护盾一个防身武器也毫无用处，她进去之后不久就"死"将出来了，细想想，她简直要惊叹设计这些机关的人——巫姑的聪明才智了。

这些机关，简直是"巧夺天工"。

第十七章　看阴翳（yì）迷雾忽起

下雨天的灵山比起平时要阴森得多。小雀赤足踏过一片草地，鞋子拎在手上。在这种天气穿着一双略微有一点滑的鞋子走过泛着露水光泽的草地并非什么好主意。

一开始她总是疑惑为什么灵山上也会下雨——毕竟这等同于是天降水灵，但当她接了几滴雨水在手中，立刻便明白了：这里的雨是死雨，没有水灵，只有妖气勉力维持着这些雨的循环反复。

她手上提着鞋子，走过这一整片草地，走向前面的树林。下雨天的灵山起了大雾，白茫茫的，甚至泛着青色的光芒。如若有两个人走在这雾中，只要相距超过三尺，便看不清对方。

小雀猜想灵山十巫现在大概是全部躲在那个平日里他们议事的宫殿里，摆起案几，饮酒享乐。但她不能回到那座正殿里面去，她就是趁着雾起之时从那里逃出来的。她想了想，把鞋子放到一旁的草地上，但随即又拿了起来。

或许会有些什么用。她想。

她提着自己的鞋子，继续向前走。雾气呈现出一种迷蒙的青灰色，看上去死气沉沉的。小雀低下头，发现自己只能够看清楚自己的一双脚和脚下踩着的那一小方草地。她皱了皱眉头，环顾四周，希望知道自己究竟是在往哪个方向行走。但四周都是雾蒙蒙的，她又没有指南针，根本无法判断方向。

她停了下来，感受着四周青灰色的雾气缓慢起伏，内里仿佛装着波浪一般。现在只有脚下的这一小方土地是绝对安全的，小雀告诉自己。你不应该贸然出来的。脑海中有一个声音冷笑道，你应该像灵山十巫一样缩在宫殿里。她竖起耳朵，仔细聆听——在这片雾气中，听觉才是最有效的感觉。

她感觉自己听到了一阵风声，这阵风轻柔地拂过草地，带起一阵异样的沙沙声，还有某种不安的预感。她感觉到这阵风吹过她的肩膀，仿佛在她细嫩的肩膀上轻轻地用指甲抚了几下。她觉得不安的预感愈发强烈了起来，抖了两下肩膀，那种异样的感觉却总是挥之不去，而且现在更像是一下接一下地挠在她的心里了。

她竖起耳朵细听，发现在这沙沙的风声背后好像还有什么声音，一种更加隐秘的声音，一种更加细小的声音，被隐藏在了这种普通的风声里。

那声音时断时续，像是有一个忧闷的人在很遥远的地方应和着风声，低声唱着听不清词句的歌谣。

笛声！在昆仑山上，在玉山上，在人界，她都不止一次地听过笛声。这种声音她已经分辨出来了！是笛声！

可是谁会在这灵山上吹笛子呢？她想不通，只能再度竖起耳朵去听。那笛声时断时续，有些遥远，仿佛是从四面八方环绕过来的。这种声音宛若一些细碎的沙子，裹在风中，围绕着小雀打转。

小雀在那里站了很久，发觉这声音似乎来源于面前的树林。说是树林，实际上也只不过能够看见几个翠绿色的三角，在雾中时隐时现罢了。进去吧，有个声音在小雀耳边低声说道。小雀也不明白自己究竟在想些什么，但她迈开了腿，踩着湿漉漉的草地，一步接一步地向着森林的方向和笛声传来的方向走去。

到树林的边际时，绿色的草地已经渐渐消退，小雀将鞋穿在脚上，一只手扶住了旁边的树干，向前走了几步。树林中也有同样的雾气，或许是因为比外面要暗的缘故，雾气泛着淡灰色，像所谓的"瘴气"一样。小雀小心翼翼地呼吸了两口，感觉没事了，才继续向前迈步。

树林里的路极难走，小雀每到一棵树旁就会靠一下，半晌才终于深入了林子。

林子里有些什么？笛子的声音渐渐淡了下去，小雀不确定是因为那人不再吹笛了，还是因为自己走错了路，方向越来越偏。

正在那一瞬间，小雀猛然感觉到身边的雨下得大了起来，天空中滚过一道"隆隆"的雷。小雀皱起眉头，正想说些什么，却发觉天空突然一亮，四周的白雾被照得没有那么浓厚了起来。

就在这薄薄的一层雾中，小雀看见前方不远处立着两根柱子，这两个柱子有些毛糙，看上去已经历经了很多年，没有字。

与此同时，小雀还看见两根柱子中间靠后一点的位置，站着一个手持笛子的人！天电的亮光照射在那人手中的笛子上，又被反射了回去，小雀看得极为真切！

她吓得脚下一哆嗦，仿佛阴雨带来的湿冷全部沿着她的腿一路上升，直升到五脏六腑，在自己的心肝肺之间徘徊。

这里怎么会有一个吹笛子的人呢？在山上待有一段时间了，灵山十巫她也有些熟悉了。此时此刻，他们都应当在平日里议事的大殿里，生着火炉，喝着他们自己酿的酒来暖身体，怎么可能在这树林之中吹笛？

究竟会是谁呢？小雀的心提了起来。她感觉自己的手在不断地哆嗦：这时候她正单手撑在一棵树上，此时手哆嗦着，带动了整个身体都随之颤抖。她在那里站了半晌，天雷带来的亮闪转瞬即逝，原本她看得真切的那个人影此时已经再度被笼罩在了迷雾当中，只剩下一个大致的轮廓，由她浮想联翩。

不如……靠近去看看？小雀突然想到了这个大胆的主意，却一时间又有一些不知所措：对方是何种状况，现在也依旧是个谜，若是有什么危险，没有流火和遁木的护持，她绝对没有把握全身而退。

离开？离开意味着变回麻雀之躯，面对绝非善类的灵山十巫。这甚至比包围在重重迷雾中提心吊胆还要糟糕。

去看一眼吧，就一眼。小雀对自己小声道，感觉自己仿佛又拥有了勇气一般，也不去扶着那棵树了，站正身子便向手拿笛子之人的方向走去。走了几十步，她终于看得比之前更加清楚了：那人穿着一身长得有些过分的长衫，长衫的下摆几乎要拖到地上了。因为没有风，衣角丝毫不见摆动。那人头上梳着极其整齐的发髻，脸上的神色隐约看过去十分冷峻，眼神径直看向前方，在几十步外看来极其犀利。他一只手上拿着笛子，这只手轻轻地垂在一侧，的确像是刚刚吹完一首悠长的曲子后把笛子从唇边拿下来，稍作歇息。他的另外一只手却别在背后，也不知道是否拿着些什么。

小雀在这个勉强能够看清那人的位置上又站了一会儿。对方一动不动，静得让人感到有些不自然。在这种高度紧张的情境下，小雀甚至感到有一丝疲倦。在这样的疲倦中，她恍惚看见那人居然对她转过脸来！原本直直地看向正前方的那双眼睛，此时正犀利地对着她。

她吓得一个激灵，恍惚之间觉得自己背后像是有些什么，接下来又觉得自己被什么东西从四面八方包围了。但她并非从未经历过任何事情的人，立刻镇定了下来，揉了揉眼睛，定睛再度看向那人。果然，那人依旧是在正视前方，并未看向她。

刚才的那一转头大概只是个错觉罢了。小雀这样想着，又揉了揉眼睛，向前走了二十几步。现在她距离那个手持笛子的人只有十几步的距离。如果是活人，这样一来一定就有所反应了。但手持笛子的家伙依旧纹丝不动。

　　果然不是活人。这下小雀就不怕了，又向前走了几步，到了能够看清那东西的地步。果然，是一座雕像。这座雕像用外观极像铁的石头雕刻而成，栩栩如生，连衣角的细节都经过了精雕细琢。往近了走，再仔细端详，当然能够通过颜色、触感和细节来看出区别，但是在远处看却没有那么明显，更何况林中全是雾气，就算距离四十几步，也未必能够看出这是个雕塑。

　　既然是个雕塑，那就没什么好怕的了吧？小雀在心中对自己道，但看着前方的迷雾，她却总觉得有什么地方不大对劲。

　　不如离开？到别的地方或许就没有这么深的灰色雾气了。她大可以在灵山上自己熟悉的那些地方随意走走，只要不回到灵山十巫的主殿里就没必要变回麻雀。她根本没有必要在后山的这片自己极不熟悉的林子和草地，这片充满重重迷雾的草地上徘徊。

　　她一边这样想着，一边基本上算是下定了决心，要马上离开这片林子。

　　她回过头去，沿着自己来时的路往回走，但走了一会儿，她就觉得有什么地方不对劲了。

　　之前从她进到林子里到看见吹笛人的雕塑之间的这段时间，她并没有走多远，现在原路返回，又走了这么远的路程，就算走得稍微有一些偏，也断不至于到现在还宛若是在林子深处一般。她向远处眺望，发觉在这层层叠叠的林子之间，都是白蒙蒙的一片，根本看不到她来时经过的那一片草地。

　　会不会是自己走到歧路上去了？小雀问自己，想了片刻之后却又摇头。这几乎是不可能的事情：晴天的时候她曾经飞在略微有些高度的空中俯瞰过这片林子。林子并不大，甚至可以说是有些小，以她的走法，这么长的时间，一定已经走出去了，怎么会现在还在林子里？

　　她又向前走了几步。前面的雾气突然一下子稀薄了起来，最终只剩下了淡淡的一层。小雀想起自己从不知道哪本书上看到过，森林是个容易积雾的地方，或许外面的雾已经散了，这里便是内外的交界处？但她从树林之间的缝隙看过去，看到的却依旧只是一片虚无。

她抬腿继续向外面走去，却发现自己似乎没办法再往外走一步。她可以感觉到自己的双腿伸了出去，还可以感觉到自己的双足踩在前面的土地上，接下来整个身体的重心移到那只脚上。但她用尽全身力气，走了将近一刻钟，却发现自己依旧在原地，一步都没能向前走。

看来是出不去了，小雀有些绝望地想，转过头往回走去。她大概走了有将近一个时辰——林子的天空全部为树叶所遮挡，她无法通过太阳来判断自己究竟走了多久，只知道是个远超想象的事件。但她没有再看见那个手持笛子之人的雕像，也没有再听见那悠悠转转的笛声——现在想来，这笛声来得的确是突兀古怪，但既然这笛声现在已经停了下来，那么应当是没有危险了。想到这一步，小雀便觉得没有那么害怕了，放宽了心，又为自己鼓了鼓气，干脆换了个方向，向树林的内部走去。

人皆谓树林是个极容易迷路的地方，小雀走了没有多久，便已经找不到前面从树林边缘来到这里时走的路了。但想到就算识路，一时半会儿也走不出去，小雀便也不怎么慌，甚至哼了一首当年在大荒学到的小调，边走边哼来安慰自己。

林子很大，且极其空旷，尽管她的声音并不大，但在林子之中却荡漾起了一波接一波的回声。她从回声中的一个角落居然还听到了微弱的似有似无的笛声，像是在应和她的节拍。但一旦她停下来，这个笛声就消失了。她试着追循着笛声，希望能够找到什么特别的机巧，但无论她朝哪一个方向走去，笛声都显得格外微弱。最后她只好死了这条心，怕引来什么风险——虽说如果要引来什么风险的话，之前就应该已经发生了——也不敢继续哼唱，只能在一片寂静中向着自己随便认定的方向走去。

　　停下哼唱之后，没走几步，她就感觉脚下一空，接下来身子就开始向下坠落。她的第一反应就是自己落入了什么大坑中，但没等她着地，就感觉有什么纵横交错的东西接住了她，紧接着她感觉自己骤然上升，很快便悬在了空中。

　　她用手在四周摸了一圈，终于明白了：这是一个网。虽说不知为何要安排在这极其诡秘而又人烟罕至的地方，但这的确是捕猎中等个头的动物的地方。这里的雾比她刚刚进来的那一片树林，还有吹笛人像所在的那一片树林，都要浓重得多，简直就是伸手不见五指。小雀只能用手一点一点地去感受那张大网。网是由有些粗的麻绳一股一股编起来的，就是那种最简单的编法，但编出来的网十分牢固，只凭手，就算小雀有着现在三倍的灵力，再加上流火和若木花，也不大可能随随便便破开这张网。

　　这张网无法打破，该怎样出去呢？小雀陷入了沉思，又伸手去摸网之间的那些孔洞。孔洞的分布极不规律，有些可供一只兔子轻轻一跃就简单越过去，有些却小到连一只小虫穿过去都有些艰难。但无论怎么说，小雀这么大的一个人想要从这个网里出去，是不太可能的一件事情。

　　四周传来一声接一声的长啸，却不知道距离她有多远。小雀不敢轻举妄动，这些发出长啸的人——或者别的什么动物——或许已经发现了落单的她，循着气味一路找了过来，她被关在网中，若是发生什么事情，显然是断没有逃脱的可能性的。

　　一个人若是被困在网中，就只能束手就擒……一个人若是被困在网中……一个人被困……一个人……人！

　　小雀终于反应过来了！她可不单单是一个人！几乎是下意识地，她抬起右手手掌，掩住自己的双眼，慢慢地向一只麻雀的方向变化。她捂住眼睛显然不是心血来潮——之前她曾经亲眼目睹过自己从人变化成为麻雀的过程，这时她的眼中会闪烁出一种特殊的清亮的光芒，这种光芒是不能够轻易给人看的。因而除了很少的几次特殊情况以外，每一次变化为雀，她都会遮住眼睛，长此以往，就变成了习惯。

她幻化为雀！外面的长啸声还在继续，绵延得愈发长了起来。一个人突然变成一只雀，觉得身边的东西似乎都变大了好几圈。她摸到了之前还是人形时的那个能够让一只兔子轻而易举地越过去的小洞，轻轻地低头，张开两翅，向洞的方向冲了过去！

飞出去了！小雀感到身旁原先束缚着她的网和绳子已经离她远去，她向上一冲，向上方飞了几十米远。她已经很接近这些树冠了……从地面显然走不出去了，那么天上呢？如果冲破了由树叶交织而成的这道屏障，是不是就能出去了？

这样想着，她在空中借着前一次向上飞的力量，又向上狠狠地一飞。这一飞甚至不能够称之为"飞"，称之为"撞"更要合适些。小雀把全部希望都寄托在了这一撞上，若是成功了，她就可以不再在这个可怕的环境中纠结了，她就可以离开这一片林子了。

她向上一飞，面前便是那一片树冠，她直愣愣地向树冠的方向撞去——

那轻飘飘的微微摇动的树冠看上去弱不禁风，实际撞上去时却如同撞上一块铁板一般，小雀觉得自己的肺腑仿佛都在那一撞中振动了起来，隐隐作痛。

但最要紧的还并非如此。这一撞的威力着实太大，她的翅膀都有些不能够振动了，她能够感到耳畔自己带起的风的呼声，一声比一声响。

与此同时，她还听到了另外一个声音，那是一种啸叫，极为尖锐，几乎要刺透小雀的耳膜。小雀不顾这种啸叫简直可能会使自己失聪，仔细地在其中分辨着。

果然，在这尖锐的啸叫声中，还隐隐约约有个低沉的声音，在小声地发出像是咳嗽一般的声音。

　　小雀心中已经隐隐约约地有了点猜测，但她还是不能确定，她需要看一眼。

　　于是在空中，在她下坠的过程中，她转了个身，向下看了一眼。

第十八章　屠屏蓬曲有玄机

一只屏蓬！

这是一种在大荒之西十分常见的凶兽，小雀之前在灵山上也看见了不止一只，现在有一只出现在这里其实也是理所当然。小雀看了一眼那只屏蓬，下意识地一振翅，便已经偏离了原来下落的方向，向远离那只屏蓬的地方快速下落。

那只屏蓬看了小雀一眼，两个头中的一个露出了略微错愕的表情，但转瞬之间就又变回了那种夹杂着渴望、凶狠和一丝厌恶的表情。另外一个头却是从始至终都没有变，一直都维持着那样一个掺杂高傲凶狠和不屑的表情。

这就是屏蓬了。小雀心道。屏蓬是一种极有意思的异兽：它的两个头各有各的特色，其中一个张扬不拘，极富有攻击性，在很多时候都极其愚蠢；但另外一个头却很有智谋，擅长与人周旋——大荒西部的那些过路旅客，有不少是遭遇了屏蓬之后被它的这个擅长计谋的头所害！

小雀在半空中变回人形，极速落地。她自己的武器是用不上了，但正在这时候，她看见手边有一节树枝。她能识的树不多，也看不出那究竟是什么树，但看那根树枝的样式，与柳树很有些相似。小雀的师傅九凤，当年用的鞭子便是以柳条为原型制造的，小雀还不曾拥有自己的鞭子"流火"，只是刚刚开始学习鞭术的时候，就是用柳条来练习的，现在重拾起柳条，感觉有些熟悉。

小雀在地上一滚，顺势就滚出几步远，加上前面的距离，总算有了足够的空间来对付这只屏蓬。相比起略微有些沉重、手感掂量起来极其厚实的流火，区区一根柳条——姑且就将其称之为柳条好了——的分量还是太轻了。

小雀右手将柳条提在胸前，左手则搭在鞭子上。这是九凤教给她的一个起手式，适合一上来就出狠手。按照九凤当年教小雀的，左手搭在鞭子上是为了方便使用灵力。但小雀现在并没有什么灵力可用，把左手摆在这个位置也只不过是做个架势罢了。

小雀一边这样胡乱回忆着，一边警惕地盯着那只屏蓬。屏蓬的那个焦躁张扬的头正在对她一声接一声地嘶叫，脸上的表情比起之前还要凶猛得多。这只头向着小雀的方向恶狠狠地伸过去，脖子伸得极长，却依旧够不到小雀。另一个头则没有什么动作，只是眼中流露出的神情极其阴冷，仿佛什么黏腻的东西一般，在小雀的全身上下徘徊。小雀不禁打了个寒战，持着鞭子的右手抖了一下，又立刻恢复了正常。

屏蓬的两个头似乎最后终于达成了共识，最后对视了一眼，便一齐发出嘶叫，向小雀扑了过来。小雀皱起眉头，左手背到身后，向前一挥，与此同时手腕一提，便打向了屏蓬的那个足智多谋的头。柳条刚刚好打在了连接身体与足智多谋的头的脖颈上，足智多谋的头发出一声极其低沉的嘶叫声，显然是吃痛了。

小雀冷哼一声，左手也伸了出来，双手抓住柳条，便向那个足智多谋的头打去！这是最棘手的一着，擒贼先擒王，应当如此！

但这一鞭刚刚打下去，小雀就觉得有些什么地方不对！四周的雾气此时愈发浓了，小雀只能模模糊糊地看见屏蓬大概的轮廓，根本分辨不出那两个头！而且她太高估那柳条了！柳条与自己平日里常用的流火可是天壤之别，柳条轻飘飘的，却更加柔韧，而流火则以重和犀利取胜，有些时候——比如现在她若是流火在手——甚至可以当作鞭子来使用，但换了柳条这便成了绝不可能的事情。

柳条打在了屏蓬那个焦躁张扬的头上。那个头"嗷"了一声，便带动了整个身体，恶狠狠地向小雀扑了过来。小雀皱了皱眉头，显然是在为自己前面的失策产生的后果担忧。她一收柳条，轻巧地转身，向后两步，整个人一闪，便躲过了屏蓬的一次攻击。

以柔克刚，小雀小声地在心中道。一念之间手中柳条一上一下轻轻翻转，转眼间便向再度袭来的屏蓬袭去。这一次不再是简单地打了，而是宛若蛇一般地缠绕了过去。小雀向前迈了一步，右手手腕略微发力，手指搭在鞭子上轻轻按了一下，紧接着又是一扯，柳条便勒住了屏蓬那个足智多谋的头下面的脖颈。那个头起先并没有什么反应，平静得让小雀甚至怀疑有什么地方不大对劲，但很快小雀就发现起了效果。

屏蓬的那个足智多谋的头以肉眼可见的速度涨成紫红色，眼珠爆起泛白。小雀本来还想先略微松一下手——万一这屏蓬身上有些什么机关就不妙了，她前面有些操之过急——不料四周的雾却变得越来越大，小雀与屏蓬近在咫尺，却已经开始看不清屏蓬的样子了。

远方又隐隐传来了笛声，和之前却不大一样，是很清楚地从某一个点传来的。小雀已经可以清楚地听出那笛声的源头所在，但现在她正与屏蓬纠缠，脱不开身。

速战速决！小雀想起了笛声飘忽不定、时断时续的特征，不禁觉得更加心烦，手中柳条几乎是下意识地被她绞紧。屏蓬的那个足智多谋的头闷哼一声，终于没了动静。

现在只剩下那个焦躁张扬的头了，小雀心道。一边这样想着一边放开手中的柳条，转头去看那个焦躁张扬的头。不料她什么也没有看见，因为眼前的雾实在是太过厚重。但那个头也并未发出哪怕一点声音，换言之，她杀死了一个头，却仿佛是将两个头都杀死了一般。

她从未听说过杀死屏蓬两个头其中的一个便能够杀死屏蓬，但现在自己柳条上绞着的屏蓬已经是一动不动了。或许这只屏蓬是个特例，小雀心道。一边这样想着一边抖了抖柳条，屏蓬的尸体跌到了地上，发出沉闷的"扑"的一声。

没有时间了。趁着笛声还未消失，小雀顺着自己听到的方向，一路向笛声传来的方向前行。

等到终于到了笛声的源头时，小雀却"啊"一声，疑惑地叫了出来。

笛声的源头赫然就是那个她刚刚进到林子里时看见的手持笛子之人的铁塑像。这一带的雾称得上是稀薄，小雀看得格外清楚。塑像原本是手持笛子，另一只手背在后方，现在却不知怎的变成了双手持笛。

难道这铁塑像还活了不成？小雀心中疑惑，大着胆子走到近旁打量了一番，又干脆伸出手去碰了碰。确定这铁塑像的确是死的之后，小雀松了一口气，退后一大步，看向那塑像：那塑像吹笛的样子很怪。

大凡是吹笛之人，一般而言，都是笛子放在右手，再左近右远地按笛孔吹旋律。

但这个雕塑却不这样。小雀在很远处就感觉到了这种异样。这个吹笛人吹笛时交叉着双臂，右手相比之下更靠近头部一些。

怎么会是这样的姿势？小雀有些讶异，模仿了一下雕像的动作，感觉极其难受，若是让她来，恐怕连一支曲子都坚持不下来。

那么为什么会这样呢？难不成是大荒西部特有的某种风俗？小雀回忆了一下，发现自己并没有听过什么双臂交叉吹笛的习惯，灵山十巫中也有人吹过笛子，小雀还真的从未见过其中的任何一人这样。

那么是什么呢？小雀正在思考，却突然听见不知道哪里又一次传来了一阵笛声。小雀竖起双耳仔细聆听，发现声音来源于铁塑像周围，却听不清究竟是在哪里。她决定不去管它，而是定睛仔细地看向了铁塑像。果然，完全在她的意料之内，铁塑像缓缓地动了起来，双手拿着笛子缓缓地离开了嘴边，而后单手握笛，两只手将笛子拿到左边，重又交叉……

等等！为什么要重又交叉？小雀突然意识到了其中的不对劲，定睛继续看向铁塑像，却惊讶地发现塑像在变成了向左面吹笛，双手依旧交叉的诡异姿势之后，就再不动了。此时笛声也停了下来，林中又一次变得静悄悄了起来。

怎么会这样？小雀想到过很多可能性，唯独没有想到过这一种。她又等了一会儿，企图搞明白究竟发生了些什么，却无济于事。笛声没有再响起来，塑像也没有再动。

现在所有的谜题都指向这个塑像，小雀无奈之下，只好向塑像的方向走了过去，在雾气中打量着吹笛人的塑像，并没有什么异样。

小雀已经看出来了，塑像的手臂是可以上下前后地运动的，她走过前去，推了一下塑像的右手臂。她几乎没有感觉到应有的分量，塑像的右手臂被很简单地推了起来。

原来如此！小雀恍然大悟：她终于明白自己该怎么做了。她将塑像的右手抬起来，连同右手手中的笛子一同放到了右侧，远离头脸的那个"正常位置"，接下来又把塑像的左手放到了相对应的正常位置。她很明显地感觉到在这一系列过程当中，塑像本身正发出一种似小齿轮转动一般的"咔哒咔哒"的声音，在寂静之中听上去很是诡异。

小雀猜对了。之前不断出现的断断续续的笛声，除了提示林中被困之人以外，还有个简单明了的效用：掩盖机关运行的声音。

此时小雀移动机关，笛子声自然又响了起来。这次的乐曲，不知为何总让小雀感到有些异样。乍一听，这首曲子与之前的那些曲子并无很大的不同，但仔细听就能很快发现，这首曲子的节奏有些问题。

小雀并未特别学过乐理，一时半会儿并未听出，但很快她就发现了这首曲子的异样之处。

这首曲子原本应当是一首很正常的曲子，但不知为何，却在很不规律地改变节奏。曲子本身相当快，却常常突然变慢。一开始小雀还以为这只不过是曲子的特点，停下手来听了一会儿却发觉并非如此。曲子的变慢实在太过规律了，每次变慢之间间隔的时间都一样，让人听着感觉很不应该。

一首曲子，一定是有情绪的，若是这样规律地变换，显然就有问题。

这曲子……是否也暗藏着什么玄机？小雀决定先不管，而是继续慢慢地一点一点儿地调整铁塑像。按照她的想法，塑像在被调整到最合适的位置时，机关就会打开。

她刚刚着手调整塑像，就感觉有什么地方不大对劲。一开始她以为只不过是塑像还没有调整到位，但很快她就明白并非如此了。

那种不对劲，来自于背后被她忽视的笛声。笛声之前一直很规律地"改变节奏"，突然变得十分不规律了起来，随着她上下调整，笛声变得时快时慢。这样的改变节奏显然不大对劲。她突兀地一停手，很快，几乎是顷刻间，曲子又变回了原样。

怎么会这样？小雀想了想，突然开始快速地多次摆动吹笛人的左臂，很快，曲子便已经乱得不成样子了。

果然。小雀又试了一次。这次她抓住塑像的左臂，一点，一点地挪移。肩膀上的机关突然轻微地发出了几乎不可耳闻的声音，而与此同时，笛声也骤然变慢了。小雀欣喜若狂：终于明白了！

照着笛声的曲子，小雀将铁塑像的一双手臂摆到了最合适的位置。塑像整个发出了响亮的"咔哒"一声，与此同时，这首曲子的节奏终于变得平缓了起来，小雀屏气凝神听了听，发觉其实是一首很好听的曲子。

现在不是欣赏曲子的时候。小雀离开了铁塑像两三步，打量着铁塑像，发现吹笛人的塑像看起来衣袂飘飘，宛若仙人。

不错。小雀看着铁塑像咂了咂嘴，像是看到了非常美妙的作品一般。但随即，她便是一怔。

塑像的背后，林子的北方和东方——两个她没有去过的方向——原本笼罩着的雾慢慢散开，露出了一派叹为观止的景象来。

第十九章　雾不散扉靡遍地

那雾是一点一点消散的，起先只不过是略微变薄，但很快越来越淡，小雀就眼睁睁地看着这雾渐渐稀薄，最终完全消退，留下北和东两个方向的林子里的重重未知。

笛声没有再响起来，小雀听到了金属之间相互摩擦、撞击的声音，显然是机关挪动时发出的。但面前的铁塑像并未再次移动，想来也不是塑像发出的声音。

那么，大概是北和东两个方向的那些林子，或是林子里的什么，发出的声音了。困在这里也不是个办法，去那些林子看看，或许有可能找到出路。小雀一边这样想着，一边从地上捡起之前在调整塑像时被她丢在一旁的柳条，向东边林子的边缘走去。

但没走多久，她就发现走不通。东边林子的边缘全部被腕粗的铁链所阻挡。这些铁链纵横交错，排列极密，就算小雀化成麻雀，也断没有可能进去。

这里是走不通了，小雀有些懊恼，但也不气馁，看着林子的方向，沿着林子边缘的那些铁链，一边慢慢地看这些铁链，一边向北方走去。

没过多久，她就发现了这些铁链之间的蹊跷。这些铁链粗得让人有些惊讶，但尽管如此，有时候还会出现多条铁链系在一起的状况。铁链很结实，结实得吓人，而且可以说几乎是没有弱点。小雀抓住一条铁链扯了扯——虽说她本来就没有指望将铁链扯断，毕竟不知道会发生些什么——但这条铁链的结实远超了她的预料，铁环之间扣得严丝合缝，单个铁环上连一道小小的缝都没有。小雀以前曾经半当好玩地听一个人族铁匠讲过这种做法，只要在铁链全部连接好之后在上面浇一层铁水，就能够达到这种效果。小雀看了看，这些铁环中有些表面略显粗糙，显然就是这样做成的。

既然这样，那么想要弄断铁链进到林子里，就成了几乎不可能的事情。如果有流火，小雀或许还能再试试——毕竟火克金，但现在流火正宛若一根棍子，藏在自己的乾坤袖里，小雀只能放弃，继续向北走去。

走了不知道多久之后，两旁的铁链突然消失，换成了一扇半掩着的门。小雀不敢贸然进去——门若是开着，显然说明里面很安全；若是关着的，也能说明里面的状况危险而又有些糟糕，不能贸然进去。然而现在门是半掩着的，说明前面可能有危险，可能没有，完全是一片未知。

既然如此，小雀不敢贸然推门进去，而是倒退几步，看向这扇门。门应当是用普通的铁或铜制作而成，上面雕刻的花纹却是青铜器上常有的花纹。

神族和妖族都不用青铜器，人族也已有万年弃青铜不用，改用铜铁之类的金属。当年和青铜器一同出现的那些花纹，大都写于案卷之中，置放在中原。但在涿鹿之战中，许多记载着这些花纹的案卷，连同无数大大小小的青铜器，都尽数散佚消失。

显而易见，铸造这扇门的人对于青铜器的花纹并不大熟悉，虽说花纹都对，但不同种类代表不同效用的花纹都被刻在了一起，看上去凌乱不堪，毫无章法可言。

看得出来，这一定不是一个熟悉这些规矩的人所造。

小雀思考半晌，并未得出个所以然来，想着背后也没有什么退路，便向前走了几步，推开了那扇门。

门后面是一条空空荡荡的大道，看上去没有什么危险。大道的尽头是个岔道口，分岔出一左一右两条小路来。

小雀站在门口又等了片刻，大道，抑或是那两个岔道口，并没有什么事情发生。她感到略微安心了一些，便向前走去。她刚在大道上走了几步路，身后的门就又变回了虚掩的状态。

她皱了皱眉头，不过想到好歹是虚掩而非关上，便又觉得也没那么可怕。这样想着，小雀抓紧了柳条，向前走了进去。

到了大道尽头，她却开始犯难了：向左，还是向右？两边看上去毫无差别，无论走哪一边都不像是会使她面临什么危险。

向北走？小雀看向左手的路，试探性地向里面走了几步，就立刻感觉有什么地方不对：左边的路，看似通畅，实际上却是条死路。

几乎是毫不迟疑的，她向右转身，一路向前，直到走到了这条路的岔路口上。

直走，还是转弯？小雀很费力地去揣摩建造这个迷宫的人——大概就是灵山十巫——的想法。但她这样一想，就觉得自己陷入了重重谜团之中。依照世俗的惯例来讲，她应当转弯。但以灵山十巫的思索多变，行事诡秘，不该把生路放在转弯之处。这样来讲，她应当向前前行，但倘若灵山十巫一时兴起，要依着世俗的惯例来，那她岂不是必死无疑？

这样斟酌了片刻，小雀发现自己根本就得不出适当的结论。

干脆不要想了罢。小雀一边这样对自己说，一边脚下加快速度，径直前行。没走几步，她就感到有些地方不大对劲。她连忙向前赶了几步，发现这居然是一个死胡同！

果然是死路！想到可能的后果，小雀吓得浑身发冷，连忙转过身去，要走那条岔路，不料一回头，发现岔路不知何时已经消失得无影无踪！她的面前，原来是平坦大道的地方，成了一面铜墙铁壁，横亘在那里，像是昭示着她被困在这里的结局。

不！不行！小雀右手覆上眼睛，便要变成麻雀，却发现自己的身体丝毫没有变为她想要变成的样子，而是依旧维持着人形。

现在怎么办？小雀有些慌乱。

不如……放手一搏？小雀想了想，面对着新出现的那道铜墙铁壁，径直冲了过去。

过去了！等到确定自己已经把那道墙壁甩在了背后，小雀才终于停了下来，喘了口气，看向四周。

她第一个看到的就是自己刚刚穿过的那道铜墙铁壁，现在它已经被抛在身后了。她没有费多少精力在那上面，立刻观察起四周的其他物什来。

首先，她可以确定的是，这并不是她到死胡同之前的那一段路。那段路她现在想起来还记忆犹新：那段路向前会有两个岔路口，一个距离铜墙铁壁极近，另一个则稍微远一点，就是她进来时走过的那条大道。过了那两个岔路口，还有一段路，到了尽头，便是又一个死胡同。

但她现在身处的地方显然并不是那般样子。她现在身处的地方更像是一个华美的房间，除了背后的铜墙铁壁以外，另外三面都用细腻的泥土涂抹，上面似乎还绘了什么图案，因为年月已久，已经看不清楚了。房间四壁中的两面都有一扇门在其上，两扇门都是紧紧闭合着的。

虽说是房间，但是这块区域之内并没有任何平常房间内会有的物什，而是空空如也。

小雀基本可以肯定这个迷宫的运行规律了。虽然不知是隔多久一次，但可以肯定的是这个迷宫一直在变幻。她现在倘若再次穿过铜墙铁壁，看见的大概也并非之前的那个死胡同，而是什么别的地方。

小雀现在还不想再穿过一次那面墙壁，而是去打开了另外两扇门。打开之后她也并没有急着进去，而是手持柳条，站在房间的中间。若是这两扇门内有些什么东西来攻击她，她也好有个准备。

什么都没有发生。

小雀环顾四周，忽然想起，这种东西在俗世间也并不少见，人族称之为"迷宫"，取其谜团重重而又大如宫殿之意。小雀在灵山上与灵山十巫相处的这段时间之内，从未听他们说过山上有这样一个迷宫，但既然是在灵山上，想来就是灵山十巫建造的了。

既然一定是灵山十巫，或十巫中的某几个人建造的，那么一定有他们自己的特色在其中。

但小雀只想到这里为止。她给自己安排的等待时间结束了，她随意选了一扇门，就走了进去。她选择的是向西方向的那扇门，比起另外一扇门，这扇上面几乎没有什么装饰，看起来格外朴实，令人安心。

推开门，眼前的路显得极为昏暗，只有一点幽绿色的光照明。小雀走了很久也没有看到有岔道口，但前方的路仿佛没有尽头一般，看得人心生厌倦。小雀一回头，发现背后的那扇门已经消失得无影无踪，想来连同那个房间都一并移走了。

小雀又向前行了一段，发现还是没有岔路，两旁的墙却渐渐窄了起来，脚下的路也越来越陡峭，呈下坡之势。这一段路中两旁的墙似乎并非之前的那种妖力凝结而成的仿若金灵一般的金属，而是真正的岩壁。

小雀觉得脚底下止不住地打滑，想来还是因为脚下的路太陡峭。她正聚精会神地对付脚下的陡坡，突然觉得肩膀被什么东西卡住了。那一瞬间她感到背后一凉，向两旁看去，却发现她只不过是被岩壁卡住了，并没有想象的那般被什么东西抓住了双肩。

她再一看，完全明白了。在这里，两边岩壁突然猛地收缩，只留下了供人侧着身子通过的一道窄窄的缝隙。若是不注意，在她现在所在的这个位置，一定会被卡住。

她苦笑了一下，缩了缩肩膀，向后退了两步，从被夹住的地方走了出来，侧了身子，向里面一步一步地挪去。

这是一个非常费体力的工作，脚下要顾忌着陡坡，身体也要避开各处凸起的岩壁，短短的不到一百步路，小雀却走了将近半个时辰。

但到了这段路的尽头，小雀非但没有豁然开朗，反而感到有些无奈。

这段路的尽头，也关着一扇门。小雀双脚分开踩在陡坡上，略微蹲下，一只手攀着岩壁，另一只手则去推那扇门。

第一下，她没能碰到那扇门。第二下也只不过是轻轻地碰到了那扇门罢了。但当第三下时，她几乎是用尽了全身的力气，攀着岩壁的那只手骤然松开。她整个人向下滚落了下去。

还好最后到门边的这段路虽然极其陡峭，但却宽敞了不少。小雀整个人侧着身子，并没有被卡住，而是滑了下去。

她直接撞开了门，再反应过来时，她整个人已经在一片草地上了。她活动了一下手腕，把自己的身体撑了起来，又站了起来，环顾四周。

背后的那扇门已经不见了，只有一片看上去极其普通的树林。雨已经停了，雾也全部消散了，夕阳照耀在草地上，把这片草地映得极为灿烂。

她几乎可以肯定自己已经出来了，第一反应便是变回麻雀之身，接下来便挥动翅膀去找灵山十巫。她是在早上跑出来的，现在至少已经过了一整天，甚至有可能是两天，她现在倘若再不回去，保不准会被灵山十巫怀疑。

想到这一步，小雀向高处飞了几下，找到灵山十巫的主殿的方向，便飞了过去。她在殿门外的台阶上停了下来，没有进去。

巫姑也站在外面。殿内温暖，殿外却是阴冷得很，他生性怕冷，却没有在殿内，而是披着厚厚一层衣物站在殿外，看殿外种着的一株梅花。梅花已经谢了大半，只余下寥寥的几朵，也是一派枯败之相，在夕阳中显得愈发可怜。

"你回来啦？小麻雀。"看见小雀停在台阶上，巫姑问道。虽说是个问句，可经由他的口说出来，却一点也不像疑问，反而像是在陈述一个事实。

小雀是麻雀之身，不能说话，也就没有回答。

"外面下了一天的雨，把剩下的花瓣也打落了。你的羽毛或许也湿透了罢？你可以在外面抖一抖，把自己弄干了。"

还是一片沉默。巫姑也不像是在对小雀说话，而是在喃喃自语："他们在里面开了一天的宴会，巫礼推辞不过，只能和巫真他们待在一起。巫真、巫罗、巫谢和巫盼在里面服药，弄得乌烟瘴气的，我就出来了。"

小雀没有说话，扑棱了几下翅膀，飞到外面的横梁上。巫姑还是看着那株梅花。太阳快要落山了。

"你以后可以去山里的阵法逛一逛，那些都是我设置的阵法，巫咸三人和巫礼帮我做的。他们一时半会儿还不至于用你炼百毒心。你大可以在这里享受享受余下的时日。"

原来阵法是他设计的，怪不得如此机巧。不过，百毒心又是什么？为什么要我享受余下的时日？

"你的羽毛大概干了，外面天气湿冷，你可以在里面取暖。如果你要进去，就待在首座，也就是巫咸的身边。别的地方太乌烟瘴气了。"

里面很吵，但里面很暖和。

"你进去吧，外面天气太冷，我过一会儿也会进去。"巫姑还是看着那株梅花，平淡地给小雀下了逐客令，而后便没有再说一个字了。

那我进去了。

小雀飞进了大殿内。除了巫姑以外，另外九个人都在殿内。小雀一进去就感到一股浑浊的暖流从头到脚将她包裹住。空气中弥漫着一股奇怪的香味，有食物浓厚的味道、酒的醇香，和一种小雀很难形容的味道——或许那就是巫姑口中的所谓"药"的味道。

小雀飞进来的时候还没有人注意到，但很快，巫咸就注意到了她，对她摆了摆手。小雀飞了过去，并没有停在巫咸的身边，而是停在了巫抵的桌案上。

在她看来，巫抵是灵山十巫中除了巫姑和巫即以外最好相处之人，比起待在巫咸的椅边，她更愿意站在巫抵的桌上。巫抵已经有五分醉，看见她站在自己的桌案上，也不在意，而是抬起头来看了巫咸一眼。

巫咸显然注意到了他的眼神，露出了一个"明白"的表情，随即站起身来，从自己的桌上拿起了一个铃铛，在空中晃了几下。那铃铛发出的声音十分诡异，小雀原本已经开始昏昏欲睡，听见了这铃铛的声音之后却感觉突然清醒起来，脑中一片清明，虽然鼻中还缭绕着三种味道合而为一的那种奇怪的味道，却已经不再混沌了。

剩下的八人也已经慢慢清醒了过来。第一个清醒的是巫礼，接下来是巫彭和巫即，接下来原本已经睡着了的巫抵也醒了过来。服食药物的那四人又过了一段时间才终于明白发生了什么，眼中开始有一丝清明。

巫咸做了一个极繁复的手势，顿时间原本极其浑浊的那些气味全部消散，新的有些湿冷的味道冲入鼻中。小雀不禁感觉全身上下极为舒服。

"有何事？"巫真站起来，一脸不耐烦地说道。显然他依旧沉浸在之前"药"带来的愉悦感觉之中。

"晚宴时间要到了。"巫咸简单地回答了这样一句，紧接着又施展了几个妖术，摆在殿内的十张桌案上的那些脏乱的盘子——那张空桌案上的盘中食物几乎是一口未动——尽数消失，新的盘子承载着新的食物出现在众人桌案上。十个酒樽也被倒空，重又倒入了一种丁香子泡的酒。

小雀看向自己站着的桌案上出现的那几道新菜肴。这些菜她都在人界见过或听说过，都极其珍贵华美，其中一些还极其费时费力。那盛了满满一碗的是淳熬：将专门烹出的肉汁浇在精致的稻米饭上，还要淋上用动物油熬制而成的肉油，听上去不算什么，但肉汁、稻米饭和肉油都要单独制作，没有半天时间是断然做不成的；用一个小碟子盛的是肝膋（liáo），取狗肝再用肠间脂裹住，在火上连烤三个时辰，直到外面的肠脂干焦，也需要许多功夫；还有需要三天三夜、无数烦琐步骤的炮羊：盛在巫抵盘中的那块炮羊并非羊上最好的一块，但被烹得肉烂如泥，香美无比，让人口舌生津。小雀看着那块炮羊，甚至想要自己夺过来尽数享用。还有捣珍、渍、熬之类，都是人界极尽奢华的所谓"八珍"中的馔品，需要五六个昼夜才能够全部制成。桌上还有三种不同的酱，几道胡食和几块胡饼，道道皆是人界难见的美味。

巫咸站了起来，向其他八人敬了酒，其他人也都回敬了一杯。接下来便是举箸夹菜的声音，再没有人高声说话，若是有人说话也只不过是在两张靠得近的桌案之间窃窃私语。小雀看见巫姑的那张桌子依旧是空着的，巫礼站起身来，看向巫咸，用妖力秘传了几句话，巫咸点点头，巫礼便走了出去，大概是去找巫姑了。

小雀转头看向巫抵，巫抵拿着筷子，在杯中蘸了一点酒液，向小雀伸了过来。小雀扭头不受，巫抵便伸出一只手抓住小雀，捏开了她的嘴，把那几滴酒液灌了进去。小雀顿时感觉喉舌之间火烧火燎。这种酒味道极冲，入口带来一种奇怪的感觉，小雀直皱眉头，努力挣扎，却无法逃脱。巫抵大概是觉得这样十分有意思，干脆拿起酒樽，将酒往小雀的喉中倒。

这种酒是由灵山十巫自行酿造，极烈极辣，小雀被呛了一大口进去，顿时间感到晕晕乎乎，还没有反应过来，又被呛了一大口。这一口下去，小雀是彻底醉了。她感到头脑迷糊了起来。

她转头看向殿门的方向，巫礼终于将巫姑带了进来，接下来巫姑一个人走向属于自己的那张桌几，小雀的眼睛已经醉得无法聚焦，看不清巫姑脸上的表情，只能够勉勉强强看见巫姑坐了下来，举起了一旁放着的箸。接下来她又感觉到巫抵似乎松了手，她倒在桌案上，接下来她就什么也意识不到了。

第二十章　观玄机走遍毒草

那酒的酒劲极大，小雀醉了一天一夜，等到第二天夕阳西下时，才醒来。

醒来的时候她还在正殿里，但却不是在巫抵的桌子上，而是躺在一张毛毯上面。她的身上还盖了一层被子。

小雀一激灵想要坐起来，却发现自己的腰没办法使力，她又下意识地用双手去撑下面的毯子，却发现手也使不上力。一开始她迷迷糊糊地还以为是酒力到现在不曾消退，但很快她就反应了过来，并非如此。

她现在还是麻雀——她自己都快把这一点忘掉了。

她翻了个身，把盖在自己身上的一小块被子弄掉，接下来扑棱了两下翅膀，终于飞了起来。她没有飞多远，只不过飞了七八步就又落在了地上，开始打量起周围来。

这还是她昨天醉睡过去的那个正殿，但是之前摆在地上的那些桌几已经全部收了起来，只剩下一个，摆在了正殿里一处有光亮却很偏僻的地方——她刚刚就是在那里醒来的。

桌案旁坐了一个人，披着厚重的毛毯，正提着一支狼毫尖笔在画些什么。小雀飞近了几步，才发现这人就是巫姑，之前因为刚好被阴影遮挡了的缘故，才没有认出来。这样想着，小雀张开双翅，飞到了巫姑的案头。巫姑的案上放了一张上面不知是画着什么的绘卷，小雀好不容易才找了一个空白的地方，站在上面。

"你醒了？"巫姑看着突然飞下来落到自己案头上的小雀，有些诧异，第一反应就是回头去看自己身上盖着的毛毯。之前睡着小雀的地方已经空了，只剩下一小块布料——那是之前给小雀盖上的被子。

"醒了就不要再在这里待着了，这里只有我一个，怪无聊的。昨天你醉过去之后，他们一直宴饮到凌晨子时方才各自回去休息，巫抵临走的时候把你丢给了我，说我算半个闲人，又不像巫真他们一样服药，神志清醒，把你托付给我也不错，对吧，小麻雀？"说到这里，巫姑非常孩子气地笑了笑。小雀觉得这人有时候是真的很孩子气。

"你不想走？不想走就留下来看我在这里画图吧。巫咸之前说山上要布一个新阵法，之前的那些都太老了，他们都已经熟悉了其中的门道，再练也不会有什么提高了。我一直想让其他人来帮我，巫抵和巫真在这方面都有些研究，虽然远不如我，但是也可以来帮帮忙。然而巫抵一直没时间。其实也难怪，他是巫咸身边的人，巫咸又是我们十个人的头领，是灵山十巫之首，他们两个还有巫彭一定是很忙的。巫真应当有时间，但他的时间都花在炼药上了，而且他和我相处得也不十分好。他们以为我看不出来罢了。"他一边这样说，一边提笔在几个细节上加了几笔。小雀并没有看懂这几笔的用意，但是直觉告诉她，这几笔很重要，而且甚至可能是点睛之笔。

想到这一点，小雀不禁有些惊讶：巫姑居然能够一边向她讲一件事，一边思索这几笔该在的位置，再做出决定，把这几笔加上去。

"等一下我可以去给你看一看灵山上面的药草和花树，我在这里已经画了一整天了，巫礼之前一直提醒我，说我要多去外面走走，免得因为妖力低身体弱，被其他人笑话。说来巫礼不在，倘若他在，他可以给你讲些普通的药草的功效。不像我，很多平常入药的药材我都认不出来，我只能认毒药。"

说到这里，他又是一个停顿，外面的天愈发暗了下来，他似乎感觉到了一丝寒意，又把毛毯往上盖了盖。小雀才意识到现在其实已经是初冬了，只不过因为绝大多数时间不化成人，一直有羽毛护着身体，才没有注意到这一点。加上妖族大多身体极好，十巫除了巫姑是个特例之外，其他九个到现在都依旧穿着一件极轻薄的长衫。其中有几个在正午时分甚至会穿上夏日里穿的不知道用什么料子织的短衫。

巫姑的身体放在人界，和普通的人类相比也不算差，但他生性好静——这和其他人都不大喜欢他也有些关系——所以不怎么活动，看上去才病怏怏的。

"这一部分的细节快添完了，我想整幅图全部绘完交给巫咸也是指日可待的事情，等我再加上两笔，我们就出去看一看那些毒草。"巫姑一边这样说着，一边又在图上加了两三笔，"现在出去吧。"他一边这样说一边把毛毯从自己身上取下来，从不知道什么地方——大概是乾坤袖里——抖落出一件衣服来，披到身上。

小雀发现那是一件领口镶着不知什么宝石的裘皮风衣。巫姑花了一点时间，终于穿上了那件极为繁复的衣服。小雀也见过巫真和巫罗等几个人穿衣，丝毫不用费力，一招手，衣服就从不知道什么地方飞了过来，穿到了自己的身上。巫姑还要费时费力地自己把衣服穿上，想来妖力应当是很弱了。

小雀停在巫姑的肩头，随着巫姑慢慢地从大殿里走了出去。外面夕阳西下的时间其实也已经过去了，只剩下了暗淡的漫漫长夜。巫姑不知道用了什么法子——小雀估计那应当是妖族的某种特殊的法术，毕竟妖族是不能够用光明诀的——将自己身边四周点得一片亮堂。

巫姑显然和灵山十巫中的另外九个人一样，对于灵山极为熟悉。他造出的那片光事实上只够照亮近处的东西，连十几步之外的路都照不亮，然而他却是十分轻车熟路地向前行走。小雀丝毫不怀疑如果现在将巫姑的双眼蒙上，他也能轻车熟路地走向自己的目的地。

小雀并不熟悉这里的路，又看得不很清楚，只能随着巫姑一同前行。巫姑走得很快，不一会儿似乎就到了目的地。到达之后，巫姑俯下身子，用自己造出的妖光不知道照了下什么，接下来满意地点点头，俯下身子指着一株很高的草道："很多平常用来入药的药草，什么黄连三七之类我压根就认不出来，只能给你认一些毒草了。这是颠茄，我炼药的时候常常用这个来调和其他的药，效果不差。它本身是毒药，但毒性却不大。"

小雀不禁有些想念在天柜山的那些日子，那时每半年都会有一个游方道士来天柜山住上一段时日，每次都会教给小雀许多药草的知识。后来下天柜山之后发生了很多事情，小雀当初在游方道人那里学到的知识几乎都尽数还给自己的这位老师了，但现在巫姑教导她的这些东西让她又想起了当初的日子。她想起自己曾经听那位游方道士浅显地提过颠茄，但她也记不真切了。

在那个瞬间，她甚至有些怀疑：巫姑会不会就是当年的那个游方道人？但这个想法很快就被她否定了：在传说中，灵山十巫自从万年前上灵山以来，就再也没有下过灵山，那个游方道士自然不会是巫姑。

甩甩头，把这些莫名其妙的想法从脑袋中排除出去，小雀继续听巫姑讲话。此时巫姑已经离开了之前种植着一片颠茄的地方，到达了另外一片花海之中。

"这是海芋。人界的海芋是只有夏季开花，花落则结果，但灵山上虽说也有分明的四季，但这些药草都是花果同时生长，四季不枯不败。海芋的花——就是上面这一片红彤彤的花朵——是无毒的，它的根和叶都有剧毒。我以前在一服药剂中用过它，然后给一个重罪将死的人用了。那人起先看上去毫无反应，过了约摸半个时辰，突然——非常突然地——抓着自己的喉咙倒了下去。几乎是转瞬间，他便面色发黑地断了气。"

小雀立刻明白了他的意思，有那么一瞬居然还感到有些背脊发冷。巫姑可以说是灵山十巫中除了老好人巫即以外最好相处之人了，但听他前面说出的那一番话，居然十分残忍，让人感到有一种刺骨的寒冷从脚底一路向上蔓延。

灵山十巫的本质，都是这样的人么？

小雀不敢细想。

巫姑显然没有意识到她现在在想些什么，而是自顾自地站了起来，继续向前走去。

"这是水仙，我没有用它入药过，但巫真曾经把上百株水仙的根尽数割裂，放在山脚之下，因而捕捉到了不少被水仙汁液毒到的动物。"

又是一片花丛。小雀远远地便已经闻到了扑鼻的芬芳，沁人肺腑。起先小雀并未觉得有什么地方不对劲，但很快她就反应过来了：这花香极为刺鼻，闻多了会让人感到十分难受。小雀下意识地看向巫姑。巫姑轻咳一声，但却仿佛丝毫没有影响。这次他也不蹲下来了，而是摄起一株花，任凭它在指尖打转。

"这是夹竹桃，"粉红色的花朵连带着下面的一抹绿色，在巫姑的指尖肆意打转，在巫姑挥手造出的这一片白光下，小雀只能看见一圈粉红，压根看不清花瓣，"若是服了整株树上色彩鲜艳的那些部分——抱歉，我是指除了绿色的嫩叶以外的部分——几乎是必死无疑。还没有上灵山的时候，有一年春天，我曾试着用许多夹竹桃绞了花汁出来，滤过三遍之后上笼蒸了一会儿，混在饭菜里给山上养着的三只蜼（wei）吃了，吃完之后三只蜼都死了。"

小雀听得脊背发寒：这些话越听越令人觉得诡异。巫姑都是这样的人，剩下九个又会有多可怕？有多残忍？他们没被发觉的那一部分会不会比这些还要恐怖？

巫姑显然没有想到小雀想到的那些。他看上去非常高兴，显然在小雀上山之前从来都没有人愿意听他讲这些。

"这是蛇含。"天已经全黑了，灵山十巫中的其他九人也不知道现在身在何处，但显然，一时半会儿不会有人来找巫姑或是来到这片草地上。巫姑在这片草地上席地而坐，过了一会儿甚至还躺了下来。自始至终，他都没有再说话。

这是什么草？小雀心道。但她没有发问，巫姑也就理所当然地没有回答。草上弥漫出的阵阵妖气让小雀一激灵，她扑扇了几下翅膀，飞在空中，一点都不愿意落下来。

"你想走了？"巫姑起身来，抬头看向空中的小雀，"可以啊，不过在走之前，我还是和你讲讲这是什么药草好了。这是蛇含，虽说不是毒草，但可以解一切蛇毒。凡是炼药的，都是要学习些解毒之草的知识的。蛇含捣碎敷在兵器和毒导致的疮口上，还能够当做金疮药来使用，效用比一般的金疮药好得多。"

这可要好好记住了。小雀告诉自己，不等巫姑站起身来，就自己先飞到高一些的空中去了。巫姑又一次用了那个不知道是什么的妖术，似乎是套在了小雀的身上，小雀顿时感觉自己的周遭亮了起来。

小雀是神族，平日里用惯了灵力，此时一个妖族在她身上套上了一个妖族的法术，她总感觉有些什么地方不自在。但现在她没有灵力，连区区一个浮空诀这样不需要多少灵力的法术都用不了——倘若她用得了，也就不至于像现在这样费力地为了在空中悬空而猛力扇动自己可怜的双翅了。

她正这样尝试着去适应妖族法术带来的奇异感觉时，巫姑也慢慢地从地上站了起来。地上绝大多数时候都非常湿冷，更何况现在是初冬。冬天的晚上阴冷非常，巫姑又用了一个不知道什么的法术，小雀感到自己的身上一股暖意油然而生。这温暖如同涓涓流水一般流入了小雀的身体。

小雀正享受着这一股涓涓暖流，却突然发现周遭的亮光黯淡了许多。她下意识地看向巫姑，发现原本环绕在他身边的亮光不知什么时候已经熄灭了，只剩下他身边的那一抹光芒还在。

"又熄灭了？"巫姑看上去有些郁闷，还有些失望夹杂在其中，"这个能令人温暖的咒术需要很高的妖力，之前有一次我成功地同时施了两个光亮咒和这个咒术，没想到这次居然还是失败了……"

看着这副样子的巫姑，小雀很想开口劝他几句，但话到嘴边却变成了一连串麻雀特有的叽叽喳喳。

"小麻雀也想要安慰我么？"巫姑笑了笑，"这份心意我领了。"

他一边这样说，一边伸手从旁边摘下一朵状若酒爵的米黄色花朵，在小雀的眼前晃了晃："这是虞美人，人界常常在各处种植，你或许也认识。这花无毒，但巫真他们炼那种药的时候常常用到，我不炼他们的那种药，对此也不大明白。这花的果实有剧毒，就连人都可以轻而易举地被毒死。"

小雀点点头。这种东西乍一听恐怖至极，习惯了却也没有什么了。现在小雀感觉这些听上去都稀松平常，如同最简单的家常一般。她伸出爪子，从巫姑的手心中拾起那枚虞美人的果实——那是巫姑刚刚从一朵虞美人上摘下来的。

听巫姑讲了那么多的毒草，小雀也想起来了一种毒树：芰。这还是当年在天柜山上时那个游方道士教给她的。那个游方道士几乎从未教过她任何毒草，就像九凤和强良从未向她讲述过这三界恶的一面一般。

他们都想让她远离这四海八荒中的那些阴暗的东西，给她一辈子的快乐。

但这终究是不成功的，就像那位游方道士最终还是以聊家常的口吻教给了小雀果实能够毒死鱼的芰，就像九凤最终还是和肥遗打得两败俱伤，不得不送小雀下山一般。

现在我也已经是这四海四荒中的一员了，现在我也经历了磨难和忧伤，经历了你们口中人的那些"恶"。

小雀这样想着。

下山之后，如果有可能的话——不，一定——去找自己的母亲吧，一定要找到。她已经不是当年的小姑娘了，她坚信只要有那个上面绘着同心圆的玉，就一定能够找到自己的母亲，就算自己的母亲远在天涯海角。

想到这里，她转身向着大殿的方向飞去。这股暖流依然缭绕在她的身体中，她感到自己有了无限的力量。

"你想回去了？小麻雀？"巫姑看上去略有些惊讶，但很快又稳住了心绪，"那么就回去吧。"

晚上的灵山空落落的。这也难怪。灵山不是昆仑山也不是玉山：昆仑山上昼夜都有人来往，这个时辰，若是在昆仑山上，定能够看见许多宫婢手持火烛，一盏一盏地点亮宫灯。玉山上每日一片死寂，倒也是凄凉的，但王母不堪夜半时分的寂寞，每夜都会在正殿门口燃起一盏巨大的长明灯。小雀住在后山半山处，但每当有些心事的时候，便会在夜半时分走来正殿前，看着那盏长明灯，攥着手中的翠玉发呆。

但是灵山十巫不同。灵山一贯是个很诡秘的地方，虽说夜半时分会有些动物走动，但山里统共也不过十个"人"罢了。夜晚小雀都是乖乖地待在笼中，从来不敢随意飞出去。

巫姑这次真是"好运气"，才会在半路上遇见巫真一众人。

巫真等人显然是又服了那种药，身上一股浓厚的香气，让人直掩鼻子。

"哟，巫姑，现在已经是亥时了，这可是初冬，你妖力这么弱，怎么还要在外面走动呢？若是风寒得病，对我们十巫可都是得不偿失啊。"

话中带刺。小雀已经敏锐地感觉到了，但巫姑他什么也没有说，只是又笑了笑。这笑里带着一股无奈的意味。

　　"哟？"巫盼看向巫姑，显然是看见了什么，眼神极其轻蔑，"你还带着这只麻雀？这麻雀有什么好的，你就算和它做了朋友又怎样，过几日，还不是要拿来炼百毒心的！"

第二十一章　心混沌阵法却明

小雀又进了灵山上的阵法。

和上次不同，和之前的任意一次都不一样，这次她是自己专程找了阵法，做了不少准备，才进去的。

她是去里面思考的。

自上次的事情以来，她没有再去找过巫姑，巫姑也没有来找过她。在此期间灵山十巫又开了几次宴会，巫姑一次也没有列席。直到这一两天，小雀才从巫咸和巫彭的口中知道巫姑之前画的阵法已经修建完成了，于是她进来想些事情，权当是给自己找了个僻静的地方。

阵法里的阳光明晃晃的，照得小雀感到有些刺眼。这是小雀在这阵法里找到的仅有的一小片有阳光的地方。这是一个山洞最外面凸出的一块岩石，被太阳照射得格外亮堂。小雀躺在岩石上，嘴里叼了一根草，看上去格外悠闲。

但事实却并非如此。小雀伸出一只手把本来叼在嘴上的草掂在手里。

自从上次的事情以来，她就一直在试图找寻有关"百毒心"的消息。她悄悄地飞入灵山十巫在山中深处的禁书阁，企图寻找和他们口中要用自己来炼的百毒心相关的资料。她不知道怎样通过禁书阁外面防护着的大阵，险些死在里面。但在禁书阁里她没有找到任何和百毒心有哪怕一丝关联的内容。她找到了记载着灵山上所有药草的厚厚一沓书，书里不仅有巫姑那天和她讲述的可以轻而易举置人于死地的毒草，还有传说中的稀世秘药。但她没找到任何和百毒心相关的书册记载。

她试图从十巫的只言片语中找到更多消息。虽说十巫一直当她是普通的麻雀，在她面前也不讳忌些什么，可显然他们自己也不大愿意提起这些事，小雀能够知道的自然少之又少。

但尽管如此，小雀却依旧记得那日的场景。那一日十巫出乎意料地汇集在了一起，连带着把她也带上了。小雀本以为这只不过是灵山十巫的又一次宴会，不料十人却是例行讨论近日里大大小小的事务。

最开始都讨论了些什么，小雀已经毫无印象了，只记得不知什么原因，巫盼和巫咸等人激烈地争论了起来，最终吵得不可开交。小雀不大记得究竟是什么原因导致了这一场争执，但巫盼不时地提起"百毒心"，结果愈演愈烈。

小雀从他们的话语中倒也听出了几分端倪。巫咸与他帐下的左膀右臂、巫礼以及巫姑似乎都不大愿意炼这所谓的百毒心。但巫盼和几个小辈却执意要炼这不知究竟是何等精巧的药。原本巫咸是灵山十巫之首，余下九人本当遵从他命，但几个小辈却不惜以造反等相威胁，逼得巫咸不得不妥协。

那场争执中的不少内容，小雀压根就没能听懂多少。在听不懂的时候，她便会几乎是完全下意识地看向巫姑。看得出来，巫姑似乎是十人之中最不愿炼百毒心的。但在这场争执中的绝大多数时候，他都只是负着手站在一旁，静静地看着其他八人吵作一团，而巫即在其中忙于劝架。

巫姑显然十分不在乎他人的话语，或许和他自己说的从来不大招人喜爱也有些关系。巫盼时不时便会在与巫彭的争论中停下来，把颇为不屑的话语向巫姑身上招呼几下。但每当此时，巫姑也只不过是歪一歪头，一副虽说听懂了却丝毫不放在心上的表情。

巫盼的话很多都没头没脑的，但却极其强硬，且很多听来格外刺耳。巫咸到最后大概是真的耐受不住了，不得不同意。

用我来炼制百毒心……

小雀一边这样想着，一边从岩石上坐了起来。身下的巨岩平坦如故，耀眼的阳光也璀璨如故。这是一个阵法，阵法当中的天气是设置好的，永远也不会变。小雀现在觉得有些热了。她还穿着初冬的衣服：别说是初冬了，就算是深冬，被太阳这样暖融融地照射了这么久，也会感到有些热的。

外面看来是不能继续待着了。小雀拉了拉自己的衣角，又扯了扯衣服下摆，把衣服整理整齐，又将衣服背上的尘土尽数抖落，便向山洞里面走去。

起先是一些机关——最为普通的那种机关，若是换在小雀刚刚来灵山的时候可能就会被这些机关难住，可是现在的她在灵山上的各式机关当中已经磨砺了有小半年时光，这些最简单的机关于她，已经算不上什么了。小雀在空中接连翻了三番，避过了两个地陷机关和一个乱箭机关。

她还在想百毒心的事情。

百毒心究竟是什么意思呢？小雀企图从字面上来理解。从字面来看，百毒心即是包含了一百种毒药的心，也有可能说的是用一百种毒药来炼成的心。这样看来，无论如何，自己若是要被拿去炼这什么百毒心，都可能会丧命。

想到这里，小雀突兀地又想起了那一晚自己和巫姑遇上服了药的巫真所说的话，想来自己若是真的被拿去炼了百毒心，只能是死路一条。

小雀一边这样想着，一边从乾坤袖中掏出一块乌黑晶亮的石头，又俯下身来，从地上捡起了另外一块石头。她将两块石头随意地碰在一起。石头擦出耀眼的火花，转瞬就点着了下面的草堆。

小雀并非第一次来这里。准确地说，应该是第二次来到这个地方。前一次是误入，不知怎的就站在了这一块岩石上。那一日她不曾带火石，而且毫无准备，还没有走到这堆天造的草堆边，就被乱箭机关"射死"，离开了阵法。

这一次不同。这一次她是有备而来。火堆点燃，小雀看清了周遭的情况。

她身处一个巨大的石室之中。石室极宽敞，四面八方的墙壁上用不知道什么花朵的花汁绘出了无数图案。小雀环顾四周：石室里没有人，地上也不像是有什么机关，看上去极其寻常。她走到石壁旁，仔细端详着上面的图案，却发现几乎所有图案都十分模糊，根本无法辨认出究竟画的是什么。小雀猜想这大概是巫姑故意的，或者是巫咸等人偷了懒，没有将这些细节尽数做完。

这些或许就是继续探索的关键，但现在壁画全部模糊不清，就算有什么机关，小雀也断不能通过这些模糊不清的壁画明白。她试图回想当初看到的巫姑绘制的那张设计图，却一点都不记得自己当时看到的设计图上究竟有没有这个石室，只记得那是一个宏大而又精巧的机关。

现在怎么办？

小雀沿着石壁的边缘走了一圈，非但没有找到能够打开通往下一个地方——真正的阵法的路线，甚至连哪怕一个机关也没能触发。

她有些郁闷，于是便又走了一遍，但还是连哪怕一个想要置人于死地的机关都没能触发。她又尝试着一圈接一圈地辗转，但直到她从贴近石壁的这一圈一路走到最中心为止，都没有找到合适的路。

她又试了几个特殊的走法，其中不乏那些除了她以外只有灵山十巫会的咒语方法等。她甚至尝试了几个很有些特殊的走法，企图通过踩动北斗七星的位置之类的方式来通过这阵法。不料石室却依旧毫无反应。

小雀有些失望。她皱了皱眉头，盘腿席地而坐，闭上双眼，养精蓄锐。之前的一番尝试过后，她也感到有些吃力，感到自己是时候休息一下了。

但她并没有养精蓄锐多久。不久，她就感到身下的大地开始微微地抖动起来。接下来抖动的幅度愈发大了起来，小雀下意识地站起身，从乾坤袖中抽出一根柔软的树枝。这是一根名副其实的柳条，韧性绝佳，虽说无论怎样都比不上她的流火好用，但也还能够勉力支撑。

石壁的地面开始震动得愈发厉害了。小雀退到石室的墙边，一只手依旧抓着柳条，另外一只手则是扶着墙壁，保持着身体的绝佳平衡。

不是能够置人于死地的机关，就是通往下一处的路径。只是，不知道是哪一个。

小雀一边这样想着，一边继续勉力维持着平衡，手撑在墙壁上。她感觉脚下平滑的石头在从中间开始慢慢地陷下去，很快就要到自己这里了。

这绝不是一个好兆头。小雀如是想着，一边将目光投向中间的那块空虚。那里黑漆漆的一片，看不清楚。

换作被捉上灵山之前，小雀一定会顺手丢出一个小术法，把空虚中的一切照亮。但正如她已经习惯了的那样，她用不了灵力。

进去试试？小雀试探性地想着。说实话她并不怕些什么，在灵山上待了这么久，什么险恶之物她都不怕了，就算在这阵法当中是一死，也只不过是被送出这个阵法罢了，绝不会真正伤到她一丝一毫。

那么就进去吧。小雀环顾四周，看向她走进来的那条石道。那条石道仍然一如既往地漆黑一片，隐隐约约在末端透露出一星半点的亮光。

不能回去，小雀又看了看模糊的壁画，下定决心，将手抽回来，稳住身体，向那一片虚无走去。

她几乎是被吸进去的。那一片虚无的吸力极大，她最后几步走得踉跄，走到最后一步的时候脚一滑，直直摔了进去。

出乎她的一切预料，里面也是一片虚无，和外面相差无几。小雀站起来，发现这片虚无中的空间并不狭小，她站起来伸出手，也没有碰到虚无的顶端。

她试着向前走了几步，发觉这片虚无的面积几乎不可估量。

她又向前走了很远，周遭几乎没有任何区别，依旧是这样的一片虚无。她走得极其通畅，也没有碰上任何障碍。她尝试着换了个方向继续向前走，却是一样的结果。

是不是……只有慢慢等待才能出去。小雀不大确定，就地坐下，坐在虚无之中，不知不觉间又去开始想那些事情。

她又想到了灵山十巫。这次和百毒心没什么关系了，只不过是单纯想到了这十个人罢了。她突然莫名地想到了巫抵，那个在宴会上灌了她酒的巫抵。平日里她并不常见到巫抵，虽说觉得他似乎也是一个颇好相处的人，但这也只不过是几个惊鸿一瞥的印象罢了。平日里真的是不常见到巫抵，感觉仿佛深居简出一般。

倒是常常从灵山十巫中的另外九人那里听到有关于巫抵的不少事情——她也不算是刻意去听，只不过是在无所事事中下意识地听到了而已。巫抵似乎常常是在负责灵山上那些大大小小的开支和无数琐碎的小事。小雀的感觉颇为敏锐，从他人的话语中她总是能够体察到不少并不显露于外的细节。她有时候总觉得巫抵在某些方面上倒有些像巫姑，总是游离在众人的视线外，甚至很多时候其他人都不会提起他……

小雀没有再继续想下去：身边的虚无慢慢地散开，她逐渐看清了自己所处的环境。

这和她在那片虚无中感受到的简直是天壤之别。她发觉自己似乎是被拘禁在了一个透明的不知由什么构成的晶体球之中。球不大，内部被掏空，倒还算宽敞。

这是什么地方？纵使小雀经历过灵山上其他无数奇诡阵法，此时却也感到一阵心悸，下意识地握紧手中的柳条，指尖和指节都隐隐发白。这个阵法，实在太难懂了，许多地方完全悖于自己之前在那些阵法当中磨砺出来的经验，比起单纯的阵法，倒更像是妖力构成。

这也能够理解。小雀依旧保持着之前那个盘腿而坐、安静思考的姿势，默默地想着。灵山十巫，是不能够用一般的思维来理解的，他们做出任何事情，其实都不算太令人意外。

但我该怎样出去呢？小雀开始疑惑了起来。这晶体上没有一道裂缝，显然她是通过这里原有的某种特别的妖力进来的。

但既然如此，该怎样出去呢？

依照着一般的道理来讲，既然是用妖力进来的，那么也应当用妖力出去。但对她而言，该怎样出去？

她环顾四周，发觉自己似乎是在一片水域之中。周遭的水清亮干净，清澈得不像一般的水。小雀总感觉外面像是有一束极为明亮的光照射着她和整片水域。或许这是某个暴露在阳光下的深潭也未可知。

光线下小雀清楚地看见有一个接着一个的气泡从水中升上来，温暖明亮，是她很久都不曾见到的绝美景象，看得人格外心醉。看着这些气泡在光线中折射出万般的唯美，小雀突然想起了玉山上千朵万朵的桃花，天柜山上的那条潺潺小溪，还有无数承载着她美妙记忆的景色和世界。

真好！小雀对自己道。

但这番宁静没能维持多久，小雀从远处隐隐约约地看见似乎是有什么庞然大物向她慢慢地游了过来。她算是明白了这阵法究竟是怎么一回事了。

这显然还是要她耐心等待，或者说要每一个入了这阵法的人来耐心等待。她现在几乎可以看清向着包裹着她的晶体冲来的庞然大物。

巴蛇！小雀几乎无法理解这究竟是怎么一回事，在她曾经读过的那些典籍中，巴蛇是生活在陆地上乃至于深山里的某种巨大的猛兽，怎么会出现在这水里？

她觉得自己几乎无法思考这一切究竟是怎么一回事了。

既来之则安之！

小雀握紧了手中的柳条，巴蛇向她疯狂地冲了过来，眼看着就要打破这护着小雀周全的晶体！

来吧！

第二十二章　巫术恐百毒怎炼

巴蛇将这晶体彻底打碎之前的那一瞬，小雀屏足一口气，抡起手中的柳条，向巴蛇的双眼之间狠狠地打去。这根柳条是经历过她一次接一次的打磨的，柳条上有无数锐利至极的倒刺，伤到巴蛇也不是那么难，更何况巴蛇的双眼之间是最为脆弱的地方，她又用尽了全身力气。

"嘶——"巴蛇大声嘶叫，听上去仿佛用尽了全身的力气。小雀立刻就明白了：巴蛇一定被她前面的那一下伤得不轻，或许她真的把巴蛇的那一块骨头打断了也并非不可能。

小雀没有迟疑，趁着巴蛇吃痛至极，几乎耐受不住的时刻，恶狠狠地打向了巴蛇的左眼。

毁其双眼，趁机逃脱！这就是小雀最为根本的目的。她有自知之明，也知道自己绝不可能杀死巴蛇，现在能够做的唯一一件事，就是趁着巴蛇什么都看不见的时候逃脱。

她出手极其狠绝，每击必中，只是几下，巴蛇的左眼已经是血肉模糊。巴蛇一次又一次地吃痛嘶叫，在水中不住地翻滚，滴落的血在水中绽放开来。

小雀自己也是脸色青白，感觉喉头如同被掐住了一般，几乎呼吸不上气来。神族在许多方面远超其他两族，但现在就连她也感觉极其难受。她突然感到了莫大的绝望，自己以前学过的无数术法，那些能够让她在水中随意呼吸、随意动作、拥有无限力量的术法现在居然一个也用不上。

她隐隐约约看到头顶似乎有些许空气，那便是她的一线生机，她对此心知肚明。于是又一柳条抽在了巴蛇的右眼上，估摸着这一柳条的效果还能够支撑一会儿，便向上浮去。

靠近了一些——愈发地近了——只要再向上一点就能够呼吸到那些空气了！

小雀突然感觉脚踝处一紧，显然是被什么东西扼住了。她低下头，立刻便看见了脚踝上缠着一抹绿色。那是巴蛇的尾部，现在正死死地缠着小雀的脚踝。小雀一回头，立刻便看见了巴蛇那张上半部分血肉模糊的眼。巴蛇的两眼之间已经碎裂开来，左眼血肉模糊，右眼上面也有一道明显的伤口。

小雀暗道不妙。之前上浮的时候，为了节省时间，她肺腑中的那些浊气都已经被她自己吐了出去，现在的她，连一口浊气也没有了。

就算死在这里也不过是离开这个阵法罢了。死就死！小雀这样想着，一咬牙再也顾不上那么多，竭尽全身的力气向下沉去，待到与巴蛇几乎面对面时，伸出手，却是手握倒刺，将柳条没有沾染过哪怕一星一点血迹的木柄捅向巴蛇的右眼。

一击贯穿！巴蛇痛到了极点，在水中不断地扭动。小雀叹了一口气，不顾柳条上的倒刺，手握着柳条一个空翻，木柄也在巴蛇的右眼中扭转了一整圈，而后再抽出时，除了鲜血，还沾染了星星点点的黑白双色。

小雀抓着手中的鞭子，向上浮去。她在水面吸入了第一口清新的气息，感到肺腑中仿佛有雨露润泽。她将柳条笼回乾坤袖中。

她伸出双手。双手因为一直练习鞭术，结了一层薄薄的茧子。但柳条上的倒刺甚是锋利，刺穿了那层茧子。

她的手上流淌过一缕接一缕的血液，一滴接一滴地滴落下来，绽开在水中，和混着巴蛇血液的水一同波涛暗涌。她的肺腑中清快的气息来来往往，她感到浑身浸润在一汪清泉当中。

但她要尽早出去。她重又吸了一口气，潜入了水中，向前游去。

她游了很长的一段距离，才终于找到了一个状若出口的地方。那是一整块岩壁上凿开的一个小洞，其实只允许一个人侧身进入罢了。小雀几乎没有迟疑，侧过身子，向内慢慢挤入。这不是她第一次做这回事了，当年在那充盈着迷雾的林子之中，她也曾侧着身子，走过狭窄的两片岩壁之间。

这回的岩壁比起当年的要略微宽松一点，不过也只是"略微"罢了，小雀走得依旧很是艰难。起先她还努力去注意周遭的景象，提防着可能存在的危险。但没过多久，见没有任何危险出现，她慢慢地松懈了下来，全身放松，神经也不再紧绷，整个人慢慢地开始恬适下来。不知是不是有心境的缘故，小雀发觉自己的步伐也在逐渐加快。没过多久，她便已经走出了这段岩壁。

从岩壁出来的那一瞬间，小雀感到周遭豁然开朗了起来。潺潺的流水声已经被她抛诸脑后，出现在她的面前是一个显然经过人工精心铺就的坦荡走廊。走廊两旁的墙壁上精心雕琢了许多花纹。小雀研究了半晌，却只看出那似乎是几个穿着远古时期妖族服饰的人，在微微抿着双唇起舞。

小雀低下头去，仔细地端详着脚下的走廊。走廊上铺了一层石板，看上去略显莹润，泛着极淡的青色光芒，倒不像是普通的石板，而是某种极特别的玉石。小雀轻轻地向前试探性地迈了一步——这些石板似乎铺得并不很稳，小雀站上去，总感到摇摇晃晃的，显然下面暗布机关无数。

怎么过去？最简单的方法想必就是一步一步地走过去，若遇上了什么机关，只管躲过去便是。小雀对自己的身手还是有些自信的，若是想要躲避暗布在这里的机关，也并非什么难题。经历了这样多的历练，她几乎可以肯定这些机关是巫姑和巫抵这两个灵山上对于机关最有研究的人布置的。倘若真是如此，那么她就更有把握了。

然而她并不想如此。倘若还是一步一个脚印地向前走，那么也只不过和往常并无二致。她想要一种新的方法，一种前人都不曾尝试过的方法。

从两侧过去！小雀将双手按在墙壁上，发觉墙壁格外坚实，没有一丝松动，当然也就不会有什么机关。她对于自己的身手现在可以说是很有自信。

小雀看了看头顶，发觉上面悬着一个不知做什么用的钩子。她将手中泛着缕缕鲜红的柳条缠上这钩子，身体轻轻一荡，双脚便踏在了墙壁上。她的动作极为灵活，不过是攀了两下那柳条，便已经离开了十几步远。墙壁略微有点斜，还因为不知什么原因，略显凹凸不平。小雀一只手扶着墙壁上的一块突起，另一只手抓住柳条，猛地向内收回。几乎是顷刻之间，小雀便已经双手双脚全部搭在这略微倾斜的墙壁上了。一搭上墙壁，小雀便立刻在墙上翻转开去，不到一眨眼的工夫便已经到了这原本看不见尽头的末端。她毫不在意地停了下来，跳下了墙。

这种方法是她自己总结的，要求的就是所谓"快、准、狠"，断不能耗费太多在寻找平衡上，一定要一气呵成才行。对于现在的小雀而言，这绝非什么难事。

小雀站在走廊的尽头，长吁了一口气。本以为这一点路程会走得很艰难，没想到这样简简单单就走完了，这倒是出乎她的意料。不过看这走廊尽头，居然又是一道严丝合缝的门，不知怎样出去。

是不是和之前一样，要等？小雀第一时间想到的就是这一点。但她绝不是那种只会死等的人，眼看着这门一时半会儿也不会开，小雀便转过身来，想看看还有些什么线索。

第二十二章　巫术恐百毒怎炼

这一看险些将她吓得三魂七魄尽数出窍——原先她在墙上飞速运动时看见的那些壁画中的舞者，居然都不再舞蹈了。那些举着手臂做出优美动作的舞者全都把手臂放了下来，半张着嘴，冷冷地看着她。远处她刚刚进来时的光亮也已消失不见，她来时的前半段路，现在都笼罩在黑暗之中。

小雀吓得几乎要高声尖叫起来，但想到若是惊动了壁画中人，甚至会让他们从这壁画中走出来——这时候，她觉得这完全可能发生。就算不会惊醒那些壁画中的舞者，也有可能会触到什么机关，害她在这阵法中"殒命"，前面的一大通功夫全部白费。

还是等？小雀很失望地发现似乎就只剩下这一个选项了，其他的方法似乎都是不通的，这让人极为不快。她皱了皱眉头，竭力忽视那些张着嘴瞪着她的舞者，又一次坐了下来。

她隐隐约约地嗅到了那种所谓药的味道，但她知道这只不过是她的幻觉罢了。她下意识地嗅了两下"药"的味道：莫名有一股浓重的麝香味，还有一种闻之令人迷糊的梦幻般的香气。她并不觉得这种味道有多么好闻，但却又感到了一种难以描述的温暖。

不行！这下小雀终于发觉有什么地方不对劲了：这断不是自己想象出的味道，而是真实存在的！完全是下意识的，她闭上双眼，立刻变回了小麻雀的姿态——重新以小麻雀的双眼，来看外面的走廊。这香味似乎还有迷药的效用，很快她便迷迷糊糊了，就如同要睡着了一般。

隐约之中她看见远处有一个身影浮现，像是某个她熟悉的人，又像是某个陌生人，虚虚实实，看不真切，看不明白。

现在怎么办？小雀问自己。这是一个很值得思量的问题，但她也思考不清楚了。她只能够看见那一个身影突然虚化，变幻为几个相似的身影。四周墙上的舞女又开始舞动起来，宛若迎接这些人的到来。

他们是谁？小雀警惕地想着，但很快，她就丧失了一切警惕的意识，昏昏沉沉地睡了过去。

再度醒来的时候又在外面了。小雀敏锐地发现自己已经出了阵法。那阵法不会这么快就结束，想来还是自己为迷药所迷，"死"在了里面，才被送了出来的。自己还是麻雀模样，现下正躺在后山的一块凸出的岩石上。

不能等。她又想起了之前在阵法中的经验，"等"和"不等"两点交错复杂，让人心生厌烦。她总是选择等，而最后真的要"不等"时，她又走错了路。

等？

不等？

她觉得自己大概还没有全部参悟，还需要一些时间来沉淀。这样想着她又振起了双翅，向上飞去。现在正是下午未时，虽是晚冬，天气却不怎么凉，倒如同初春一般。天光略微黯淡了几分，覆盖在小雀的羽翅上，正是世间绝美的景象。

现在的天气极好。小雀打着哈欠，心想灵山十巫现在或许正在大殿之内欢歌笑语，又或许各自散落在山上的不同地方，一如往常，安静地做着自己的事情。巫姑或许在某一处琢磨一种新的毒药，巫抵或许正打着算盘计算这段时间山上的开销，巫真或许和巫罗等人在一起吞云吐雾，还有……

"你在这里？"一个讶异的声音响起，小雀回头，发现是自己平日里不常见到的巫彭，"他们之前在找你，想着你也飞不出灵山，只是不知道跑到哪一个阵法中去了。原来你是在这里？也好，也好，他们之前还在找你，你现在便跟着我回正山主殿罢。"

说罢巫彭用了一个巫术，小雀立刻觉得浑身上下似乎都不能动弹。巫彭伸手出去，在空中轻巧地一抓，将小雀抓入手中。

第二十二章　巫术恐百毒怎炼

　　大殿门口，巫礼和巫姑两人安静地站着，挺拔而又秀丽。巫姑平日里最是怕冷，现在却穿得不多，只比身旁在冬日却仍旧只穿短衫的巫礼多一件薄薄的外套。巫彭从远处大步走来，手上还犀利地抓着小雀。巫礼见了巫彭，伸手行了个怪异的礼，巫彭也微微颔首回了这个礼节。

　　"你们不进去么？"巫姑罕见地小声发问道。

　　"时机未到。"巫彭摇了摇头，将手中的小雀颠来倒去地丢过去再丢过来，仿佛自己手中的不过是个寻常的物什。"你们听。"

　　殿中隐隐约约传来几丝声响，只有侧耳极其用心才能听见。巫礼向正殿里面看了一眼：十巫中至少一半还未到，现在在这大殿中的也只不过有巫真、巫谢、巫罗和巫盼四人。他们窃窃私语，仿佛在密谋着什么见不得光的事情。他们刻意压低了声音却没敢用妖力撑起一层隔音的屏障，还有只言片语随着正殿里涌动的空气逃出来漂泊在外，逐渐消失。

　　"若是这百毒心炼成，我们还用担心什么?！"

　　"要想夺权便夺，吃了百毒心，谁能奈何我们四人？"

　　"那两老儿实在太烦，还有日日只懂得拨弄算盘的巫抵和那个娘娘腔巫姑，倘若我们吃了百毒心，定然妖力大增！那时候，他们都得死！"

　　百毒心！又是百毒心！

第二十三章　生机存此山难留

百毒心。

小雀有了些许意识之后听到的第一个词，正是这个。她发觉自己被关在了一个精致的金色笼中——这是她上山以来的第二次——悬挂在正殿的最中央，为众人所围观。

她突然感到了一阵莫名的恐慌——这是上灵山闯荡了这么久以来她仅有的一次恐慌。

最可怕的永远都不是任何陌生的事物，而是那些你熟悉的家伙用一种极陌生的眼光看着你，看上去仿佛你是天下最离奇的妖怪，有着众人没有的东西，让人看着心生好奇，却又有什么地方极其丑陋，极其不堪，让人只能拿着一种隐隐约约的厌恶看你。与此同时，那些围观你的人却又知道你未来可能会面对某种血淋淋的事实，不由得对你产生了某种特别的怜惜之情。

这些情绪交杂在一起，最终变成了流露在灵山十巫眼神中的那种情绪。

"开始？"巫真眼中的这种情绪突然如同滴漏被人堵上了一般，霎时消失不见，留下的只有贪婪和厌恶交织在一起的一种如胶般的物体，在他的眼中慢慢地流淌。他毫不在意而又凶狠地露出一个冰冷的笑容，甚至不看小雀一眼。

"开始。"小雀能够听出巫咸语中的那些不忍和怜悯。

　　十巫突然都走上前来，围绕小雀站定了。小雀在笼中转了一圈，只觉得他们的脸上闪露着不同的光芒，却终究都是内敛的，不敢表露于外。

　　巫咸从乾坤袖中取出一张上面似乎画着什么字的符纸。符纸是涿鹿之战之前的事物，典籍上说它们在涿鹿之战之后就几乎被尽数淘汰，不知为何现在又出现于此。小雀想起典籍上还曾经说过："符纸是一种媒介。"

　　她一边这样想着一边看向十巫，却发现十巫不知何时都将右手的食指咬破，用沾着鲜血的手指拿住符纸，让自己的鲜血沾染在上面，而后一个接一个地传递下去。就在小雀看着的这短短不到半炷香时间内，他们已经传递完了一整圈，那张沾满了斑斑血迹、看上去极为恐怖的符纸重又回到了巫咸的手上。

　　巫咸口中又念了几句咒语，而后右手——又是右手——拿持着那张符纸，向上一举。像是早就排演了无数遍一般，众巫齐声颂出了几句咒语，都将依旧汩汩流着鲜血的右手向上一举，显然是引动了不知来源于何处的妖力。巫咸前进一步，将那符纸贴在了装着小雀的笼子上。

　　小雀顿时感到有什么特别的力量包裹住了她，这种力量散发出阵阵蚀骨的寒气，虽说看不清明确的样子，但小雀甚至能够感觉一股黑雾围绕着笼子盘旋舞动，若不是还有笼子这一层屏障，或许就已经张开了大嘴，向小雀扑过来了。

　　几乎是下意识的，小雀就要去变成人形——一只麻雀能够干些什么呢？这时候一阵恐慌将她的内心狠狠摄住，几乎要让她窒息，她实在无暇思考那么多，下意识地便要变成人形。

　　但她努力了好一会儿之后，却觉得有什么地方不对——她似乎仍然被束缚在这个狭窄的小囚笼之中，不得逃脱。她睁开双眼，才发现自己居然还保持着麻雀的样子！她顾不上灵山十巫还在周围，又用尽全力想要变化，却怎么也变化不成。

　　无数次的勉强尝试之后，她看向四周，终于明白为什么自己无论多么费力，也总是变不回人形了！

这个笼子上面，附有一层禁制！

小雀看向笼子上面贴着的符咒。不知从哪里吹来了一阵风，把符咒吹得上下飘动。然而正是因此，小雀才得以更清楚地看清了这符咒下的状况。刚刚看清了状况，她便被吓得浑身一冷。

一般的符咒，倘若只不过是做禁制用，是可以被揭下来的。但不知道究竟是这笼子的古怪还是这符咒本身的古怪，小雀清清楚楚地看见这符咒正慢慢地化成红色的一汪液体，又一点一点地浸润到笼子之中。她终于明白了些什么，连忙去推那笼子。笼子没有上锁，笼门只不过是关上了而已，但当她用尽全身力气去推那笼门的时候——若是平时她有十成的把握能够打开笼门，但现在她却觉得这门仿佛有千斤重，根本无法推动。

符咒化成的红色液体，正慢慢地浸润到笼子四周的围栏中去。小雀突然感觉整个人一个哆嗦，下意识地便向脚底下看去，却只看见一星半点的红色沿着栏杆向上蔓延，将围栏染得通红。

那是血一般的红色，红得触目惊心，丝毫不真实。小雀已经被吓得有些呆了，丝毫不在意十巫的任何动作表情，只是怔怔地看着那红色沿着一根根似乎是铁又似乎是不知道什么材质制作出的围栏向上蜿蜒攀爬，没过多久便已经到了笼子的半程处。

小雀很想问这一切究竟是怎么一回事，但张嘴却只发出了麻雀的叫声——并非人形，自然也说不出人语来。小雀突然感到极度的脱力感。这么多年过去了，她第一次感到自己是这样的无助。现在的她什么也做不了，只能任人宰割。

红色蔓延的速度愈发快了起来，小雀被关在笼中，发出凄惨而无助的嘶鸣。

"好，好，好！"巫盼抚掌大笑，惊起远处林中飞鸟无数。

"我们的光明，怕是很快要来到了！"巫罗哈哈笑道，"到了那个时候，我们就能够随意享乐了。那天上的宫阙，也有我们的一份，王母娘娘再开蟠桃宴，我们也能吃上几个。这天上的银河，无数的星烁，都有我们一份！"

"届时，什么好药我们吃不到？"巫谢看上去也颇为高兴。

巫彭就站在他们的旁边，看着他们的飞扬跋扈摇了摇头，又去拍了拍巫咸的肩："是时候了。"

巫咸会意，"嗯"了一声，手一抬，一颗朱红色的圆球从乾坤袖中飞了出来，径直飞入了笼中，落到了笼中哀鸣的小雀脚边："吃了它。"

"那是什么？"巫礼问。巫姑极力反对炼百毒心的事情，加之巫礼对这些事情也不大熟悉，现在看见那个圆球也略有些诧异，"巫咒球？"

"不是，只不过是用海芋的根炼成的毒药罢了。"巫咸摇摇头，见到巫真诧异的神色，又补充了一句，"不是巫姑炼的。虽说我私下里的确是找过他，但他拒绝了。他甚至不肯给我哪怕一粒他以前炼的毒药。百毒心，一百天，一百种不同的毒药，我找巫真先炼了二十种，余下的他一时半会儿也练不出来。"

"若是巫姑转了意愿这事一定不难。"巫彭插话道。

"你没那么了解他，"巫礼摇头，"他不会的。"

夜半时分小雀在血红色的笼中醒来，隐隐约约感觉自己似乎梦见了很久以前的画面，但刚刚惊醒的那一瞬，小雀又完全想不起来究竟是什么了。

哦，对了，是五百多年前的事情了，那时候她只不过是个下山不到三百年的小麻雀，懵懵懂懂，对于人世毫无概念，被抓到人界那位"小公子"的金屋中，在笼中关了许久的事情。那一年的事情很多都已经埋没在时间的长河之中，被她渐渐淡忘，只记得被关在笼子里时的那种感觉：从笼中向外看去，无论是看什么，视线中总会横亘着无数的围栏，提醒着你现在被关在这笼中。

十巫对她着实是狠，除了每日的一粒毒丹以外，只给些山上的露水，就当做一天的食粮了。最开始她不愿吃那些毒丹，但在被捉入笼中之前她就已经饿了两天两夜，到第一天的暮色时分，她饿得简直要昏过去。无奈之下她将那颗毒丹吃了下去。

入口的那一瞬间，她已经知道是海芋的根——她立刻想到了巫姑之前的话，下意识地想到自己过一会儿或许就会不能呼吸，抓着脖子——当然以她现在的状况，想来是不大可能抓住自己的脖子了。

然而半个时辰过去了，她惊讶地发现自己居然毫无感觉。一开始她以为只不过是药效还没有到，听天由命地又等了半个时辰，却发现自己就如同什么也没有发生一般，除了略有些饱腹感外，丝毫不像是服了毒药。

她渐渐开始明白，这些毒药——或者说不会有任何一种毒药——能够毒到她了，钩吻、毛茛等天下剧毒的草，她也都食过，却不见伤到她丝毫。

在第一日将符纸贴到笼子上之后，灵山十巫就再也没有聚齐过。巫真他们几人来得很频繁，似乎是极为关注这炼"百毒心"的事情。老好人巫即每天早上都会面无表情毫不在意地来一趟，给小雀拿来这一日的毒丹。巫咸和巫彭几乎从来不出现，巫礼也似乎在忙些什么，整天神龙见首不见尾。巫姑从来就没有来过。小雀知道他最是反对炼百毒心的事情，现在自己一直反对的事情落实，换了谁都不会好受。

倒是巫抵每逢有了空余时间都会来上一趟，不像是来探望小雀，每次的神情倒更像是来看看小雀死了没有。然而很可惜，小雀一直都没有死。小雀对此也多多少少知道一点——巫抵来看她的时候总是会喃喃自语，绝大多数没有什么特别的条理可言，只是想到什么就说些什么。但有时候他也会说一些至关重要的消息。他提到百毒心是一种特别的"丹药",提到说只要是被用来制了这丹药的,都难逃一死。他还说既然早死晚死都是死,倒不如真的没有这种缘分,被炼制中的某一味药毒死的好。

但小雀想来是真的所谓"天资异禀",她一直都没有被毒死。

相反,她似乎发展出了某种异能。这段时间之内,每到夜半时分——准确地说是凌晨子时——小雀就会感到浑身变得轻快了起来,接下来她便慢慢地变得通体透明,直至最后化成一阵水雾,在笼中溃散。

但她依旧出不去。她似乎是还没有找到那个可行的方法,或者也有可能是因为这笼中的禁制她依旧打不开的缘故。

若是十巫能够打开笼子就好了。小雀这样想。她不止一次尝试通过婉转的"叽叽喳喳"声来说服从来都只是在笼外几步处将毒丹用妖力送入笼中的巫即帮她把笼子打开。一开始巫即从来都没有回应过小雀的请求,若不是小雀对他还算熟悉,或许就会质疑巫即是人族所谓的"不开窍"了。

直到终于有一次,巫即没有再远远地将毒丹丢入笼中,而是手托着那粒呈现出如同晚霞一般明媚的颜色的毒丹,走向笼子,站在笼边,却也不急着把毒丹给她,而是道:"你别再劝我了——劝我也没有用。这笼子上下的禁制,要灵山十巫一起才能够打开。倘若你不相信,我现在就可以试给你看。"他一边这样说着,一边就真的试了起来。从最简单的横拉硬拽到各种巫术,看上去像是用尽了生平所学。

但关押小雀的笼子纹丝不动。

这一日终于到来了。一百日其实并没有那么难熬,习惯了这种寂寥的生活反倒简单一些。说实话小雀已经开始有些留恋这种时光了,每日关在这笼中,要做的也只不过是安静地向外看去，偶尔观察出现的灵山十巫的一举一动，仔细听他们说那些可能带给她些消息的话语。夜半时分便化成一团水雾在笼中飘荡——这是她少有的感到自由放松的时刻。

但，第一百日还是到来了。

第一百日的亥时，灵山十巫都来齐了，连许久不曾出现的巫姑都和巫礼一同到来——看来正如之前巫即提到的一样，灵山十巫一定要全体到场，才能打开这笼子。巫姑看上去比之前还要阴郁得多，其他人无论怎样跟他搭话，他都是不理不睬的，只有当巫礼向他说些什么的时候，他看上去才略微有了点反应。

巫真走在最前面，甚至超过了原本应当走在最前面的灵山十巫之首巫咸。他看上去极为得意，手中上下翻动着一把极其锐利的匕首。不知何处来的光线照耀在匕首的刃端，闪出一道光辉。小雀想起她之前曾经听另外的人——她忘了是谁，似乎是巫罗——提到过这把匕首，说那可能是世间最锐利的一把匕首，削铁如泥，还说巫真曾经用这把匕首将一只动物开肠剖肚，手起刀落，银刃上居然连一滴血都没有沾上。

小雀终于明白了，那些十巫在无意当中透露出来的字句所代表的，居然是这样的一重意思，而她之前居然从未明白。

剖心！用一百种毒来喂养一只动物，而后剖开它的心。这心，就是他们口中的"百毒心"了。历百毒而不死，经千伤而不坏。这种东西，自然是灵山十巫这种妖族追求的了！

小雀想要笑——她觉得这一切看起来简直是荒诞至极。她被王母逐下了玉山，不过是在天地之间遨游半程，却被灵山十巫捉住。只因为自己是一只麻雀，便要被用来炼百毒心。

不对，大概不仅仅是这个原因。小雀一边这样想着一边向外面看去。巫真已经走到了笼子的近前，手上依旧掷着自己的那把匕首。

如果其他九个人不在，如果他一个人可以打开笼子，如果时机已经到了，小雀坚信，他会毫不犹豫地打开笼子，把她揪出来，直接取出她的心脏。但现在显然三个条件都不满足，于是乎他只是依旧把玩着自己的匕首，用那种贪婪凶恶的眼神看着小雀。

还有半个时辰，小雀看向头顶的月亮如是想到。十巫陆陆续续地围成一圈，巫咸紧抿着嘴，右手藏在乾坤袖里，似乎正攥着什么东西。

小雀原本对于这种事情毫不在意，现在却也开始有些担忧了：这会是什么样的东西，她也不可而知，或许接下来她可能会不止是死——她可能因而生不如死。

小雀不去想这些让人沮丧至极的事情。她干脆像人一样斜倚着笼壁，看向巫真。巫真见她有这样的动作，显然也是一怔，但很快又反应过来，表情比起之前更加残忍无情。小雀不再看他，而是径自望向天空。

天上挂着一钩弯月。

巫真不能继续留在笼边了，他又一次恶狠狠地瞪了小雀一眼，而后才走到自己的位置上去。巫咸的双手终于从乾坤袖中伸了出来，手上抓着一个似乎是法器的东西。那东西盘根错节，犹如老树的根系。

小雀正暗自琢磨这法器又是什么样的一个厉害玩意儿，就听见远处的巫咸大声说了些什么，而后将这法器向上一丢。

小雀顿时感到身上一轻。最开始她以为是笼上这该死的禁制终于解开了，而后却发现并非如此。她依旧不能化作人形。她又向两旁探过去，才终于发觉了前面是什么让她身上一轻。

五灵。已经很久没有用五灵的法术，小雀都快忘记了这回事，但这是本能，是烙印在自己记忆深处的那些内容的一部分。

灵山上原本有一个包裹住整个灵山的每一寸花木的护障，这护障能够隔绝普通的五灵，若是进了它的范围之内，便只能使用妖力了。但现在这屏障却已经去除了。她还不能变回人形，但已经能够用木灵了。

想来如果自己现在化回人形，就能够使用久违了的流火和遁木了，还有若木花。小雀这样想着，却又突兀地听见外面站成一圈的灵山十巫隐隐约约地传来了说话声。

"这样真的没有问题么？"一听就知道是巫谢的声音，"若是那麻雀跑了，就不好了。"

"不过是区区一只麻雀罢了，巫谢你还是这么蠢，还这样多心。"巫罗冷笑一声，小雀在笼中听得极为清楚。

"我们十个人都在这里呢，就算其中有两三个不顶事的，区区一只麻雀也难逃脱吧？"巫真听上去很有些不耐烦，"你们说对吧？"

"对，对，对，那是当然。"其他几个人一脸笑容，只有巫罗背过脸去，似是不愿与他们同流合污。

巫真冷哼一声："蠢货。"

还有两炷香的时间。小雀看着月亮，用她日益敏锐的感觉判断了出来。等到还有半炷香就到子时的时候，他们就会打开笼门。她已经计划好了，她已经撑过了这么久，若是之后死了，那么可能会沦为千古笑柄。

待到十巫将笼门打开时，她就化成水雾，逃出去。若是被截下来，就变回人形。她已经能够使用五灵之力了，有三样宝贝在手，她定能够打过其中的一两人。这样就能够逃出去了！

她下定决心了。

还有半炷香时间就要到子时了。远处焚着一炷接一炷的香，现在还剩下半炷，其他的都已经化为了粉灰。

"开始吧。"巫咸说道。

他们的速度快得出奇，小雀甚至没能看清楚他们做了什么样的动作，拿了什么样的法器，念了什么样的咒语。但接下来她身边笼上的红色就慢慢地褪了下去。速度不算太快，但也不慢，待到这炷香烧完时，红色尽数褪去，笼门敞开。

小雀化为一团水雾——依旧是那种熟悉的感觉，全身上下格外轻快，最后融入空气之中。

"那麻雀呢？"一个极其诡异的声音问道。小雀没能听出究竟是谁。

一时间每个人都注意到了笼子中的怪异景象。他们都看见小雀消失了，然而却谁都没能注意到那片水雾。小雀一边这样颇为开心地想着，一边从笼中飘了出去，向上空飘去。

她飘了足足两炷香的时间，终于到了很高的空中。灵山十巫除非有上等本事，飞上空中，否则妖术等等应当就不能袭到她了。

小雀正这样想着，突然感到身上不知何处一凉。她向下看去，那枚匕首正向着巫真的方向坠下去。

"发现什么了么？"巫咸问道。

巫真查看着匕首："没有。"

小雀向前飘了很久，到了山顶的一片草地上，才终于又化成人形。她现在浮在草地的上方，脚踏云彩。

她踏着云向下看去。草地上立了一块牌子，上面刻着几个大字。

小雀低下头俯身去看。巫真的匕首伤得她不浅，就算毫不动作也疼痛得很，她却如同毫无知觉般地俯身，丝毫不担心牵动了伤口。

"南不成，北极果，去瘁果。"

这是刻在石牌上的字，是一句咒语，据传是第一个走了巫的路子的人发明的，然而后人已经看不懂了。

小雀嗤笑一声。

第二十四章　恨心切奋力得失

变强，小雀告诉自己。我要变强。

为了报仇。小雀又告诉自己。她摘下蒙住眼睛的黑布，环顾四周。洞内只有她一个人，四周一片寂静，之前作响的那些机关尽数寂静了下来。四周连一声鸟鸣都听不到。

也难怪。小雀把蒙眼黑布留在一旁的石桌上，向洞外走去。走到洞口的时候，她突然像是想起了什么似的，突然抬脚一跺，手上已是捏了一个火烛。她使了个诀，火烛亮了起来。她打了个呼哨，向前走去。

走了不知多久，四周依旧安静无比。小雀心下略微有些担心，但再想却又释然：这里毕竟是地底，深不知多少尺，听不见其他声音也是极为正常的事情。她靠着洞外通道的右侧，一步一步地慢慢向前走去，右手扶着通道壁侧，左手持着火烛。

她向前走了不过十余步，忽然听得背后有动静，连看都不看，右手便一抬，同时心中默念了一句无形的诀，那一星半点的烛火突然化作一道火龙，向她的背后袭去。

"不错，略有长进。"不出小雀的意料，没有被火龙袭中的声音，是一句轻飘飘的话语。

"师父。"小雀右手在烛火上轻按了一下，烛火熄灭，洞内陷入一片黑暗。黑暗之中，小雀对着面前之人行了个礼。她并不担心黑暗会阻碍对面之人的视线——来人一定早已看清楚了。

"好。"黑暗中小雀看见对方笑了笑，点了点头。

"师父……"小雀略一迟疑，点了点头，突兀地发问道，"你……究竟是何人？"

"吾乃合虚仙尊。"对面之人一袭黑衣，头发梳成极高的发髻，双眼直直地看向小雀。小雀被这样的眼神盯得背脊发冷，手不禁有些哆嗦。

"那么合虚仙尊……又是何人？"小雀大着胆子，又问道。不知为何，她这一次突然觉得自己略有些惊恐，但是此时若是想要收回自己的话，却又不怎么好。

"合虚仙尊，就是合虚仙尊。"合虚仙尊轻轻眯了眯眼，刹那间消失在小雀的面前。小雀俯下身拿起火烛，重又点燃。

二百年前她自灵山上从十巫的手中逃出，手中连一点银子都没有，直至沦落到在街头乞讨的地步。靠着一些人族多不曾知道的生僻法术，略微讨一点铜钱，勉强维持着生活。

直到之前的那个人出现。合虚仙尊说小雀是个"可造之材"，用法术蒙了她的眼，把她带上归墟上的仙山，授她法术，又把她留在地底。小雀已经在这地底待了二百年。合虚仙尊只是有时来看一看小雀的五行术所成，从不将她带出地底。

小雀略微皱眉，轻飘飘地一抬手，四周的通道上便变化出无数土灵兵戈，看上去倒是十分骇人。她心中暗念光明诀，右手食指轻抚火烛上跃动的光亮，转眼之间整个地底亮如白昼。

"又是这种东西？"小雀皱眉。在地底的前一百五十年，她只是每日练功。

地底充盈着土灵，间或掺杂着木灵和火灵。合虚不曾教过她金灵和水灵的诸多法术，地底下也练不成，只能每日练习前三种，一百五十年过去倒是有了不少进步。

但在后五十年内，地底下渐渐地出现了一种诡秘非常的生物。小雀从未看清过它们的样貌，都是隐藏在一团黑影下。小雀不知道这究竟是否如她所想，是合虚仙尊派来的，只知道这东西若是出现，只能尽早击退，否则格外棘手。

又是两只。小雀把手探入乾坤袖中，摸了摸藏在里面的流火。在这洞穴中能够使用流火和若木花，但遁木却毫无效果，想来和灵山一样，有什么特别的禁制，抑制了遁木这样特别的盾。

远处那两个虚虚实实的黑影探了过来，小雀皱了皱眉头，右手抓紧了藏在袖中的流火，一咬牙，流火自袖中抽出，在空中挽了一个花儿，轻轻地搭在地上，发出了沉闷的"啪"的一声。左手上小雀又打了个响指，一朵若木花在指间绽放。那并非九凤留给她的那朵若木花，而是她自己凝聚木灵得来的一朵，看上去鲜红得分外娇艳。

小雀笑了笑，手上的若木花开得愈发娇艳。两个黑影看起来却像是毫不畏惧一般，依旧直直地向前去。小雀看上去毫不在意，右手提起鞭子便向那两个黑影抽了过去，其中一个黑影一矮，躲过了这一击，另一个黑影却没能反应过来，被小雀正中半身，立刻便分成了两截。

这下棘手了。小雀皱了皱眉头。这种黑影每每被打中半身，就会分成两个，左右包抄，将她围住。小雀右手将流火舞了几下，向右边一个袭去，左手指尖上的若木花被她捏在了双指之间，向下一掷。若木花碰触到土地，生根发芽，霎时小雀的身边就开满了若木花。有了这一圈若木花阵，旁人就近不得小雀的身。

小雀皱了皱眉头。前面流火的那一击不曾落空，但那个小黑影看上去并没受什么伤，依旧向小雀凶猛地袭来。这小黑影看上去并没有那么聪明，当然也有可能是像屏蓬一样，分成了智力和蛮力两个部分，只不过分得更为彻底罢了。小雀看向左手边的那个黑影，它正在另一侧的若木花阵的边缘徘徊，一点一点地寻找破绽。

小雀自信这若木花阵密不可破，左边的那个黑影即便聪慧异常，一时半会儿也还威胁不到她。这样想着，她双手持鞭，向右手边又是一扯，勒住了黑影的不知何处。那只黑影挣扎了一会儿，突然没了动静，小雀又是狠狠一勒，隐隐约约听见了什么东西碎裂的声音。小雀猜测这或许是那黑影的骨骼，又或许是什么肌体之类。但见那黑影不动，大概真的是死了。小雀丢下那黑影，向另外两个方向看去，却发现早已是空荡荡的一片，什么也没有。

那些东西什么时候消失了？小雀心中奇怪，又一次环顾四周，却依旧是空荡荡的一片。难不成它们都退开了？不可能，这根本不可能。小雀和这些黑影斗了五十年，早已熟悉了它们的习惯，它们都不是什么会轻易退缩的东西。

那么怎么会这样？小雀下意识地向下看去，下面的若木花阵显而易见，一点都不像是受到了破坏的样子，完好无损。

那么究竟是……小雀心中略有些不敢相信，却还是向头顶看去。两团朦朦胧胧的黑影正紧紧地依附在小雀头顶的壁上。小雀也还是第一次与这东西挨得如此近，那两团黑影犹如死物，丝毫没有动静。小雀皱了皱眉头，心中很是慌张，但表面上看上去波澜不惊，一点受惊吓的样子也没有。

她对这种黑影很熟悉，但却从来没有离得这么近，也不知道这东西会不会捕捉到她的惊慌。

她不敢肆意妄为，不敢有什么大动作，只能将手隐藏在袖中，从袖中取出一颗飞蝗石来。这是她后来才学会的招数，学会已有两年半，却几乎不曾用过。用别的招数，无论是哪种，她总觉得容易让黑影注意到她，只有这一种方法，还能冒险一试。

来！小雀心中暗道，一咬牙，反手便将一颗飞蝗石掷出，刚好打到小黑影的头上来。大黑影不知为何，丝毫没有动静，小黑影却是直愣愣地掉了下来，坠在若木花阵中。

这若木花一直都能挡住黑影，是因为若木花的特性。若木花是阳性之花，这黑影却是极阴冷之物，自然会被若木花所阻拦。此时黑影在若木花阵中不断地挣扎翻滚，看起来痛苦至极。这只小黑影比起与它一脉同宗的另一个黑影而言，实力十分不济。小雀看着那小黑影挣扎了一会儿，很快便死在了这若木花阵中。

现在只余下一只大黑影了。小雀心道，一边这样想着一边又捏了一颗飞蝗石，朝着那大黑影打去。大黑影本来依附在洞顶上就十分勉强，现在被这样打了一下，立刻便跌落到了若木花阵中。

这只黑影果然不负它的大小，看上去魁梧雄壮，虽说被打到了若木花阵中，却依旧半点威风不减，很快又爬了起来。

"你这样威风，又有何用呢？"小雀嘶哑着嗓子问道。偌大的地底，除了偶尔才会来一趟的合虚仙尊，就只有她一个人了。她渐渐养成了和这些黑影，甚至是和自己说话的习惯。但嗓子依旧因常常不用，嘶哑得厉害。

"还不是……"小雀的话说到这里却突兀地断掉，若是有人在此可能会诧异，可能会担心她出了什么事，但接下来，在火烛悠悠的大片光亮之中，小雀甩起手上的流火，恶狠狠地向黑影抽去。黑影想要闪避，却只是枉然，流火抽在它的身体之上，流出婉转的一道黑血，在若木花阵里"嘶嘶"地发出宛若烈火灼烤的声音，最终消失得无影无踪了。

小雀皱了皱眉头，看上去只是单纯地嫌恶这道黑色蜿蜒的血迹。她又狠狠地抽下一鞭。啪！声音清脆，又是一道黑色蜿蜒的血迹流入若木花阵中，看得人格外心惊。若是再倒退五十年她或许还会于心不忍，但现在她早就不是那时候的小雀了，这种东西只不过是敌人罢了。她这样想着，丝毫不迟疑地又是第三鞭下去。

黑影发出阵阵哀嚎。这是小雀第一次听见黑影发声，或许真的是不堪重负了。小雀摇了摇头，抬手将第四鞭抽下去。

"你究竟是什么？"小雀喃喃地问道。黑影没有回答，想来也不大可能有什么回答。没有听见回答，小雀略微有些失望，又是一鞭抽下。黑影的哀嚎愈发微弱了起来，听上去让人有些于心不忍，但小雀丝毫不在意。

第六鞭抽下，小雀拍拍双手，站起身来。黑影小声地呜咽了片刻，终于停滞不动了。小雀摇了摇头，从地上掂起一朵若木花。霎时整个若木花阵，连带着上面的黑影残留的部分，尽数消失不见。

"走了。"小雀心情颇好，左手手指轻旋，若木花消失不见，又一次融入了此地的木灵之中。她重新拿起前面被搁置在一旁的火烛，向自己平日里练习五行术的洞穴走去。

洞口和她离开之前毫无区别，依旧是一片死气沉沉的样子——毕竟洞内连盏亮着的火烛都没有，极其沉闷。小雀默念了一个光明诀，照亮了前路，向洞内走去。

洞内和她刚刚离开时毫无不同，那块用来遮眼的黑布还被甩在桌子上。小雀将整只手笼罩在烛火上，烛火骤然变亮，光芒充盈了整个房间。小雀在一旁的石凳上坐下，却并不急着回去练五行术，而是手上翻来覆去地玩着那块看上去乏味至极的黑布。

今天怎么会这样呢？小雀问自己。这的确是她不小心，先是使得一只黑影一分为二，又让那两只黑影遁藏在了自己的头顶。

或许是因为自己有一段时间不曾出去对付这些东西了。小雀这样想着，心中对自己略微有些不满。

以后还是要多防范些！小雀这样想着，拿起手上的黑布，便要再次蒙上眼睛，却不知什么原因，思索片刻，又把黑布重新丢到了桌上。

今天合虚仙尊为何会出现呢？她突然想到了这个问题。地底没有日月轮转，在地底过了几年全凭她一个人推算。合虚仙尊应当是每逢初一和十五才会来此，但此次十五时合虚仙尊却未曾来此，一直拖延到此日——二十一日，才来到此地，晚了足足六日。

或许是有什么事情耽搁了吧，小雀这样想道。到现在她都不知合虚仙尊是何方神圣，但可以想象一定不是什么普通人物，不然也不可能会这些极其艰难高深的五行术。但若是真的要论天下人物，她却又从未听过此人名号，究竟是何方神圣，小雀也不得而知。

小雀又一次皱了皱眉头，决定还是不要将时间浪费在琢磨这些事情上。她重又拿起黑布，蒙住双眼，飞起一颗飞蝗石，正中一道机关，霎时万箭齐发，飞沙走石。

小雀俯下身去，再度用机关练习起来。

究竟在这里待了多少时日呢？小雀常常问这个问题，却从未知道过明确的答案。在洞底的二百年来她一直在算时日，却不知道自己算得对错。

但她变强了，这点她十分清楚。三年前在那座荒山上，小雀总是一招便败在合虚仙尊手下，现在却也能过上十五六招了。合虚仙尊在十分高兴的时候也曾透过些许口风，说以她的能力，现在天下除了名列凌云阁的那些神族以外，其他神族想来都不是她的对手。

这样，我就能报仇了。小雀有时候会十分兴奋地这样想。

不，不行。下一个瞬间她的想法就被无情地击碎。她不止要向灵山十巫、蜮和肥遗报仇，她还要向西王母报仇。是她毁了她本来应当在玉山上作为王母喜爱的丫头的生活，使得她徒留伤痛千丈。但王母名列凌云阁前五，怎么可能是她轻而易举便能击败的？

"你要走吗？"每一次合虚仙尊问出这个问题时，小雀都会先下意识地点点头，再坚定地摇头。

"不，我不离开，此时离开，我恨不得成，我仇不得报。"小雀摇摇头。

合虚仙尊像是笑了，又像是不快气愤，没有回话，转身离开，留下小雀一人在这黑暗的地底、幽深的洞穴之中。这三年以来这只火烛从未变短过，从来都是这般长，像是永远也燃不尽。

你出去吗？

我不出去。

小雀汇聚木灵，打了个响指，穴壁中开出一朵极为娇艳的凤凰花来。小雀伸出手指，轻柔抚摸花瓣。

多年以来，这花的花瓣居然从未变过。小雀笑了笑，心中对自己说道。她撤回木灵，凤凰花瞬间衰败、枯萎、化成一团木灵消散在四周。

虽说强大，但小雀现在却不是以木灵最长。在合虚仙尊的教导下，她的火灵已经强大到令旁人不敢直视的地步。

合虚仙尊说她的心里藏着一团火，向外挥去，源源不断化作火灵。小雀明白那是什么。那是渴望，对复仇的渴望，带动她身外的火灵，绵延万里，源源不断。

她自幼学习木灵，今日却以火灵为最长。火能烧万物，毁万物而使其化为灰。但正是这灰，却又萌生万物。她喜欢火，火是始，亦是终。

我要终了，小雀告诉自己。我要终了。待到我学成出去的那日，我定要将一切曾经使我屈辱、使我难堪、使我遍体鳞伤的事物尽数消灭。

等到那时候，我又能重生。每每想到这里的时候，她总会笑起来。

第二十五章　合虚名丹红赠人

出去。

小雀站在久违的阳光下，眯着眼睛快乐地看着四周的景象。她重又被带回之前合虚仙尊向她传授五行术的那座山上了。二百年不曾来到这里，一花一叶，一木一石，看上去陌生却又亲切。

"师父。"她向合虚仙尊作个揖，恭敬谦逊。

合虚还是没有说话，笑着颔首，看着小雀的双眼。小雀随即向合虚仙尊的双眼望去，里面是一片深邃，看不到尽头。至今她依旧不知合虚仙尊是何等身份。这人永远如同笼罩着一团迷雾，虽说熟悉，却又依旧陌生。

"师傅……"小雀突然笑了，左手手指轻轻一搓，一朵火苗绽放出来，随之化作一柄长剑，架在合虚仙尊的脖子上。与此同时，小雀右手打了个响指，藤蔓自地底破土而出，缠绕住了合虚仙尊的脖颈。小雀只要手上再做一个手势，略微一发力，藤蔓就会绞紧。

"你……究竟是何人？"两百年前在地底便有过一模一样的问话，两百年之后在这山顶再度重演。小雀的声音却是与之前一样发颤。她毫不怀疑合虚现在只需轻轻地抬手抚上火灵凝聚而成的刀剑，火灵就会化入四周的虚无之中。甚至若是合虚现在随意一眨眼，绞着他脖颈的藤蔓也会立刻枯萎。

但合虚丝毫没有动。他摇了摇头，像是在最后一次抑制这个被他压抑了不知多久的秘密一般，而后又抿了抿嘴，才道："吾乃合虚仙尊，盘古大帝之胞弟。"

小雀脑中如同有什么光芒点亮，她终于明白合虚仙尊这个名字为何如此熟悉了！

盘古大帝之胞弟！盘古大帝劈开天地，造就现在的世间，他的胞弟从未在世人面前出现，却有种种传说。有人说他与盘古大帝同日而生，劈开天地有他一半功劳；有人说他也自混沌之中生出，却毫无神力，盘古大帝不愿承认此人存在，因而从不提起；还有人说他是盘古大帝自混沌中取清气创造而成……传说无数，但传说的中心从未出现，这些传说是真是假，也就不得而知了。

盘古大帝撑开天地，为天地万物繁荣极尽劳累，仙逝后身躯融入普天大地，据说合虚仙尊在那时曾经出现过，收拾了盘古大帝的遗物，从此不知所踪。

这名字对于小雀而言，自然是再熟悉不过了。可合虚仙尊从来都只是传说之中的人物，怎么可能随意地出现在她面前？

是不是有人借合虚之名？小雀也的确如此想过，但很快却又觉得绝不可能。此人五行术高深莫测，她现在已经有把握在西王母手下走近六十回合，但在合虚仙尊的手下还不曾有一次走过十个回合，这还是合虚故意有所让步。凌云阁前五之间互相差距便有天壤之别，但凌云阁前五皆是神族极著名之人，各有各的事务，谁有这闲情逸致来这里假扮合虚仙尊？

这样看来，恐怕是真的。小雀这样想着，心中却还是有所怀疑。

"你相信么？"合虚突然又开口问道。

"半信半疑。"小雀略微挣扎，最终还是如实相告。

"你若不信，便随我来。"合虚仙尊看了看小雀，说道。话音刚落，他便平地而起，在空中悠悠三尺高处站住。

这是腾空术，这种法术只存在于修炼得高深的神族，只要神力足够，四周的五灵充沛，便是能够在空中肆意行走的。小雀知道妖族也有类似的术法，灵山十巫就曾施展过，只是她至今都不知妖族如何施展这种术法。

小雀怔了片刻，但很快便又反应了过来，也施展了一个腾空术，调用四周五灵，随着合虚仙尊在虚空之中行走了起来。

行了约摸半个时辰，小雀只见四周的景象一直变化，却总不见合虚仙尊停下脚步，她虽说心下里有些疑惑，但还是一路跟随。

直到过了一个时辰，合虚仙尊才停下脚步。小雀本想发问，合虚仙尊却做了一个噤声的动作，又不知道使了一个什么诀，面前突然出现了一个洞穴。想来这洞穴原本就在这里，合虚可能下过什么禁制，把这洞穴隐藏了起来。

"进去。"合虚仙尊道。他的声音刻意用术法压得极低，小雀也是用了神力才听见。

"师父，您先请。"小雀学着合虚仙尊用术法把声音压低，却又反手说了这样一句。

"好。"合虚仙尊也不推辞，率先走了进去。小雀紧跟其后，因为怕有什么暗藏的机关，所以一步步都学着合虚仙尊的样子向前。

小雀突然想起了一个问题："说起来，为何要噤声？"

合虚仙尊没有立即回答，而是又向前走了一段路，才再度开口："这洞中封着长兄的两件遗物。"

"盘古大帝的遗物？"盘古大帝是否曾留过遗物？留过什么遗物？一直是传说中大家津津乐道的话题，但是，现在真正要看到盘古大帝的遗物，她心中却莫名感到有些玄。

"长兄的遗物究竟是什么，你很快就会知道了。"两人经过一扇门，合虚仙尊在心中不知默念了什么，那扇门很快便打开了。小雀点点头，没有再追问下去。合虚仙尊此人深不可测，现在带她来此处，一定是有什么原因。小雀不敢多想，一路无语，只是随着合虚仙尊的脚步向前。

"就是这里。"合虚仙尊最终小声念了一长串极其复杂的咒语，打开了一扇绕着铁链的石门。

小雀心中略微有些激动，不知里面有些什么，尽管立刻想要走进门后的石室，但还是"恭恭敬敬"地等着合虚仙尊先进去，才随后将石门关上，一并走了进去。

石室之内空荡荡的，只有中间的石台上放着一把巨斧，长近三十尺，不知多重，但小雀自己在心中估量了一下，别说三个自己了，就算五个自己，或许都抬不起来。

还有一样？小雀想起合虚仙尊曾说过盘古大帝留下了两件遗物，这巨斧是第一件，那么第二件？

她环顾四周，却没看见合虚仙尊口中"第二件"的踪影，想来大概是被收起来了！可是这石室已经够隐秘，为何还要再藏？

"这是当年长兄开天辟地的巨斧，奇沉无比，若是不曾练习五行术的人族来扛，怕是有多少人也扛不起来。就连我，也要使出十分的力气，再使几个术法，才能提起。"合虚仙尊叹了口气，"我果然是远不如长兄，想当年他可是能单手将这巨斧舞得虎虎生风的。"

想起盘古大帝的种种传说，小雀居然也禁不住叹了口气，可随之她又想起了什么似的，问道："第二件遗物呢？"

合虚仙尊突然一拳打在身旁的墙上，小雀本来以为是情绪使然，但随之传出一阵"吱呀"声，显然是什么机关开启了。小雀下意识地看向声音传来之处，墙上不知何时缓缓出现一个壁笼，里面放着一个红色的小瓶，只有装丹药的瓶子大小。

"丹红瓶。"合虚仙尊道，"这是当年长兄留下的第二件遗物，混沌之中极凶煞的戾气，就封印在此。"

小雀没有接话。此刻她根本不知说什么好：让她看盘古大帝的这两件遗物，究竟有什么用意？

"这样东西，是要赠给你的。"合虚仙尊的语气，听上去居然很有些忐忑。

"赠给我？"小雀诧异，盘古大帝留下的遗物，那自然是珍贵异常，本来就只有两件，为何居然还要赠我一件，"为什么？"

合虚仙尊摇了摇头，显然不准备再多说些什么，只是道："你把它拿下来。"

或许有什么机关吧？小雀这样想，伸出的手便犹疑了一下，不过很快，她又想到：若是真的有什么机关，她大概也能够对付。机关再复杂再难缠，也没有凌云阁榜上有名的神族难缠。

但没有机关。顺利地将丹红瓶拿在手上的时候，小雀还有些不敢相信。几乎是下意识的，小雀回头看向合虚仙尊，对方的脸上居然满是踌躇。小雀把丹红瓶在手中拿稳，几乎是下意识地便要打开瓶子。

原本一直沉默着的合虚仙尊终于开口："这丹红瓶不能打开。"

"为何？"小雀问道。

"当年长兄将此瓶交给我时也是这样说的，我不信，在长兄死后打开了一次，天下果然大乱。"

小雀听得一头雾水，如坠云端。盘古大帝的时代距离她不知有多久，历史逐渐模糊，许多事情已经深埋尘埃之中："什么大乱？"

"天裂！女娲长尊炼五色石以补天。"合虚仙尊看起来格外平淡，但小雀却是心中一惊。女娲长尊在伏羲长尊死后造石补天，可谓丰功伟绩，但却在补天后不久便从尘世中隐去，至今凌云阁上的首位依旧是女娲长尊，但她本人已经不知多久不曾现于世上了。

"女娲长尊补天后，我在她的协助下，终于将戾气收回丹红瓶中，不久她便隐世了。"

小雀听得心惊，一时间说不出话来。合虚在这里不过是简简单单的一句话，谁知道中间还有多少隐情。但小雀不想知道。

"为何要赠我此物？"小雀看向合虚，极为严肃地问道。这种东西怎么可能是随意送给她的呢？其中一定有什么图谋。

"你以后，或许会需要。"

"需要？"小雀下意识地脱口而出，"什么需要？"

合虚没有立刻回答她的问题，看上去有些惆怅："长兄的两件遗物在这里已经不知道封存了多久了，长兄的巨斧世上除我与女娲长尊之外已经无人能凭一己之力举起了，我与女娲长尊都无意出世，这样一来，遗物或许再也没有机会再现天日了。可是丹红瓶不一样，就算不留下名气，这样东西也应当在世上再现。"

小雀不知该怎样接话，一时间陷入沉默。

"你是我合虚收过的唯一一个徒弟，还不知会不会有下一个，这丹红瓶只有赠予你，或许还有重见天日的时候。"

说完这句话，合虚仙尊轻轻地一振袖，接下来便消失不见。小雀的手中还拿着丹红瓶，站在放置着盘古巨斧的石室之内，沉浸在诧异中。

半晌，她才终于醒过神儿来，再度环顾四周，如同释放出了之前积压在心头的紧迫感，看向来时的路。她依稀记得来时将石门关紧了，然而此时石门却是洞开着的。小雀手上拿紧了丹红瓶，向外走去。一路上所有的门都是洞开着的，想来合虚仙尊已经解开了所有的禁制。

站在洞口之外，小雀抬头看向清朗的蓝天白云，格外爽朗，却又仿佛前途未卜。

第二十五章　合虚名丹红赠人

小雀伸出攥着丹红瓶的手，仔细端详被她紧紧攥着的丹红瓶。那是一个用红色玉石制成的小瓶，瓶身上有一道很明显的裂痕。

这里面装着的，就是能够惊动天地的戾气么？小雀这样想着，不禁有些出神。自己……会有用到它的时刻吗？

不管怎样，先收起来吧。小雀清楚地知道这件东西的分量有多重。她丝毫不怀疑它的真实性，斟酌片刻，伸出左手凝聚火灵，将丹红瓶通体笼罩起来。

这样重要的东西，如若是在自己的手上出了失误，那简直就是不堪想象的事情。合虚仙尊提到的女娲长尊补天之事还在她的脑海中萦绕不去。当时可是有女娲长尊的全力挽救，才好不容易将戾气封回了瓶中。女娲长尊避世已久，合虚仙尊不知在何方。若是在她手里使得丹红瓶被打开，那样她百死也难赎罪责。

这种东西，还是先收好吧。小雀告诉自己，随后将丹红瓶笼回袖中。

第二十六章　红漫天鬼山不复

灵山。小雀站在几十丈高的浮空，俯瞰着这座鬼气森森的山，竟觉得有些怀念。

二百年了。

二百年前她被灵山上的禁制禁锢，以麻雀和人两种形态交错着在这里生活了很久，还意外地获得了很有些意思的体质。后来趁着禁制开启逃离了这里，就再也没有回来过。

二百年过去了，灵山上的一切，有变化吗？灵山十巫是不是依旧聚在靡顿的大殿里饮酒作乐？巫姑是不是还一个人坐在角落画着最新的机关，或是站在殿外独自欣赏着携带剧毒的丁香花？巫真是不是还和另外几个小辈一起服着药，半倚着小榻小声地聊天？他们有没有捉一只新的麻雀来代替自己，再度尝试炼制百毒心？

如若此时此刻下去，进到灵山之中，他们还会认得她吗？或许不会了。当年她从未以人形在十巫面前出现过，现在她又已经不是二百年前那个抬手只能拽起几根藤蔓的孩子了。如今的她就算不用最为擅长的火灵，也能够用木灵轻易地将许多天下著名的人族与神族击倒。她翻手就能召起一片树林，几次抚摸便能够使枯萎的千年古树绽放出嫩绿色的枝条来。

我该怎样复仇呢？小雀懒洋洋地半躺在空中，轻佻地看着下方的灵山。若是简简单单一两下连反击的机会都不给他们，就将灵山十巫击杀，未免有些太草率了。

我该怎样复仇呢？小雀想着。或许我可以先装作十分弱小的样子，让他们先打自己一阵，然后自己再用木灵将他们一个一个慢慢杀死，然后放火烧尽灵山，将这个使她屈辱不幸的地方尽数焚烧。

小雀自己都没有意识到自己居然在笑。她有多久没有笑过了呢？小雀问自己。上次幸福地发自内心的笑，还是在大荒的时候。

大荒……说到大荒，她的眼眶不觉红了。那的确是她最快乐的一百五十年。什么都不用想，什么都没有背负，无论是以"琼林"之名在大荒打劫，还是后来用自己"小雀"的名字，在大荒之内开一家酒馆，都是格外愉快的回忆。

夔，这个名字在小雀的脑海中已经有很久不曾被提起了，那是一段最为美好的记忆，后来却变成了最不堪回首的记忆，随着各自分散而被逐渐淡化。

小雀狠狠摇头，将这段回忆抛诸脑后，站起身来，拍拍衣袂上实际上并不存在的尘土，向灵山的方向缓缓降下去。

血腥味。小雀闻到了一股如同金灵朽败的气味，不禁皱紧了眉头。既然是灵山十巫，那么无论是什么事情都不大会让人感到惊讶，但尽管如此，小雀心中却依旧有些慌张。直觉告诉她一定是有什么极其糟糕的事情发生了。

下去看看。几乎丝毫没有费力，小雀就将灵山十巫下的禁制破开了。禁制和二百年前一样，丝毫没有改变。

小雀稳稳地站在了灵山的土地上。灵山她自然是熟悉非常，这一降，刚好是降落在了灵山十巫当年常常聚会的主殿前。她下意识地向主殿的台阶上瞟了一眼，仅是这一瞟，便使得小雀差点将手上拿着的流火丢到地上。

怎么会这样？台阶上沾满了血迹。那完全不可能是一点暴行就能够遗留下来的。灵山主殿门口的台阶宽宏大气，长近百步，达两人之高。就算将一个人的血全部抽干，也不够沾满这台阶。可现在台阶上满目猩红，不是人血又是什么？

小雀顾不上思索更多，站起来向殿中跑去。

真正站在主殿门口时，她整个人惊恐万分，手中的流火立刻掉在了地上。大殿之中地板上血迹未干，巫咸歪倒在中央的主座上，胸口还插着一把短匕，血液在背后的主座上肆意喷溅。

小雀转头向下看去。主座的一旁面朝下倒着巫彭，看上去没有受什么很重的伤，只有嘴角泌出一丝鲜血。小雀知道这是被术法所伤而死，看上去不过暂时没了意识，实际上却早就没有了生机。不远处巫即和巫抵靠在一起，无力地垂着头。那两人究竟是怎样死的？小雀丝毫都不愿知晓，只觉得胸口闷得厉害。灵山十巫之中小雀还是颇为喜欢巫即的，巫即脾气不错，和巫姑一样从来没有将她当作炼制百毒心的材料来看待。

这里究竟发生了什么样的事情？小雀也已经颇有些猜测了，但她不急着想，又向一旁看去。巫盼倒在一旁，似乎是被一击毙命的；巫罗死前似乎还负隅抵抗了好一会儿，最终却还是死在了那里；巫真倚靠着柱子坐在那里，手臂仍搭在膝盖上，手上抓着一个小瓶。

小雀终于反应了过来：巫姑呢？那个总是在一旁安静地看着、会在寒冷的冬天里站在殿外、手里拿着一支丁香和她安静地独自叙述半晌的巫姑呢？那个会像是看破了什么又像是什么都没有看穿的巫姑呢？那个会在她危难之前提醒她，却最终也没有伸出援手的巫姑呢？

小雀在大殿之内兜兜转转了好几圈，终于在当年某一个悠闲的午后巫姑俯身在桌案上画机关的那个角落，找到了巫姑。在巫姑前面不远处倒着巫礼，两人从小一起长大感情深厚这点众所周知，巫礼想来还是护了巫姑几下，最终却依旧倒在了不知道谁的剑下。

巫姑也死了。小雀俯下身去看了看他歪倒在一旁的尸体。巫姑和生前的样子几乎毫无不同，依旧是那张雌雄莫辨的脸，看上去很平静，就像是早就知道这一天会到来似的。他看上去平静祥和，仿佛很快又能睁开眼睛坐起来。

不会坐起来了！小雀这样想着，转身向外走去。些许时候，她还浮在半空中，想着怎样一点一点地复仇才好，但现在，此时此刻，她面前却是人间地狱。

走吧。小雀这样想，却听见背后有人微弱地叫道："不要……走……救我……"

小雀回头，发现之前低着头靠在柱边的巫真抬起头来，气息微弱，但眼睛如星辰般明亮。救巫真么？小雀在心里问道。

"救……我……"

小雀转头走出大殿。灵山上草木葱茏，小雀左手抬起，凝聚一团火灵，点起火苗，将灵山点燃。

走了。

大荒东部。

我究竟多久没有来这里了呢？小雀暗自问自己。眼前的景象极其陌生，已经不是她当年待了一百五十年的那个大荒了。繁荣、苍茂，是现在的大荒。

小雀花了不少时间才终于打探到了蜮的消息。蜮早已金盆洗手，不再抢劫，而是去当了一名商人，现在家财无数，但为人极其低调，很少行什么容易让人注意之事，很少引人注意。

想来是怕我或者夔来寻仇吧，小雀这样想着。打探到了蜮的家府所在，立刻便赶了过去。

"你还记得我吗？"小雀看着面前穿着一身锦衣华服的蜮，问道。

"琼……林？"螈听上去略微有些惊慌，却依旧强压着故作镇静。

"不，是小雀。"小雀露出一个甜美的笑容，回答道。她一边笑着一边暗自将右手轻轻笼入乾坤袖中。螈脸色煞白。当年与小雀一同在大荒打劫的那些妖族都十分熟悉小雀。她倘若如此，那么八成是要抽流火出来了。

"怎样？"小雀又问道，"我想你可能记错了什么人。"

"大概，大概……"螈看上去很有些惊恐，小声道。

"你可能是真的记错人了，可是我没有呢。"小雀笑道，右手将流火抽出来，攥在手里，"螈，在大荒的一百五十年，你难道忘得一干二净了吗？"

螈脸色煞白，竟一个字也说不出来。小雀冷笑一声，手上提着流火，一步步逼近螈。

"你……"

"我那大好的一百五十年，可是间接葬送在你的手里的。"小雀笑道。

"你……你应当去追责的，应该是那四国的国君、将士！"螈终于失声道。

"他们都死了。有的是死在了漫漫历史长河之中，还有些——尤其是当年拼命要杀我们的那些将士，都死了，死在了我的手下。"小雀又笑，看上去笑得格外开心。

"你……你！"螈眼神惊恐。他跳了起来，手忙脚乱地向窗户的方向奔去。慌忙之间他甚至都忘了自己还是妖族的事实。

"对啊，是我。"小雀温柔地回答道，左手暗藏一颗飞蝗石，直愣愣地打在了螈的右眼上。螈惨叫一声，倒在地上，双手捂住右眼。小雀看见了螈的眼中流下一道细细的血迹，想来他的右眼从此大概是废了。

"你……几百年前的事情了，你为何现在才想起来要报仇？"螈惊慌地问道。

"当年还太早，我还不够强，杀你太费力。我花了很多年，将力量这样一点、一点地累积起来，现在终于变强了。"小雀道，说话语气淡然，仿佛只不过是在闲谈几句毫不要紧的事情罢了，"说起来，你还记得自己是妖族吗？妖族的术法，你该不会都忘了吧？"小雀手上又是一颗飞蝗石弹出，正中蝛的额头正中间，又是一丝血迹流下。

"你究竟……想要干什么？"蝛小声道。他不想惨叫出声，因而一直忍着，此时只能用很微弱的声音问。

"你看，这个宅子很大吧？"小雀笑了笑，略一停顿，紧接着又问道，"宅子很大，仆役也很多吧？你难道就没有想过，为什么你叫了这么久，却没有一个人来？"

蝛全身的血霎时涌上头脸，下一秒却又褪得干干净净。

"那是因为，我花了点功夫，让这个宅子消失。你现在要是推门出去，就再也找不到这个地方了。我想，你的仆役们现在正在满大街地寻找你的宅子吧。"小雀笑了笑，"这可是当年我们很多人花费无数时间都想要达成、却无法达成的目的，我现在轻而易举地就达成了。"

"你……究竟经历了什么……？"蝛的声音颤抖。当年的小雀他还印象深刻，虽说也很强，但就算经历几百年，也不太可能到达现在的程度。隐藏据点，那是大荒的众人花费了不知多久都未曾做到的事情，现在却被小雀一个人做到了。

"我？"小雀笑了笑，"我经历了你难以想象的事情。"她没有正面回答蝛的问题，只是这样侧面回答了一句，而后就又不说话了。

"我以前曾经很想问你的过去，你以前究竟是什么人——我是指在被我拾到之前。当然现在我也有些好奇，但是我不想问了。现在的我丝毫都不需要这些，过去的我其实也不需要。"

"现在的我，只想复仇！"话音未落，小雀左手在流火上一抹，一丝血迹

222

沁下来，流入了流火的鞭身中。流火瞬间闪耀出了极其美丽的光芒——流火，这个词语的本意，就是天上坠落之星，自然是十二万分的流转美艳。蜮感到眼前晃起来——小雀究竟变成了什么样？周身气势，和当年已经是天差地别了！

"你今天……出不去了！"小雀笑了几声，听上去居然很是愉快，提起流火，依旧是往常惯用的起手式，在手上挽了个花儿，接下来便向蜮抽去。蜮下意识地抬手要挡，但流火的威力怎可能是随意就能挡住的。手臂一阵抽痛，蜮低头去看，手臂前半段竟已经绵软无力地垂了下来，显然是被流火打断了。

"嘶——"他倒吸一口冷气，转身向外爬去。这座宅子他熟悉得很，门离这里有些距离，他估计是来不及活着出去了，但尽管这样总归也是要尝试一下。

另外一鞭。蜮明白小雀是动了杀机，他已经不可能活着出去了，只能拖延片刻的时间。他向旁边一翻滚，躲开了小雀的下一鞭。

"不错！"小雀听上去略微有些讶异，但很快却又调整了过来，"不过你还能够支撑多久呢？"

又一鞭下去。这次正中蜮的右肩。小雀清楚地听见了骨头的碎裂声。蜮闷哼一声，用左手撑着，想要站起。小雀一鞭子扫向蜮的腿，刚好扫到了蜮的腿弯，蜮重重地跪了下来。

"啊！"蜮哀嚎一声。这一跪太过突兀，使得他一边的髌骨霎时碎成了齑（jī）粉。一腿一臂不能用，他现在是真的无法站起来了。

"有时候我也很好奇……"小雀手上虚捏了一颗飞蝗石，显然却并不急着将这颗飞蝗石打出去，只是用手指把这颗石子弹起来，又落下去，再弹起来，"当年，你究竟在想些什么呢？"

"什……么？"蜮问道。

"当年，聚集我们的人，去做那些市侩的事情——你究竟是怎么想的？"

"我！我——"蜮声嘶力竭，说到这里却又停了下来。一阵沉默："我也不知道。"

对啊。自己当初究竟是怎样想的？蜮企图努力思考，却怎么也想不起来了。最开始的动机或许真的很单纯，大概也只不过是看着他们和睦，觉得自己简直犹如异类一般吧。

他尝试了很多方法来吸引那些人，不知不觉中居然很有些成效。他再也没有注意过当初把他带回来的小雀，不大和除了小雀以外的人交流的夔，神龙见首不见尾拒人于千里之外的甘华和那个木讷至极、只懂得算账的甘柤。

那些人成了他受欢迎的牺牲品，一半以上的人都选择了跟随他。

但为什么呢？如果一开始是顺理成章的话，后来又是为什么呢？他慢慢地记不真切了。借着小雀"琼林"的名号，杀人放火、打家劫舍、明火执仗，那些久远的记忆，那些令人有些发指的暴行，真的是他亲手做出的吗？

为什么？究竟为什么呢？蜮真的记不真切了。为什么之后会带着那些人去打家劫舍呢？为什么后来又会带走那些人，害得剩下的那些妖族在最后一战中几乎全军覆没呢？

为什么？他的力量不下于甘华，最后一战的时候，他就在一旁的林子里，为什么没有跳出来帮助他们呢？

倘若自己当时出来帮一把，是不是就不至于这样了？是不是就会少几个妖族被害死？

倘若——

蜮没能再想下去。在那一瞬间他的思维终于断掉了，留下来的只有一具空荡荡的壳子。

"就这样死了？"小雀"啧"了一声，用脚尖踹了踹蜮的尸体，"我也该走了。"

她左手聚起一个火花，本想把这里也一并点燃，斟酌片刻之后终究没有如此，又把火花收了回去。她招了招手，推开门走了出去。走出去两步之后，她又转头往回看了看，宅子已经再度出现在了路边。

这个时候所有的仆役都跑远了，但很快就会有人来了。那时候想来他们就会发现这座宅子了吧。

下一处……去哪里好呢？

第二十七章　见人否秋风一夕

昆仑山。

有多久没有来过这里了呢？小雀小声地问自己。当年被好心的说书人指引上山，当了两百年的宫婢，满心欢喜，以为自己能够找到不知是何许人也、也不知身处何方的母亲的消息，不料却是自己多灾多难的开始。

将近千年过去了，当年昆仑山上的人们可能早已忘了那个小宫婢——不，大概是从未记住过。那两个处罚她的宫婢是否还活着，就算依旧在世，就算依旧在昆仑山上做着一板一眼从未改变的宫婢事务，大概也已经记不得当年那个被打了三十大板后赶下昆仑山的小宫婢。那个喊着"寻母"、跌跌撞撞走下山的小宫婢，那个神色奇怪、名唤"寻暮"的小宫婢，那个心心念念这份位置、最后都依旧喊着"我不能离开这里"的小宫婢！那个小宫婢只不过是她们七日之内茶余饭后的谈资罢了，不值一提。

我……要去找谁呢？当年的记忆虽然屈辱，是终生不能够忘却的记忆，但不少细节早已淡入世俗的尘埃之中，被彻底忘却了。

对！小雀终于想起来了那个她在记忆当中苦苦寻找的身影！当年的那个女子！当年她被人陷害，被人隐瞒，她去找那个掌握着她们这些底层宫婢的生杀大权的女子。女子答应她，不将她赶下山，留她在这山上，继续日复一日地完成那些不值一提的小事。

小雀依旧记得当年的这些琐碎的小事，她的每一个想法，不知是不是因为整件事太令人伤感，居然还记得一清二楚。当年女子答应了她之后，她是多么高兴啊！她以为自己无论如何总算是保住了这个岌岌可危的位置。只要她还在这里，她就仍然有希望。

然而她还是被逐下了山。当年的她多么幼稚，专程去那位女子的宫殿找她，想要再度向她哀求。可女子连见都没有见她！

在当年的他们看来，我是多么微不足道啊！小雀想到这里，站在上山的小径前，居然笑出了声。在当年的他们看来，多一个我，少一个我，有什么区别呢？不过是一个聊胜于无的小宫婢罢了！

甚至，连她下天柜山之后结交的第一个朋友，那个叫数斯的姑娘，他们都赶走了。在她被逐下山的前一天，数斯也一样被打了三十大板，也被赶下了山。在昆仑山上来来往往的神族看来，她、数斯、任何一个宫婢，都只不过是一个无用的东西罢了！

但我回来了！看，我现在变得强大了，再也不是被三十大板就打得濒死的那个小姑娘了！我现在比你们当中的绝大多数人都要强！你们应当害怕我，应当在看见我的时候纷纷避让，就像我当年避让你们一样。小雀哈哈大笑，看着那条上山的小径。

她没有走平日里神族来来往往的那条大道，而是从旁边的树林中一路翻越，在禁制上用火灵轻而易举地灼烧出一个大洞，一探身便进了昆仑山的地界之内。

看，你们本以为能够挡住一切魑魅魍魉的禁制，我这样轻而易举地就进来了！小雀懒得多走，使了一个浮空术，径直上到了后山的半山腰上。

小雀看着面前的环境，突然感觉很有些亲切。半山腰一贯都是那些宫婢住的地方。在昆仑山上的两百年，她就是住在后山半山腰极为偏僻的一座小房子里，与其他一些和她差不多的人族小姑娘。两百年的时间其实并没有那么漫长，就好像是一晃眼，所有能够过去的事情，就都过去了。

当年没有被赶出去的那些宫婢，那些和她曾经一同度过了两百年的宫婢，还留下多少？又有多少人被赶了出去？余下的那些，是不是已经是非常老资历的宫婢？是不是已经搬进了最中间的那栋房子？

她不着急。于是她向前走了几步，轻巧地落在了后山上。那几栋房子和当年几乎毫无区别，其中有一栋看上去格外突兀：那是她在山上差不多第一百五十年时那栋在半夜时分突然倾倒的房子，据说是被山上练功之人不小心击中，当年甚至还死了不少人，后来又建了一栋。

当年她住着的那栋，居然还在。小雀略微有些讶异，没有多想就走了过去。此时正是正午时分，整个后山空荡荡的，连一个人也没有。小雀推门走了进去。

屋里一片空落，小雀在房子内绕了两圈，里面和当年无异。住在里面的宫婢，想来是换了一批不假，但里面的陈设和千年前一样，杂乱无章，许多杂碎的东西堆了满地。

小雀这样看着，不知道为什么突然还感觉有些怀念。但她没有耗费多少时间，转身便从房内走了出去。

到了外面的空地上，小雀又用了个浮空术，直接上了山顶。山顶是一处练功台，平时少有人来此，现在一样是毫无一人。练功台旁边就是凌云阁，篆刻着神族高手的排行榜。

如果在上面添上我的名字，我能够排到哪里呢？小雀突然有些好奇，便伸出手指去抚摸那些名字。女娲长尊、天帝、西王母……那些排列在最前面的名字周边都镶嵌着金灵的结晶。后面的名字逐渐陌生了起来，有许多都是小雀从未听闻过的。

等到一切都安定下来之后，去找这些人挑战挑战吧。小雀突然有了一个十分有趣的想法。但这个想法刚冒出来就戛然而止。

小雀在山顶上走了一圈，终于找到了下山的小道。昆仑山上的人真正会上这山顶的少之又少，来去也都是用五行术，这条小道虽然一直在，却是早已荒废了，几乎没有人打理。

小雀也可以用术法直上直下，但她斟酌之后还是从小道下去了。之前来时已经用过不少力气了，之后会是怎样也未卜，小雀不想太过浪费。更何况她不是走大道上来的，在昆仑山上又面生，若是一石激起千层浪，自然是极为不利。

从半山腰到山顶的路上，最为中间的一段，便是昆仑山主殿和几个副殿所在，再往下些便是宫婢主管的辅殿，下了半山腰之后才是昆仑山的驻军。

先去辅殿吧。小雀这样想着，沿着小道一路下行，走了将近一炷香的时间，才终于走到了宫婢主管所在的辅殿。她懒得通报，又不想从正殿进，便直接走到了殿后，从窗户中翻了进去。

殿内一片寂静，小雀甚至听不到哪怕一个人的脚步声，可能是殿内的确连一个人也没有。小雀皱了皱眉头，没有再度翻出去，而是直接从后殿绕到了前殿。辅殿之内有一个不小的中殿，只能从前殿进，小雀寻思着宫婢主管可能就在中殿之内，但也只能先从前殿走。

前殿的两扇大门洞开，平日里应当是宫婢主管常坐的位置——主位上空无一人，小雀心中暗自松了口气：还好不用现在在前殿报仇——尤其还是在这两扇大门打开着的情况下。

她转进中殿，不出意料，宫婢主管的确在此处，手上拿着一个杯子，正在浇一盆开得极为茂盛的兰花。小雀没有刻意用术法消去脚步声，宫婢主管自然是听得一清二楚。

"谁？"女子转头，小雀清楚地看清了对方的脸，果然还是千年前的那个女子，长相极为妖艳，却穿着朴素的市井衣布。一如当年，小雀用灵力试探了一下，还是毫无烟火气。小雀在心里暗暗地把当年两个可能性中"神力高明的神族"那一条删去了。都到了这个地步，如若说这人真的是高明的神族，那么到了这一步，毫无反应是绝对不可能的。

"你是谁？"女子妖艳的脸上显出了一丝惊愕，有些奇怪地问道，"来到我所在的辅殿的中殿之内……又是为什么呢？"

"前辈，"小雀鞠了一个躬，礼节做足，而后抬头看向女子，"记得我吗？"

女子露出疑惑的神情："看着就面生，想来是从未见过的。你是谁？"

"在下寻暮。"

"是什么神族的人吗……还是来找我的？一般会来找我的都只不过是宫婢，你看着倒也不像。但神族的人，一般也不会来这里啊？"女子显得十分迷茫，"你究竟是谁啊？"

"在下寻暮，以前曾经是山上的宫婢。"

"以前曾是？那么现在不是喽？那么你究竟是？"

"八百余年前，昆仑山上曾经举行过一场旷世的宴会。"小雀自顾自地开了口，"这件事，您还有印象吗？当时可是所有的宫婢都去了，您也应该忙得很吧？"

"宴会？昆仑山上的宴会太多了，甚至有过每日都有宴会的时候，八百年前的事情，我可毫无印象了。"

小雀耐心地等女子讲完，却并没有在认真听，而是自顾自地继续，像是在讲一个故事一般，故事讲完之前无人能够让她停下来："当时有一个在昆仑山上资历不过区区两百年的小宫婢，被人故意隐瞒了消息，没能和其他人一同前往。"

"好像有这么一回事情……但总是隐隐约约的，想不起来了。"女子点点头，又摇摇头。

"不记得也没关系，听在下慢慢讲，之后或许能够记起来一些。"小雀的语气听上去格外温柔，"那个小宫婢后来听闻说那一日有宴会，所有人都去了，只有她一个人被抛下，格外害怕。她是好不容易才上山的，若是下山前途未卜。她来恳求你，想让你帮忙，尽管犯了错，也不会被逐出昆仑山。"

女子看上去有些迷茫，仿佛是什么都记了起来，又仿佛什么也没能想起。

小雀看上去有些惆怅，悠悠地叹了口气之后又继续下去："你答应了她，说'你就留在这里吧'。她很高兴，拜谢了你，然后就走了。"

"拜见过我的宫婢太多了，想要让我放过一次的宫婢太多了，我答应过的也太多了。"女子摇了摇头，"很抱歉，你说了这么多，我还是没有想起来。"

小雀再也不回答女子的话了，对着女子摇了摇头，再一次继续："结果，很快她又听到了消息，尽管自己已经很努力了，尽管自己已经几乎费尽了力气，但她得知，自己还是要被赶出昆仑山。她又来找你，还是这个辅殿，想要再求你一次。你是主管宫婢的人，如果你开口，她相信一定可以。"

女子点了点头，小雀继续道："她来了，可是她没有见到你，另一个男子撞见了她，问她来此何意。她如实奉告，对方把她训斥了一顿，接下来就要她受那三十大板。那时候她正在殿门口，大殿的两扇门开着，你就在里面。但你一个字都没有说。"

"我真的什么都记不起来了。"女子还是摇头。

"哦，我还忘了，两次之间，小宫婢还来过一次，但两个神兵把她拦在了门外，不让她进去。你平日里都是在这辅殿之内生活，当时不可能不在。小宫婢很失望，很伤心，她受了三十大板，被赶下了山，从此再也没有了消息。"

女子的表情黯淡了下去："我没能兑现过的对那些宫婢的诺言，太多了。不过你口中的那个小宫婢，究竟是谁？我有个模模糊糊的印象，却记不甚清楚。"

"寻暮。"小雀回答道，在看见女子惊讶地瞪大着的双眼之后又重复了一遍，"寻暮。"

"你……? 虽说着实面生，但你看着却有某个轮廓，和我曾经熟悉的东西一样，十分熟悉，"女子看上去有些难以置信，"你说的，就是你？"

"是啊，风水轮流转，转眼间已经不一样了。当年在山上的两百年，寻暮我还是颇为怀念的呢。"小雀一改前面的严肃，看上去十分愉悦，甚至嬉笑了起来。女子在一旁看上去十分惊愕，半晌没有回话。

"我也很抱歉。"女子摇了摇头。

"你或许真如你所说，什么都不知道，"小雀眉头锁紧，左手的指尖绽放出一朵跳动着的火花，如同一朵红莲，"可是——我不原谅！"

女子的表情渐渐变为惊恐，小雀明白她的惊恐源于何处，小雀说："你是昆仑山上的人族，最平凡的人族，从来没有修习过五灵术，也从来没有下过昆仑山。"女子没有答话，却显然是默认了小雀的猜测。

"无论你究竟知不知道，无论究竟发生了什么——我不原谅！"小雀抬手，红莲轻轻地飘荡到女子的手上，刹那间便消失不见。小雀站在那里，看着女子的表情先是惊愕，再渐渐平静，最后居然笑了出来。

"你笑什么？"小雀问道。

"我笑我自己，"女子平静地回答道，"我也够累了。"

说完这句话，女子就倒了下去。小雀去探她的鼻息，已无呼吸，再去探她的脉搏，也已经是一片平静了。出于谨慎，小雀又用五行术探了探：以她现在的能力，凌云阁上一般的高手已经不可能在她的面前装死了，就连西王母，在她面前装作一击毙命，或许也需要费不少力气。但她什么也没有探到，只有她刚刚融进去的那朵火灵，在女子的肺腑处淡淡地绽放。

"我不原谅，对啊，我不会原谅的。"小雀又笑，一边笑一边说道，将火灵重新融化入周遭的环境之中。

但下一个瞬间，小雀的表情突然凝固住了，笑容还挂在脸上，却已经宛若被冻住了一般。

她甚至都没有来得及开口询问女子的姓名。

她在中殿里走了一圈，企图找到什么记载着女子姓名的物什，半晌却什么也没找到。她叹了一口气，绕回了前殿，从乾坤袖中抽出两支长香，用火灵点燃，插在旁边的香炉中。她抬脚跨出门槛，外面一个穿着粗粝衣服的小宫婢路过，看见她走出来，有些吃惊，但很快反应了过来，行了个礼，快速地溜走。

走出几步之后，她还在略微体味着之前的一切，有些出神，等到停下脚步的时候，已经在不知不觉间停在了昆仑山驻军的门口。

虽然一开始并不准备如此，但既然来了此地，那么不进去，似乎也说不过去。小雀抬手变化了一下容颜，便走了进去。

她变化的容颜皮相很不错，一路吸引了不少目光。小雀找到一个过路的士卒，问道："您知道一位叫作路赟的副官么？"

昆仑山上百花齐放，有女子到驻军营里逛逛，也不是什么特别的事情。

"哦？路赟？五百年前做了营里的文书，两百年前被派下山攻打北大荒蛮夷，就再也没有消息了，据说是死了。"

小雀点点头，感谢了一声，转身走了。

下山！

第二十八章　百鸟国身世明了

小雀从山上走了下来，看上去居然略微有一点失落。

她现在，该去哪里呢？要报的仇也报了，要走的路她自视已经走完了，现在她开始有些迷茫了。母亲？如若说到寻母，到现在，她还一点头绪都没有。一路上她听了不少故事，得到了不少自己原本可能一辈子都不会知道的消息，可是自己的母亲在哪里？

我不知道，小雀十分失望地想，至今为止我什么都不知道。

我现在该去哪里呢？小雀把手搭在树上，施展了一个移花接木术。这个移花接木术可以把她带到随便什么地方。

出现在一个陌生的地方的时候，她丝毫没有惊讶——这的确是意料之中的事情。她环顾四周，企图找到什么能够让她明白这里是什么地方。她很快就找到了。

一旁有一只鸟穿着官服带着乌纱帽，手上还拿着笏（hù）板，板着脸飞了过去。

普天之下，能够出现如此场景的，恐怕只有一个地方——西方天帝少昊的百鸟国。百鸟国以百鸟为百官，这一点四海闻名。

百鸟国……对，百鸟国！小雀终于想起来了。在上玉山之前，曾经遇见过一位名叫金鹙的修习金灵的男子，说自己与百鸟国的国君——西方天帝少昊有些私交。虽然不过是一面之缘，而且已经过了近五百年了，但小雀依稀记得对方对自己很是友好。

如果能够在对方的帮助下，在这百鸟国住上一段时日，想来倒也不失为一个很不错的主意。

一边这样想着，小雀一边找了个路人，问了两句皇宫主殿的方向，就走了过去。

小雀怎么都想不到，自己一路跑到皇宫主殿，看见朝堂上正听百官禀告消息的，居然是金鹙。小雀本以为只不过是朋友之间的寒暄，但当看见金鹙穿着一身精工剪裁的黄色衣服时，小雀觉得，自己似乎知道了一个金鹙一开始极力隐藏的秘密。

"对，"金鹙点点头，"我就是少昊。西方天帝、百鸟国国君的身份，一个国君想要在外面随意晃荡，还是有些风险的，也只能用金鹙这个名字了。"

"我想在这里住上一段时间，顺便寻母……"小雀开门见山。

"如若你的确是要寻母的话，我大概知道你是什么人了。"少昊斟酌片刻，像是做出了一个需要斟酌许久的决断，而后才开口道，"你叫小雀，对不对？"

小雀点了点头，少昊深吸了一口气，仿佛是在给自己鼓足勇气一般，而后才道："你是玄女和南方神明朱雀之女。"

小雀原本手上凝结了一块火灵，正在翻来覆去地把玩着，听见少昊这句话之后，脸色一变，火灵凝结而成的结晶坠到地上，化成千百片碎片，犹如美丽的流星，而后，几乎就在下一个瞬间，尽数消失在地面上。

真是可笑，夜半三更寂静无人的时候，小雀曾经猜测过千万种可能，自己可能是什么人，却唯独没有想过，自己就是最为熟悉的传说故事中的角色。

少昊看小雀沉默了半晌，觉得自己一定是在一个极不合时宜的场合不小心说出了一个不能在这个时候讲给人的秘密，但说出去的话覆水难收，再怎么样也不可能简简单单地一句对不起，而后整件事情划归虚无，将自己方才说出的一字一句，尽数化为儿戏。

"你……"少昊斟酌了片刻，最终还是开口接着问出了下一句话，"知道九天玄女和朱雀的那一段往事么？"

"知道。"小雀点点头，"西王母曾经给我讲过。"

"她知道你是谁？"

"当时不知道，不过想来现在也已经知道了。"接受了这个事实之后，说起这些事情，小雀感到也略微有些不是那么糟糕了，"照西王母的说法，想来这件事对她打击颇大——说起来，你是怎么知道这件事情的？"

她还是有些怀疑这些事情，总觉得哪里有些不大对劲。

"当年我们都在，我们中的很多人都知道这件事情，天帝亲自让我们所有人隐瞒这个消息，西王母想方设法封了不少人的嘴。"西方天帝仿佛在谈天说地一般，看上去一点也不像是在讲述一件极其让人感到伤感的事情。

"那么我母亲……"小雀看上去有些踌躇。

"如果我们当年所见非虚，九天玄女的确是被西王母用符锦压在了三危山下。"少昊道，"但当年西王母镇压九天玄女的时候，凌云阁上的前四名都不在，我是凌云阁上第八，倒是有可能被蒙蔽。"

小雀站起来，跑了出去。

第二十九章　上招摇百花乱心

招摇山。

小雀皱了皱眉头。这里对她而言极其陌生，却应当是她最为熟悉的地方。

她生命一开始的那两三年，就是在这里度过的。她小时候的记忆尽数模糊，剩余的记忆也大都是在天柜山上。对于父亲和母亲，她已经几乎没有印象了。她只记得在很多年之前，似乎有一个一袭红衣的男子和一个一身白衣的女子，曾经轻飘飘地把她抱在手上，嬉笑玩耍。

多么美好的场面啊！小雀这样想着，沿着唯一一条上山的道路，一路走上了招摇山。临走之前少昊嘱咐了一声，说是她的父亲现在在招摇山上，她可以先去找他。

"朱雀神明？"小雀试探性地叫了一声，声音在寂静的山中不断回荡，听得让人莫名伤感了起来。招摇山上从未立殿，只有几间枯草搭就的房子，岌岌可危，仿佛一阵略微强劲的风，就足以将那些房子吹倒。

"来者何人？所为何事？"慵懒的声音自山上不知什么地方传来。不，那已经不能简单地称之为是慵懒的声音了，只能说是种毫无斗志的声音，如同这个世界上任何事情都不会影响到他一般。

小雀沉默了一会儿，才又一次开口："……父亲？"

"你是？"朱雀略带讶异的声音从背后传来，宛若世间一个并不很令人愉快的音乐一般。

"小雀。"小雀花了很长时间，似乎下定了一个久远的决心一般。

"你是小雀？"小雀转身正对上一张陌生却又熟悉的脸，是那个她几乎要忘却了的面容，看上去却是那么熟悉，宛若一个可能将要消失的梦境。

"我是小雀。"小雀点头，从乾坤袖中掏出那枚玉坠，如同掏出了一个旷世奇宝一般。

"有多久没有见到过你了呢？"朱雀喃喃，好似魔怔了一般，"我们分别了多少年了呢？我觉得仿佛进入了一个极陌生的世界。"

"没有，你进入的世界还是熟悉的，你认识的人们还认识你，还有人记得你。"小雀摇了摇头，否定了朱雀的话。

朱雀看上去很惆怅："我已经几百年没有下山了，之前发生的一切犹如一个荒诞的梦境一样，愈发不真实了，我也不知道为什么。"

"但我回来了。"小雀看上去格外快乐，将玉坠晃来晃去，"虽然有些年头没见了。"

"一千年。"小雀的父亲抬头，看向小雀。

"对于神族而言，说短不短，说长不长。"小雀苛刻地评论道。

"还是够长了。"朱雀回答，听上去十分不快。他又向前走了一步，却止步于那里了。

"怎么了？"小雀转身，看见朱雀站在那里，一动不动。

"你过来。"小雀有些讶异地一转身，向朱雀的方向走了几步——只不过是几步罢了，接下来她便撞上了什么东西。小雀下意识地便抬手，左手上立刻就绽放出一朵火灵来，向面前看不见的屏障烧去，但火灵宛若被屏障吞噬了一般，没入了屏障之后立刻消失得无影无踪。

"这是……"小雀有些讶异。

"禁制，我想大概是天帝或者西王母设的。"说到这里朱雀悠悠地叹了一口气，"我试了很多年，却怎么也打不破，只好一直被困在这里，就这样困了一千年。"

"我……"小雀想要开口说些什么，却被自己的父亲打断了，"你也打不破的，除了凌云阁前五名的高手，我想无人能破。"

这样看来，即便是少昊来此，也不见得能破这个禁制了？小雀立刻沮丧了起来，又问："那么……有什么办法么？"

"它会破的，迟早会破的。"朱雀喃喃道，"你现在走吧，坠子留下来。"

小雀眼中不由自主地流下了两行眼泪，宛若世间明亮的星辰一般。她把坠子攥在手上，向这枚坠子告别。

无论在什么状况下都陪伴着她的，也只有流火、遁木、若木花和这枚坠子了。那么多年过去了，这枚坠子一直在支撑着她，引领她走过一个又一个艰难，最终走向华美结局。

然而现在结局已经到达了，却并不华美，倒像是枯败了的花朵一般，看着让人心酸。小雀俯下身去把坠子放在地上，像是放下了自己曾经的一个梦。

小雀挤出了一个笑脸，转身向远处走去。视线的远处群山回唱，近处一片朦胧。她抹了把泪水，向山下一步接一步地走去。

背后的坠子放出光芒来。

玉山。

上一次上玉山的一切经历，小雀仍旧记得清清楚楚。那时候她怀揣着一个美好的梦想，以为西王母——那位高高在上、居圣地玉山的神族，能够解答她许久以来的那些未知、不解和疑惑。

但没有。西王母将那些凄切的往事如同讲故事一般讲给她听，眼中满怀对旧日的重重留恋和愧疚。

但为什么不告诉我真相？小雀愤愤地想着。为什么已然知道我的真实身份，知道我的父母所为何人，知道我乃故人之子，却依旧装作毫无所知，将一切都隐瞒？

怕我回来复仇？小雀笑了笑，不免有些狠毒。若是怕我回来复仇，当年为何又要对我、对我的母亲那样狠绝？

西王母——您……究竟在想些什么呢？小雀这样对着天空问话，尽管无人能够应答。您愿意为自己的爱徒栽漫山遍野的桃花，玉山上的桃花四季不谢，也是您用源源不断的法力，将那些桃花永远地留在玉山上。可为什么您又要让那些桃花凋谢呢？

小雀依旧清楚地记着那一日的场景。那一日她从高台上下来，所见便是漫山遍野的桃花瓣，从树上纷纷跌落，在玉山上飘扬了许久，最终零落成泥。

是放弃了么？还是后悔了？小雀这样对天问道。终于想要放弃自己执着了近千年的想法，明白那一切不过是一个荒诞的梦境，不值一提。西王母……您究竟在想些什么呢？

小雀斜倚在后山的一棵枯败的桃树上，对着天空略微有些出神。以前的玉山很漂亮，天空永远都是湛蓝的，访客沿着曲折的小道上山，沉浸在永不凋谢的桃花林中，像是走进了一个美妙的梦境。有多少神族慨叹：玉山是这普天之下最美丽的地方。

然而现在呢？小雀这样厌恶地想着。那些美丽的桃花都谢了，王母再也不会耗费无数的灵力来维持天空的湛蓝。玉山上从前四季如春，现在虽说没有像人界一样四季分明，但据说——仅仅是据说——在最寒冷的时候，永远四季如春的玉山，下了几场稀世罕见的大雪。

"那一年的冬天真冷啊。"小雀曾经在山下遇见过玉山上的两个小侍女，缩在一起聊着那个冰冷刺骨的冬天，"他们说玉山上从未下过雪，四季如春。但那一年——我都快忘了是哪一年了——大雪连着下了七天七夜。"

您究竟在想什么呢？小雀再度问道，从那棵桃花树旁站起身来，拍一拍沾在衣上的尘土。多年以来玉山桃花漫山遍野，是不是您为自己的徒弟留下的呢？

她想象着见到了西王母之后的场景，西王母会说些什么？或许会说："我这是为了你好！你在凡世历练上几千年，不要闹出那些无畏的争端，忘了你的母亲，或许会被天帝篆刻上凌云阁，成为普天之下出名的神族，最终位列仙班。这样不好么？为什么一定要自讨苦吃呢？"

这样好么？小雀在心中反问。无父无母，孑然一身，只为了博取功名，这样才是好的吗？她心中有些不快，站起身来，沿着后山的小道向山上走去。

书殿。

多久没有来到过这个地方了呢？小雀看着周遭的玉树琼枝林子颇有些怀念。书殿的小侍女抱着一沓卷轴匆匆地走过，在书殿洞开的两扇门后留下了惊鸿一瞥。

和当年一样。小雀十分高兴地这样想着。她没有再浪费时间，轻巧地从小道绕进林子，又向前走了很长的一段路，终于到达了熟悉的正殿。

"我来了。"小雀不无愉悦地这样想着，左手攥紧了乾坤袖中藏着的流火，右手轻轻地一个响指，遁木便也披在了身上。她还嫌不够，反手从乾坤袖中掏出了那朵久违的若木花，别在了鬓角之上。

想来必是一场恶战。小雀很笃定地想。

走进正殿的时候，小雀在斗篷下打量了一下四周的环境，居然一点未变。窗边几上碎琉璃瓶里依旧还插着折下来的桃花枝，娉娉婷婷。一个侍女穿着一袭绿衣，从屏风后转了过去，丝毫都没有察觉到她的存在。

小雀非常清楚地知道王母此时此刻应当在何处。现在是申时，如若是当年的高台还在，那么王母此时应当在高台上淡漠地看着远处的雾霭，感怀着当年的旧日风华。但在她走的那一夜，天帝降下惊雷，高台化为飞灰，只剩下残垣断壁。小雀一边这样想着，一边走向后殿——她已经清楚地知道了。

"您果然在这里。"小雀看着面前坐在椅上、右手三指支撑着头颅、阖着眼睛闭目养神的西王母。

西王母应当是早已听清了小雀的脚步声，但丝毫不为所动，只是在小雀问出那句话的时候才终于睁开双眼。那一瞬间小雀突然觉得自从上次高台一别以来，西王母——那个不曾衰老、容颜永远犹如二八少女的女子却仿佛老了数十岁，说不出的沧桑。

"小雀？"她的语调听上去倒有些诧异，可仍然是波澜不惊的一张脸，像是永远都不会在意一样，"你早应该走的。"

"我曾经走了。"小雀平淡地回答道。

"我曾经嘱托三青鸟告诉你，不要再回来了。"西王母抬眼看着小雀，用一贯的那种平缓甚至是波澜不惊的声音道。

"您没有告诉我真相。"小雀看向西王母，双眼在那一瞬间明亮如星辰，"您既然知道我是谁，就该把真相告诉我的。"

西王母看上去有些苦恼，或许那不是苦恼，而是伤感："你现在知道了。"

小雀点点头，寻思着西王母接下来或许便立即要问是谁告诉自己的了。可是西王母没有，只是叹了口气，直截了当地道："你想要什么？"

"符锦。"小雀回答，"将我母亲九天玄女镇压在三危山下的符锦。我要它来放出我母亲。”

“不可能。”西王母之前听上去丝毫不在意，此时却开始严肃了起来，“天帝会降罪于你，届时你和你母亲都会死！”

小雀停顿了片刻，抬头看向西王母：“您不愿给我？”

西王母踌躇片刻，郑重地点了点头。

“那么休怪我动手了！”小雀抽出流火。

小雀对着西王母笑了笑——那是一种极其绝望的笑，倘若从未体验过世间的凄苦、无奈和绝望，便不大可能露出那种笑容来。西王母有些心惊，霎时觉得自己似乎明白了什么，最终却再度划归诸事不知。就在西王母走了神的片刻，小雀的流火须臾已至。

西王母看着对她袭下一鞭的少女，暗暗有些心惊。这已经不是多年前那个她身边的小雀了，而是一个十分陌生的人！这个人实力之强，难以想象！

她下意识地一挥手，面前出现了一面蟠桃组成的墙壁，严丝合缝。流火用了近十成的力气，打在这墙壁上，却只不过是击碎了两个蟠桃。

“你……”小雀看上去诧异至极。这并非她所想象的场景。她想象自己能在西王母的手下实打实地走六十余回合，但她从未想过——西王母只不过是立起一面盾罢了。然而正是这面盾，却让小雀无计可施。

“你真的想好了吗？”西王母看着小雀，开口问道，“你所做的这一切，你真的已经想好了？”

“想好了！”掷地有声！

“那么……”西王母的话语戛然而止，她一抬手，周遭的景物居然万般变化，最终停在了一个满眼粉色的世界之中，“你就该承担！”

蟠桃阵。

小雀自然是听过这阵法的传说的，却从来不曾真正见过，更不曾踏入一步。此时她正站在蟠桃阵的入口处。入口不出意料，是一个硕大的蟠桃。小雀手里攥紧流火鞭柄，想要从旁边绕过去，却发现刚刚走到桃子的一侧，便仿佛是被什么禁制拦住了一般。她不想硬闯，换了一个方向，但却同样被禁制拦住。她试着使一个浮空术。术法自然是能用的，她也升起了些许，但很快又坠了下来。

上面，居然也有禁制。小雀看了一眼四周，想着自己大概是被困在这里了。

不对！她突然意识到——还有一条路！小雀左手捏了个飞蝗石，转手便打了出去。飞蝗石陷入面前的蟠桃之中，留下一个小小的孔眼。

有路！小雀敏锐地发现后，丝毫没有迟疑，转手就是一流火抽了上去。转眼之间蟠桃就被她削去了一片。她绽起一朵火苗，将桃核连同余下的蟠桃烧得一干二净。这样清出了一条路，总算是能够向前继续行走了。

然而很快，她就停下了脚步。面前的场景，与她曾经想象过的，似乎很有些不一样。明明应当是空无一人的蟠桃阵，不知为何，居然出现了行人。一开始，小雀以为不过是西王母幻化出来的简单幻影罢了，只要不加以理会，很快就能够闯过去。

但越是向前行走，小雀便越发觉得有些不大对劲。她似乎是走在一条官道上，身旁骑马步行乃至于拉着货物的人络绎不绝。她甚至伸手去触摸那些来来往往的人和物什，触摸到的居然皆是实物。

这样看来，或许的确不是幻影了。小雀心里依旧略存疑惑——西王母灵力高强世人皆知，或许真的能够幻化出人来也未可知，但小雀从未见过有人用这样的方法。阵法，她不是没有进过——在灵山她进过许多阵法，见过无数奇巧的术法，但从未见过有任何人——抑或任何术法能够幻化出活人来。

　　街边有一家酒肆，小雀心里猜测不如真正试上一试，一转身便走了进去。酒肆门面不大，里面斜斜地摆放了几张桌子，还有凌乱的几把长凳。酒店此时的生意并不怎么好，只有两三个人坐在长凳上，一壶接一壶地饮酒。

　　小雀从乾坤袖里摸出几文钱，要了一壶最烈的酒，喝了一口。是那种掺了不少水的酒，若是遇上一个脾气暴些的家伙，或许会直接将这家店掀个底朝天，但小雀没有。她仔细地品了品，不出她的意料，这酒没有毒。她懒得再喝，也是怕倘若真的喝醉了出什么事情，便把酒留在桌子上，站起来转身出了酒肆。她花了一点时间才想起来自己究竟该往哪一条路走，而后便——几乎是毫不迟疑地，向前走去。

　　她没有走多久，便听见远远地有人呼唤她的名字。

　　小雀。

第三十章　知过往丹红肆虐

小雀听着背后有人唤自己的名字，一转身，身后站着的，却是一个极陌生的人。

"谁？"

对方并不说话，小雀有些讶异，又问了一遍，却依旧毫无答复。她不禁心中有些急躁，手上发狠，将来人推了一把。

不推还不要紧，这一推，那人却突兀地径直向后倒去，两眼呆滞无光。小雀连忙用灵力探了探，只见之前还站得笔直的那人，居然已经气息全无，竟然死了。

这里距离之前的酒肆并不很远，此人这一倒，原本酒肆中的人都跑了出来。小雀惊讶地发现酒肆中原本并没有多少人，此时却在她和这人身边重重叠叠地围绕了不知多少人，一眼望不到尽头，宛若整条官道上的人们都聚集在了这里一般。

一个郎中打扮的市井小民俯身探了探倒下之人的鼻息，紧接着又伸出手去搭了搭那人的腕脉，最后还按了按那人的脖颈，站起身道："此人已死，确凿无误。"

小雀倒是没有多少惊诧，反而是那些人站起身来，双目圆睁，瞪着小雀道："你这女子看上去弱不禁风，却好不讲理！他人唤几个字，与你何干，却要伤他性命?！"

小雀本想辩解些什么，但想到自己此时身困阵中，不知何时才能出去，心中不免很是急躁，抬手一个浮空术使出，立刻便向前奔去。

她又跑了一点距离却再度停了下来，环顾四周，却又一次被拦住了。对方探不出虚实，却和她一样浮在空中，拦住了她的去路。

"你，为何要伤此人性命！"

小雀一转身，换了方向便要继续向前，不料却听见前方传来一个几乎没有区别的声音道："你，为何要伤此人性命！"

小雀抬头看去，又是一个探不出虚实的人，和她一样浮在空中。她转了个身，本想再跑，却听见四面八方层层叠叠地传来了同样的声音："你，为何要伤此人性命！"

小雀抬起手，流火在空中挽了个极漂亮的起手式，紧接着便狠狠地向阻拦在她面前之人抽了上去。

她本以为对方一定会躲，不料对方却并不动，这一鞭正好打在这人头顶，小雀本以为会看见血浆飞溅，不料那人挨了小雀这样的一鞭，身体一抽，居然变作个蟠桃，顶上居然还裂了开来。小雀又去抽另一个，看见的也是差不多的场景，他终于反应过来了：这里围困住她的芸芸众生，居然都是蟠桃所化。

怪不得称之为蟠桃阵，小雀已经有几分明白了。她破开一个洞，向前走了两步，而后又向前冲了不少路程，神挡杀神佛挡杀佛，终于看见了路的尽头——

仅仅是路的尽头罢了。这条官道，居然没有半条岔路，到这里戛然而止，没有通向任何一个地方，只有一棵桃树，郁郁葱葱地开着一树桃花，居然还结着硕大的蟠桃。

小雀心中很有些讶异，轻弹手指，左手上便是什么都没有，只当这是又一个特别的术法，抬手便要去烧。

这一烧，小雀却讶异至极。桃树丝毫没有被灼烧的焦黑，在火灵之下反而愈发葱茏。桃花一朵接一朵地开，蟠桃也结得一次比一次多。

小雀起先倒是不大在意，但几乎是紧接着，一个蟠桃熟透，落在地上。那蟠桃落地，立刻一分为二，二分为四，化成千万个小蟠桃，转眼间便将小雀团团包裹住。小雀勉力挣脱，却动弹不得。她又想去驱若木花，奈何若木花丝毫没有反应。

小雀发觉自己远远低估了西王母！看见一树桃花，加上玉山的四季不败，她便以为西王母是修习木灵的，可现在蟠桃将她周身包裹，身上穿着的遁木却毫无反应，这样看来，只可能是一种原因：王母——根本就不是修习木灵的！她的神力所表现出的，与五行术丝毫没有半点关系！

小雀正这样动弹不得，却突然觉得周遭一松，紧接着四周景物转换。她还没有反应过来，就发觉周遭一片黑暗，自己竟什么都看不清楚了。

她聚精会神，想要在手上绽朵火灵，却发觉不知什么缘故，自己居然连一朵简单的火灵都召唤不出了。她又去摸索，手一探却探了个空。

她隐隐约约听见远处有人语之声，一开始丝毫听不清，而后渐渐听清楚了一点。

"你怎么来了？"是西王母的声音，听上去很有些诧异。

"以我的身份，难道不能轻易出入玉山么？"另一个声音听上去很有些耳熟，但小雀并未能听出那究竟是谁的声音。

"我们的位置不分伯仲，你能进来，我一样能赶你走。"西王母听上去怒气冲冲。

"然而您并未如此。"

"行。"小雀听出了西王母话中的焦躁和不耐烦，紧接着是一声衣袖挥舞之声。

"恭迎西方天帝。"一个小婢女的声音传来，小雀吃了一惊。来者是少昊？为什么？而西王母，是不是也是因此才放她一马？

少昊没有接话，西王母便自顾自地接话道："你今天来此，所为何事？"

少昊还是没有答话，西王母有些不耐烦了，小声嘀咕了不知什么，接着又立刻道："我明白了！九天玄女和南方朱雀之女——是你告诉她要来此的吧！难怪！"

"历经千年，西王母，你还没有觉悟么？"少昊终于开口问道。

"你明白这可不单单是我的旨意，"西王母幽幽地叹了口气，重又道，"当年要把玄女镇压在三危山下，可是天帝授意的！"

"倒也是。"少昊听上去也有些无奈，"但天帝只是让你处置你的'好徒儿'，可从来没有说过让你把玄女镇压到三危山下。"

"我那是迫不得已！我也明白你为何对于这事惦念不休，毕竟那南方朱雀几千年前与你的交情可是不浅，也难怪你——"

"陈年旧事，无须重提。"少昊显然是不愿提起这件事，一笔带过，就此终了。

"你倒是说得轻巧——"西王母嘴毒得很，一张嘴便是嘲弄的语气。

"千年过去了，天帝早已不在意此事了，与其在这里说些无关痛痒的话，倒不如早些让玄女一家团聚。"

"你说得如此轻巧，天帝捉摸不定，我现在倘若把九天玄女放出来，万一天帝降怒，怎么可能是你区区一个西方天帝能够平息的！"

"你不打开三危山，怎么可能知道天帝究竟是怎样的想法？"少昊又道。

"再则——"西王母停顿片刻，才又道，"当年的登宝国国君早已位列仙班，虽说以其功力连凌云阁都不可能榜上有名，但其位置之高之重，岂是我们两个能与之相比的！我不过是镇守仙山玉山的神女，你不过是个迟迟游离不曾赴任的西方天帝，公开违逆天帝的主意，神族各大门阀又该如何想！"

小雀听得有些心惊，却突然发觉四周清明了起来，竟又回到了原先的玉山后殿里。西王母正怒气冲冲地站在那里，平日里的落落大方一扫而空。少昊却显得游刃有余，脸上还带着随意的微笑。

"我施了术法，我们前面的每一句话、每一个字，小雀都听见了。"少昊看上去毫不在意，西王母却是已经变了脸色，"你还有什么前面不曾说过的，现在，可以说出了吧？"

小雀却没有给西王母这个机会，冷冷地看着她，问道："您不肯给我符锦，就是因为害怕天帝降罪？"

西王母双唇微启，像是要说些什么，却什么都没有说出来。

"既然如此，那么……无论发生了什么事情，我一人承担！"小雀表情狠绝，"并且——我不原谅！"

小雀一边说着一边从乾坤袖中掏出丹红瓶，左手轻触一下，将上面包裹着的一层火灵融化，而后决绝地打开瓶子，将瓶中戾气尽数吸入！

西王母怔了一下，少昊表情则惊愕至极。

顷刻之间，小雀便发生了翻天覆地的变化。只见她周身荡漾起的红光，将她的一头乌发吹得飘扬起来。她手上爬上了极其细密的黑色纹路，紧接着纹路一点接一点地上行，竟一直爬上了小雀的脸颊，看上去诡异至极。

在这红光之中，遁木渐渐融化，小雀头上的若木花却光芒愈盛，流火轻轻发出"咔嚓"声，一点一点地扭转。

待到一切变化几乎已全部停止时，若木花已变化得极为妖艳，看上去艳红得仿佛刚刚吸噬了无数鲜血。流火也一样脱胎换骨，一条火灵晶体无坚不摧却又柔韧至极，周身还盘旋着圈圈螺旋，间或有不少倒刺。

小雀本人也变了。她的表情变得极其狠绝，两道剑眉英气至极，眼中闪烁的光芒犹如万千星辰汇聚一般。

少昊和西王母同时失声道："小雀！"

小雀一回头，一字一顿道："我、不、原、谅！"

说罢，她攥紧了流火。

第三十一章　历百劫凤凰现世

西王母向后退了一步，看向正向她一步步走来的小雀。只不过是顷刻之间，小雀看上去就仿佛是脱胎换骨了一般。刚开始看见小雀，虽说也惊讶于她的强大，终究也只不过是觉得她宛若一个武功高强的陌生人一般。但现在却是另一番情景了。西王母现在觉得小雀宛若一个陌生乃至极其遥远的神，法力远在她，甚至是天帝之上了。

少昊早已退到了一边，似乎是一点都不愿施以援手，只是冷眼旁观罢了。小雀一鞭打下，西王母花了将近十成的神力才终于逃了过去。鞭子打空，落在了一旁插着桃花枝丫的琉璃瓶上。琉璃瓶连同花枝甚至都没能待到鞭子真正打下，便已化为了飞灰。下面那张白玉案几也没能幸免，甚至只不过是鞭子轻触时就已经化为无数的碎片。

这一鞭，最终抽到了玉山主殿的地上。霎时半边殿被震得粉碎。那半边殿恰好是少昊所立之处，少昊飞身一躲，总算是没有被残垣断壁砸中。

小雀一转身，手中的流火又是一击，西王母眼见是不大可能躲过这一击了，双手一挥，竟不知从什么地方召出了一个蟠桃，硬生生地挡住了这一击。

小雀撇撇嘴，蟠桃化为飞灰。她将流火提在右手，似不准备再用，而是左手摘下鬓角上的若木花，向西王母递来，道："直到现在，您还不肯将符锦给我么？"

"那符锦可是不能……"西王母话说到一半，却又不肯继续，而是突然又道，"外面又有人来了。"

"来者何人？"少昊高声问道。

没有回答，但几乎是转瞬之间，殿中又多出了两个人。

"父亲？夔？"小雀脸上是难以掩饰的讶异神色。

"小雀？"那二人声音中也满是讶异，果然是朱雀与夔。

"你这是怎样了？"朱雀声音颤抖，问道。

"阔别多年，你这是又发生了什么？"夔看起来格外莫名其妙，见小雀这一身戾气，又有几分胆寒。

"一言难尽啊，夔。"小雀笑道，而后转向朱雀，"是那同心结破开了禁制？"

朱雀点了点头，张嘴还想要问些什么，却被小雀一个眼神制止住了。

西王母转头看了看一旁立着的三人，怔了片刻，而后才笑出声来，道："怎么？"说罢一抬手，召出了无数蟠桃，将三人团团围困住。小雀脸色微变，几乎是顷刻之间，那一圈蟠桃勒紧。朱雀和夔灵力不高，脸色已是隐隐发白，毫无反抗之力，只得束手就擒。少昊用金灵将袭来的蟠桃一圈接一圈地击退，最终却还是被围困其中，一时手忙脚乱起来。

"你看这三个人，他们当中的每一个人都对你十分重要，他们当中的每一个人你都十分熟悉——我自然也是熟悉的了。少昊——西方天帝，凌云阁第八名，我的手下败将；夔——凌云阁五十余名，我这简单的一围困，便没了招架之力；朱雀——区区南方湖泽神灵，连凌云阁都不曾登载，又怎么能够招架我呢？"西王母看上去格外高兴，"现在——你又是怎样想？你若是不再讨要符锦，或许我会将他们放开。"

小雀轻叹一声，用只有她一个人能够听见的声音道："但我……停不下来啊。"她的身体渐渐地不受自己的控制，反手便是又抽在了主殿的另一半依旧完好的殿上，大殿瞬间支离破碎。她轻敲脚下土地，远方书殿中的书便尽数化作飞灰。她只不过是轻渺地拂过桃树，桃树便枯萎破败。

这样下去，天地便会再度毁在我手中。我究竟何德何能，值得合虚仙尊将这样一件危险的宝贝交付于我呢？他是不是早就料到了呢？

我做了这一切，又究竟是为了什么呢？小雀眼前略微有些模糊，她手一松，流火坠在地上。然而若木花却依旧绽放。小雀模糊地看见远处惊惶逃窜的婢女被若木花捕住，被轻而易举地吞噬。

我是不是已经偏离了初心呢？我本来，只不过是想要西王母的符锦罢了。有道是冤有头债有主，我不原谅她，但我不会加害其他人。

那么现在，又是为何呢？这么多无辜的人却都因我而死！接下来还会有更多人。我不停下来，最终父亲、夔、少昊，他们都会死。

对，西王母也会死，可她这一死，全天下都要陪葬。三危山下我的母亲，也同样会死，那时候还有什么意义呢？对，这样看来或许一切都已经无可挽回了。合虚仙尊不知何处，女娲长尊避世多年，生死未知。我为何要打开那丹红瓶呢？

我为何要做这些呢？

背后西王母一声轻叹："我没来得及告诉你，符锦打不开三危山。"

"为何？"这次倒是少昊问出这话了。

"因为符锦是为了镇压而生，天帝从一开始，就不准备让玄女活着出山。"

这样看来，我还有什么意义呢？救母已经成了一个虚妄的幻想，我留在此世也不过是个祸害，不如……

小雀叹了口气，将若木花轻飘飘地安置在泥土之中，左手绽开一朵红莲，轻柔地点在若木花上。

漫天大火。

小雀悠悠地叹了口气，眼角滑出两行泪来，右足踏上若木花，紧接着整个身影都没入了大火之中。

"小雀！"一旁的四人惊叫道。

我这样是不是做对了呢？我不明白，可能也永远不会明白。丹红瓶中的戾气是否会随着我的灰飞烟灭而烟消云散？那朵凶恶至极的若木花是否也会从此不存于世？朱雀、夔、少昊……他们是不是也就因而不死了呢？

如果的确如是，那么，就算我烟消云散，我也不会在意了。我万万没有想到会是这样的结果，我从未想过符锦只是为了镇压。或许天帝会有办法，或许西王母会有办法。甚至可能，合虚仙尊可以手持盘古斧，将三危山劈做两半。我身后什么都可能发生，可惜我将无从看见。

西王母，我开始明白你了。为何在爱徒和颜面之中要选择后者，就是因为不想负了天下芸芸苍生。你心底……一定也是格外不舍吧？为何一千年以来都要用灵力保持着满山的桃花不谢，为何要固执地用甚至会令人厌恶的方法将三青鸟留在身边？

我也已经听闻了，高台并非天帝降下巨雷劈为碎片，而是您自己所为。为何要如此呢？故人之女以这样的方式再度出现在面前，换做是任何人，也可能很有些伤感吧。

或许真的，我什么都不知道才是对我好吧？这样我就不会打开丹红瓶吸入戾气，安安静静地当一辈子小雀，找自己找不到的母亲，或许还能够放下心结，融入人族的川流之中，或许最终也可能变得有些名气，名列凌云阁。

但那真的不是我所欲。早在上玉山时，我就已经想过如若自己身死此处，又会如何。我早就接受了那些可能背负的骂名、可能造成的结果。

　　我只是不甘。就算全力以赴，也不过能在你的手下过上六十回合，永远都不可能击败你，救出自己的母亲。我只是……不能原谅，那些向我隐瞒的人，那些不愿告诉我任何事实的人，我不能原谅。

　　火焰卷起我的衣角和长发，我周身灼热，但这或许才是最好的结局。

　　火焰熄灭。众人抬眼，看到的却是站在余烬中的小雀。

　　她看上去已经不像小雀了，一身红衣，背后伸展出双翅来，双手相扣在胸前，表情看上去格外安静，宛若世间的一切都无法使她心中翻起波澜来。

　　"小雀？"最终还是朱雀试探性地叫了一声。

　　小雀睁开双眼："什么？"

　　"你没死？"夔还是一如既往的大大咧咧。

　　"小雀刚死里逃生，不要说这种丧气话。"少昊白了夔一眼。夔下意识地闭上了嘴。

　　"我……没有死？"小雀看上去也是诧异极了。

　　"没，真没，一百五十年的交情在这里，我可不会骗你。"一阵寂静之后，夔笑了笑，说道。

　　"那么……"小雀环顾四周，的确是残垣断壁不假，但还是有些讶异，"前面……"

　　"丹红瓶的戾气已被炼化，从此再也无事了。"另一个略微陌生的声音传来，居然是合虚仙尊。

　　"师父。"小雀作揖。

　　"你施个火灵术法试试？"合虚仙尊又道。

　　小雀依言，左手手指轻轻一弹，一朵若木花出现在指尖，与此同时，她的身后传来阵阵悦耳的鸣叫。

"凤凰。"合虚仙尊笑道，众人都转身去看小雀，果不其然，一只赤红色的鸟儿正展翅飞翔，发出极其悦耳的叫声：几只小鸟飞到小雀身旁，翩翩起舞，"凤凰乃百鸟之王，凤凰一出，百鸟觐见。你果然不是普通的神族，修习木灵，却天生有火灵的天分，我没看错你。"

"敢问阁下是……"西王母开口。

"在下合虚仙尊，小雀之师。"合虚仙尊笑道。

"你们倒是这般愉快。"一个威严的声音自身后传来。

众人跪拜："天帝。"

天帝笑了笑，一扬手示意众人站起，道："你就是九天玄女的女儿？"

"是的。"面对普天之下的统领，小雀倒显得不很恐惧，款款回道，"小女名叫小雀。"

"小雀？挺不错的名字……"天帝无心地赞了两句，转身又对西王母道，"时隔多年，终于见到了爱徒之女，有何感想？不错？"

西王母面色略微发白，寻思了半晌也没找到合适的回答，只得尴尬地说道："我与这故人之女，其实倒还是第一次见……不过着实不错。"

天帝对西王母的这个答案不过是一笑置之，转头看了一眼夔和朱雀，又看了看少昊，最终还是将视线投向小雀，问了个有些莫名其妙的问题："符锦是打不开三危山的，既然如此，你作为百鸟之王，能打开三危山么？"

小雀犹疑片刻，最终坚决地点了点头："为了能够与母亲团聚，小女万死不悔！"

"那么……"天帝斟酌了一下用词，最终还是道，"去吧！"

小雀还没有来得及拜谢，就见天帝化作一道光辉，已然消失。众人再度对着那远去的光辉跪拜，而后又都纷纷站起身来。

朱雀笑得格外愉快，道："既然天帝都这样说了，那么小雀……去吧！"

夔道："我附议。"

少昊也跟着道："我想可以。"

西王母看上去略微有些踌躇，半晌之后还是站在后面对着小雀笑了一笑，倒没说什么鼓励的话，但那笑容格外温暖，让小雀如沐春风。

小雀对着其他人回敬了一个极其愉快的笑容，率先将手搭在一旁的桃树上，简简单单一个移花接木术，便消失在了玉山上。

"我们也走吧。"夔提议道。

"去哪里？"朱雀有些疑惑。

"去看看。"夔回答道，过后也消失在众人的目光中。

少昊倒是第一个明白的，使用了不知道什么法术，也消失了。另外两人都是玲珑心窍，略一思索也立刻明白了意思。众人各显神通，去往三危山。

三危山上。

小雀看着山上横行的猛兽，略一皱眉，从袖中抽出流火。

"要加油。"夔站在小雀的背后道，"成败可是在此一举！他们也都来了，所有人可都看着你呢。"

小雀笑了笑，转过头去，向前走了一步，提起流火，向三危山狠狠地抽去。三危山纹丝不动。小雀又是一鞭下去，还是没有什么动静。

她暗暗地皱了皱眉头，抬手注入了十二万分的力量，紧接着便是一鞭抽了下去。

三危山突兀地被劈开成了两半。小雀还有些惊愕，紧接着便见有一人走了出来。那人衣服破败，形销骨立，只从头上束着的长发和脸上的轮廓中看出是名极为美丽的女子。

"母亲！"小雀叫了一声，紧接着便跪了下去。

"小雀？"来人问道，伸手将小雀扶起，"你来了？你终于来了，我有多久没有见过你了呢？"

小雀没有回答，只是泪如泉涌。来人伸手一把将她抱在怀中，手轻抚小雀的发冠，也忍不住泪如泉涌。

西王母见到自己昔日的爱徒此时如同换了个模样，已经是心酸不已了，又看见这样一种母女相认的场面，禁不住眼角也是两行泪流出。她用衣袖遮面，不愿让旁人看见。

少昊也禁不住流泪了。他背过身去，不愿让人看到他一个男儿流泪的场景。夔也哭了，有多少年没哭过了呢？他这样想着，抬手掭起面颊上的一滴泪珠，有些讶异地看着它在手指上翻滚。

少昊最终还是去西天赴任了。他早在上千年之前便已经受封了西方天帝，却因为百鸟国事务无人处理，迟迟没有去赴任。但现在小雀浴火重生，成了百鸟之王——凤凰，百鸟都来朝贺觐见，他倒也没什么担心的了，便将事务尽数交给小雀，自己乐得落了个一身轻，去西天赴任。

"你走了，我怎么治理国家？"少昊临走的那天，小雀不无担忧地问道。

"一点不难，轻松得很。法规制度，我都留下了，你照着执行就好，大小鸟类的事务，你平日里多在意一些即可。若是有什么纠纷，就丢给合适的人去做。善用能人。你是百鸟之王，大小鸟类皆以你为尊，你定会比我治理得要好得多。"

"但是……"小雀还想再问。

"没什么但是，倘若还有什么，你尽管来问我便是。"少昊摆了摆手，道，

"我走了。"话音未落，他用了一个不知道什么五行术，就消失在了小雀的面前。

小雀笑了笑，转身走回百鸟国的宫殿之中。夔和西王母都走了，西王母回去统领自己的玉山，夔在分别的几百年之内被封统领归墟，现在已经回去了，临走时开着小雀的玩笑，说下次来拜访百鸟国，一定会带些归墟的海草给小雀尝尝鲜。

小雀翻身上到房顶，躺在琉璃瓦上看着湛蓝的天空，感到心情十分愉快。现在一切都结束了，父亲大概是在某个偏殿里面读书，提笔写下几行批注；母亲大概在后殿中抬手凝聚一块金灵，想要回顾着烛阴在千年前教她的冶金术，制作些什么特别的小玩意儿。大道上的人们来来往往，吵吵闹闹。

小雀又抬头望向天空。今天的天空湛蓝，万里无云，阳光分外明媚动人，洒在大道、皇宫和人群身上。

是啊，她小雀还有很多事情要做，今后的日子里或许还会忙碌得很。但她终于找到了一个机会，能够安安静静地躺在这一方琉璃瓦上，看明媚的阳光。

是啊，这才像是生活嘛！

（全文终）

00 后小作者杨然的创作成长历程

经过多年扎实的积累，她构思有趣的故事讲出同龄人的心声。

《小学生上名校记》，分年级翔实讲述了从牛小到牛中的完美升学计划，堪称"一部学霸牛蛙升学成长记"。2017 年 3 月出版。

《少女科幻学院历险记》，被读者评论为"内容跌宕起伏，惊心动魄，构思奇特"。2017 年 5 月出版。

《山海经中的成长密码 1：雀成凰缘》以中国传统经典《山海经》和中国传统神话故事为基础，充分演绎 00 后认知中的中国传统文化精髓。

《山海经中的成长系列》（2、3）敬请期待！